幽
花腐し

matsuura hisaki
松浦寿輝

講談社文芸文庫

目次

幽　花腐し

無縁

残暑もおさまりもう秋風が立ちはじめているというのに裏庭の格子塀に蔓を這わせた淡紫色の朝顔がいつまでも花をつけつづけているのが何だかあさましい。もう放っぽらかしでほとんど水遣りもしていないのに、だんだんと間遠になりながらそれでも数日に一度はふと気づくと真夏の頃と比べればやや小ぶりだがそれでも鮮やかな色の一輪をさみしく咲かせている。その鉢植えの朝顔を種から丹精して育ててきた女が姿を消してもうひと月にもなる。花が咲いているのに気づくと男はじょうろなどを使うのが面倒なのでコップに水を汲んできて土にかけてやったりもするがそれきりまた何日も忘れてしまう。

丹精してくれる者がいなくなってもぽつりぽつりと花をつけつづける朝顔を見ると実のところはついうるうると溢れ出しそうになるものがあり、それに反撥して、けっ、こんなものをいとおしいと思ってたまるかと自分に気合を入れるのがその男のつっぱりだったが、しかしそんなふうにつっぱらずには毎日を持ち堪えられないほど弱くなっているのかと思えば気も滅入る。蔓も細く黄ばんで勢いがなくなっても凋落の気配のなかでなおこんなさみしい花をつけて精一杯自分を誇示しようとするのか。しゃらくせえ、と声にならない啖呵を心の中で呟いて、浅漬けの胡瓜をぱりぱり嚙みながら男は冷たい飯をかっこみ、あとは日がなぼんやりしているうちに日々はするすると流れてゆく。

しゃらくせえ。

一瞬間を置いて、その同じ言葉が今度は自嘲にいろどられて跳ね返り自分の中にことりと落ちてくる。男が東京の下町で過ごした子供時代のことだが、気の向く仕事だけ引き受けて丁寧にやるけれどふだんは猿股一つで昼から大酒をくらっている職人気質の大工が叔父の一人にいて、しゃらくせえというのが口癖だったものだ。なんだ、おまえ、私立の高校に行くんだと、しゃらくせえ。床の間に檜の違い棚を作れだの何だの通人気取りで面倒なことを言ってたあの区議の爺い、妾が三人いるんだと、しゃらくせえ。そう吐き出して首をがっくり落とし、湯吞み茶碗から冷酒をくいっと呷ってはぷいと横を向く。あの酒焼けした赤ら顔の小さな老人がしゃがれ声で吐き出すしゃらくせえならそれなりに格好がついていたが、もうそんな啖呵をきってさまになるような奴は俺の世代には一人もいないな。そう男は思い、家族も持たず家財と言えるほどの家財もなくほとんど裸一貫で暮らす初老の職人の唇にのぼっていた啖呵の響きを心中に蘇らせてみる。ひょんなことからおんなじような身の上になってしまったが、俺には大工の腕も、何の腕もありゃあしない。

初老という年齢にはほど遠いがなぜかもう老人のような生活のかたちに浸りこんでいる

男はひたすら眠った。いくらでも眠れるのが不思議だった。生きるために眠るのか、眠るために生きているのか。おまえの快楽はいったい何かと尋ねられたらたぶん男は眠ることと答えたかもしれない。食べることへの欲はほとんどなく軀が最小限必要とする程度のものを口に入れていられたらそれでよい。交わることの欲もめっきり衰えた。一緒に暮らしていた女とのひっきりなしの喧嘩の種は結局男の自堕落な女出入りだったが、実のところ男はそう年がら年中発情しているわけではなくむしろ女と寝るのは鬱陶しいと思うことの方が多かった。男の気持としては、女という生き物のかたわらにいてひとたびある種の場面に至れば手を出さない方が礼儀に悖《もと》るといったようなことになるが、むろんそんなことを女に言うわけにはいかないのでつい黙りこんでしまう。女は男が口をつぐむとまだ隠していることがあるのではと疑ってますます激昂する。そんな不毛な堂々めぐりもしかしもう終った。女はもうおらず、男は今はただもうこんこんと眠るだけだった。食欲も性欲も絶え果ててもなお寝床に倒れこんで欲も得もなく眠りこけることの快楽は棄てられない。しかしそれにしてもいったいなぜ眠りは快楽なのか。

いったい快楽とは心地良いもの、愉しいもののことだろうか。あれは何年前のことになるのか、オートバイで高速道路を走っていたとき急に車線変更して目の前に割りこんできた車があり、それに気を取られてカーブを曲がりそこない、路肩のコンクリート壁に接触して転倒したことがある。横倒しになりくるくる回転し路面をざあっとこすりながら滑ってゆくバイクの車体を蹴って辛うじて身を引き離したが、胸から地べたに激しく叩きつけられ、何秒か何分か、たしかなことはわからないが主観的にはたぶん一分ほどの間意識が冴え返って、ああこうして死んでゆくのかと妙に醒めた思念が心を占めた。そのずいぶん長い一分が過ぎて意識がふっと遠くなったのだが、後になって男は生まれてこのかた体験したことのないような激痛に全身が貫かれああこれは死ぬなと直観したその瞬間のことをよく思い出し、快楽というのはあれではないか、あの一分間のことではないかと考えた。

死とか崩壊とか解体とかとぎりぎり境を接したようなものが快楽なのだ。あと一歩踏みこめば無しかない、空虚しかないといったような地点に至り着かないかぎり本当の快楽はないのだ。あらかじめわかりきった心地良さの反復など実は何の快楽でもない。唐突なようだがたとえば、いたいけな幼女の手の指をナイフで一本ずつ切り落としてゆくといったことを想像して男は残酷な興奮に身震いする。いや、身震いというならいっそのことむしろ、自分の指を誰かに頼んで小指から始まって薬指、中指、人差し指、親指といった具合に一本ずつ順々に切り落とさせてゆくというのはどうだろうと考え、性の興奮というより観念の興奮というべき戦慄で男の軀はひとりでに震えだす。だらしない格好で昼日中から往来をふらふらしている男のことを近所の連中はさぞかし不気味に思っているだろうが、その不安は正しいぞと胸の中で呟いて男はにんまりとほくそえむ。俺がどんなことを考えているか、夢見ているかを知ったらあいつら腰を抜かすぞ。

しかし表立っては男は毎日ひたすら眠りを貪っているだけだった。ありきたりの射精の快感などよりもむしろ、ただ寝床に倒れて眠りこけることの方が本当はそうした未知の激甚な快楽にずっと近いものであるような気がする。眠ること。それは単に心と軀が快く弛緩するといった程度のことではない。ぐっすり眠りこけて目覚めると男はいつも軀中が綿のように疲れきっている。見ていた夢をはっきり覚えていたためしはないが何か重く臭い血のような液体の中を泳ぎつづけ、つかまって軀を休められるものが何一つなく、両手を必死に動かしてその液体をかいてもかいてもどこにも至り着けない、眠りの間中ひたすらそんなことをしていたようで、しかしそれこそまさに自分の生の核心に触れた時間にほかならなかったと感じられてならない。そんな眠りから覚めてしばらく呆然とした後、その困憊から回復するために近所を歩き回ったりして、飯を食ってしばらくするとまた眠くなる。眠りによって疲労を回復するのではなく、まるで眠りのもたらす疲労困憊から立ち直るために起きている時間を辛うじて確保しているような気がする。

横十間川に流れこむ江東区の小さな運河のきわに建つおんぼろの貸家に男は住んでいたが、その運河は夏の渇水期以来水量がめっきり少なくなったままで、そうこうするうちに堰を鎖して護岸工事を始めたとかで今やほとんど涸れ川のようになってしまい、ほとんど動かない濁った水溜りが、あれは潮の満ち干と何か関係があるのか、時おりふだんの流れとは逆方向にゆっくりと動いたりしている。どうでもいいと言えばどうでもいいが、ただもし仮にこの水路が澄んだ水を満々と湛えていて、ところどころで白い飛沫を上げながら悠然と流れたりしていたらどんなにか爽快だろうなあというような息苦しい思いがこみ上げてくることも時としてはないではない。俺もまた、あの淀んだ水に吹き溜まった何かの残滓のような、塵あくたのようなものかと男は思う。もっとも地下鉄の駅まで二十分ほども歩かなければならないことを除けば男はこの猫の額ほどの裏庭さえついた古家の住まいがかなり気に入っていて、しかもその駅に遠いというのも歌舞伎町のキャバレーをやめてしまって外を出歩く生活上の必要がなくなってしまえばもうとくに不便を感じることもない。

「刺してやる」と女はよく言ったものだった。男は返事をしなかったが本当に人を刺すような女なら何も言わずに刺すだろうと心中では思っていた。刺されても仕方ないようなことをしたと女が言い張るならばそれはそれで仕方がないがしかし男にとってはそれも過ぎたことで、過ぎてしまえばなかったも同じことだった。さもしい目をして新宿をうろついている腰の軽い女の子を引っかけて飲んだついでに一晩一緒に過ごして朝帰りするようなことがそれほど大した悪行だろうか。第一、一緒に暮らしていた女自身、そんなふうにして男に釣り上げられて、いや女の方が男を釣り上げたのかもしれないが、とにかく森の中でふと行き会った動物の雄と雌が互いの匂いが気に入ってそのまま番《つが》ってしまったような具合に馴染み合い、ずるずると同棲するようになってしまったのだった。しかし一緒に暮らすようになってみるとどこか野生の動物のような獰猛な気配を漂わせたそのはたちをいくつも越えていない小さな美しい女は意外なほど情が深く、男の頭を自分の乳房の間に抱えこむようにしていつくしんだ。「刺してやる」と言うようになってからもそう繰り返しながら女は男のために飯を炊《かし》ぎ味噌汁を作り、抱き寄せられれば躊躇なく軀を開く。女の下腹には帝王切開の痕があった。

しかし「刺してやる」の執拗な連禱はやや度を越すようになってきていて、今年のお盆に女が田舎に帰って留守にしていたとき男の勤めていたキャバレーに短い間アルバイトで出ていた十代の女の子を何日か家に連れこんでいたのだが、女が帰ってきてそれがばれたときの修羅場がすさまじかった。男もたぶん投げやりになっていて、一応掃除くらいはしておいたつもりだったのに茶色に染めた長い髪が一本風呂場に落ちたままになっていて、どこか深いところではばれようがばれまいが同じことだといった放心状態に浸りこんでいたのかもしれない。ただ殴る蹴る引っ掻くといった修羅場になれば放心に浸って澄ましてもおられず、男の方でも激昂して女の髪を摑んで引き倒すというようなことになった。しかし、まあそれも過ぎたことだ。今では男は一人で暮らしていてもう縁は切れた、言ってみれば世界そのものとの縁が切れたというような気がしていた。

縁という言葉がある。えにし、ゆかり、ちなみのことか。てづる、たより、めぐりあわせだろうか。自分が縁というものの薄い人間だということを男はよく心得ていた。女が家にすっかり居着いて女房気取りで飯を作り掃除機をかけたりするようになったらなったでべつだん文句を言おうとは思わないけれど、しかしそんなふうになったからといって女との間に縁が結ばれたという気持にもどうしてもなれない。強いて女を引き留めようともしないかわりに家から追い出してしまおうともせず、ただ俺とは無縁の女だと思って眺めているだけだった。女が家事をしてくれれば有難いし並んで寝床に入れば裸になって抱き合ったりもするが、それでもあくまで無縁の女だった。軀中をまさぐり合うはずみに女の帝王切開の跡に指が触れることももちろんあったが男はそんなことを絶えて話題にしようともせず、しかしそれは優しさや気遣いからではなく単に面倒だったからにすぎない。無縁の女との間に殴る蹴るの修羅場を演じなければならないのは何ともしれず鬱陶しくやりきれないことだった。しかしそれももう終った。秋風が立ちはじめて男は今はもう本来の自分に戻れたように感じ、仕事もやめてただ行き当たりばったりに生きていて、至上の快楽を夢見ながら上の空で日々の時間を過ごしているだけだった。

血のつながりも薄い男だった。去年のこと、子供の頃から男をいちばん可愛がってくれた上の姉が急死して、もう二度とふたたび敷居を跨ぐものかと思っていた実家に帰って葬式に出る羽目に陥った。それはそれで、だからどうというほどのことではなく、姉の遺影の前で神妙な顔つきで焼香したからといってべつだんずっと憎み合っていた親兄弟との間に縁が戻ったわけではない。目が合えばちょっと頭を下げるくらいのことはしてやってもいいが、ああいう下司な連中と親しく口をきく気など毛頭ない。もう一度会ってゆっくり話してみたかったたった一人の親族である姉が死んでしまった以上、これで実家との縁はすっかり切れたという安堵がむしろ先に立った。その姉に対しても正直に言えば遺影の前で手を合わせてもべつだん哀しみがこみ上げてくるわけでもなく、死んだものはもう死んだものだという男のうちにしこった冷たい感情が改めて確認できただけに終り、わざわざ黒いネクタイなんぞ締めて出かけていってつまらないことをしたという後悔が残った。

しかし葬式が済んで一週間ほど経った満月の夜、その時分はまだキャバレーに勤めていたのだがその晩は早番で上がってよい日でうまく終電に間に合い、駅から家まで運河べりのひとけのない道を帰る途中、軀が移動するにつれて男の背の斜め後ろあたりを光がついてくるのに気づいた。すみずみまで白い光が満ちている明るい夜だったが、それよりずっと明るい何か輝く一点のようなものが男の歩みに従ってゆらりゆらりと上下しながら水面を流れてくるのが背後のことなのにはっきりと見えた。ああ、姉が別れを告げにきたなと男は思い、不意に涙が溢れ出して止まらなくなった。家が見えてきたあたりで振り返ると川面に月が映って揺れていた。ああ、これで俺は何もかもから無縁になったと男は思った。後は自分にとっての本当の快楽が何かを知ることだけだった。

女がいなくなった後ぽつりぽつり咲きつづけている淡紫色の朝顔の花を見るとなぜかあの夜川面にゆらゆら揺れていた月影を思い出す。ひょっとしたらそれはごく単純なことで月も朝顔も丸いかたちをしているからというだけのことなのかもしれない。男は丸いものが好きだった。考えてみれば死んだ姉とついこの間まで一緒に暮らしていた女との間には共通点があってそれはどちらも小作りな丸顔をしていたということだった。それではあの月の輪はやはり男に最後にもう一度だけ会いにきた姉の魂だったのだと思う。

こんな話がある。何千年前だか何万年前だかの地層から発見された植物の種子を植物学者が奇跡的に発芽させることに成功した。慎重なうえにも慎重な配慮を重ねて育てられたその植物がようやく莟をつけ、とうとうそれがもう今日明日にも開花しそうになった。太古の昔の球根の中に隠れ潜んでいたいのちが花開こうとしていることに興奮しきった老植物学者は、その日も朝早く目が覚めてしまい、さっそく鉢を見に行ってみる。と、どうだろう、茎の根元に魚の頭がごろんと転がっていて、植物からは心なしか生気が失せている。前の晩遅くに植物学者の幼い孫が、祖父の手助けをしようと一生懸命になり、開花を早めるための肥料にしようと夕飯のおかずに残った鯵の頭を載せておいたのだ。デリケートなバランスの上で辛うじて生き永らえていた植物には魚の頭は肥料としてはあまりにも強すぎてかえって元気がなくなり、結局その植物は花をつけることなく立ち枯れてしまう。……男が昔どこかで読んだ話で細かい部分は忘れてしまったが、ざっくり断ち切られた鯵の頭がぎょろりと目玉を剝いて鉢植えの根元に転がっている光景だけは、いつかどこかで実際に見たことがあるかのようにはっきりと記憶に焼きついてしまったものだ。

このささやかな失錯の逸話が男にそれほど鮮烈な印象を与えたのは、たぶんそれが植物の生を助けよう、いつくしもうという優しい善意の産物のはずだったのに、あまりに「強すぎ」て、植物はそれを受けとめきれず、かえって枯死に追いやられてしまうという結末に含まれた残酷な教訓のゆえだろう。生臭い魚の頭部が発散させているぎらぎらした精気は、脆弱な植物の生にとってたちの悪い毒でしかない。無邪気な善意が何千年、何万年もの間ひっそりと永らえてきたかけがえのないいのちをあっさりとひねり潰してしまうことの残酷さ。しかしこの残酷さ、この取り返しのつかなさこそが快楽に必須のものなのではないかというのが男の思いだった。六畳の座敷に横座りになってけうとそうにサヤインゲンの蔕《へた》を取っていた女を抱き寄せて唇を吸い、胸をまさぐって、呻き声の合間にいったいあんたどういうつもり、あの娘にもこんなことをしたの、吸ってやったの、吸ってもらったの、何て厭な奴、刺してやるわときれぎれに罵詈を吐き散らしながらしかしおのずと開いてゆく女の軀をかすかな嫌悪感をこらえながら押しひしぐ。女の息はとろりと甘い。それなのにごろりと転がる魚の頭部の切り口の汚れた血が鼻孔に臭う。

人は自分の軀の重さを忘れて生きていることの方が多い。だが軀を軀として意識するきっかけがある。苦痛と快楽だ。高熱であえいでいるとき、指を包丁で傷つけたとき、空腹の胃に生のままのウィスキーを流しこむとき、こらえていた射精の瞬間が不意に訪れるとき、人は自分が軀を持つ存在であることを思い出す。苦痛と快楽……だが苦痛こそが快楽ではないか。存在を激しく刺し貫くものだけが快楽なのではないか。

高校を退学になってからしばらくバイクで族を組んで遊んでいたことがある。族同士の喧嘩でいちばん大掛かりなのが起きたとき男は成り行きで真っ先に飛び出して相手の副リーダー格と取っ組み合う羽目になり、こいつを殺さないかぎり俺が殺されると直観する瞬間の甘美な戦慄を生まれて初めて味わった。それはこれまでのちゃちな殴り合いとまったく違ったものでそもそも相手はナイフを持っていたし男は手に金属バットを持っていた。相手が両手で頭を抱え丸くなって動かなくなってからもかさにかかって背中と言わず腰と言わず腿と言わず力のかぎりにぶっ叩き、一つ深い息を吐いてから金属バットを放り出し、とっさにどういう気まぐれだったのかそのかわりに相手のナイフを拾って走って逃げた。何度か転び、足首を挫いたらしいのだがそのときは夢中でわからなかった。その捻挫以外に男の方もいくつか深い切り傷を負い鎖骨と肋骨を折っていてそのまま横浜の友達のアパートに転がりこみ、治るまで何週間か潜伏することになった。そのまま族をやめてしまったのは、怖気がついたからでは決してなく、いや怖気と言えば怖気だが、男が怖かったのはむしろ、死を賭けた苦痛と苦痛のやりとりが彼にとっては軀がとろけだすほど快かったからだった。その喧嘩の記事は一応新聞に出たが男が滅多打ちにしてたぶん半殺しぐらいにはした相手のことは報道されなかった。

快楽という言葉で男がすぐ思い出すのは何年か前のオートバイの転倒事故でなければ十

五年ほど前のこの金属バットの夜のことだった。しかしそれもこれも過ぎた話だ。何か男はもうすべてが終ったような気がしていた。もしこの世に終りが訪れるということになったら俺はその最後の夜をどんなふうに過ごすだろうと男は考える。最後の夜を一緒に過ごしたいと思う奴はもう俺には誰もいないな。男にも女にもいない。俺はただ眠っているだけかもしれないな。眠りとは母親の乳首をくわえた赤ん坊が浸りこんでいる安らぎのようなものだと思っている奴がいるかもしれないがそれは違う。いや、そんなふうな眠りもあるのかもしれないが俺の眠りは違う。目が腐るほど、頭の芯が痺れるほど眠って眠って眠りぬくのは俺にとっては苦痛とほとんど区別のつかない快楽の源泉なのだ。目覚めてみるともうはっきりとは思い出せないあの濁った夢、今にもすっぱい吐瀉物が咽喉もとに突き上げてきそうになるのを辛うじてこらえながら臭いたてる重ったるい血の海で溺れているあの苦しい夢の深みにどんな化け物が潜んでいるかを、本当は俺はよく知っているのだ。

　今では男の生活はほとんど抽象的なものだった。眠りと眠りの間に男はぼんやりと家を出て近所をさまよっては時間を潰した。或る夕方、通りすがりにふと見下ろすと相変わらず水の涸れかけた運河に灰色の猫の死骸が浮かんで、流れてゆかずに一つところに滞留したまま、しかしじっと目を凝らさなければわからないほどの緩慢さでゆるりと回転していた。烏が突っつきでもするのだろうか、横腹のあたりに白い骨がのぞいている。男がそれをじっと見つめている間も夕餉の支度どきのその通りにはけっこう人通りがあり猫の死骸に目を留めているらしい通行人も多いようなのに誰もが目を逸らすようにしてそそくさと通り過ぎてゆくのが男には不思議だった。しかし、それではあの死骸は俺には、俺にだけは無縁でないのかという考えが閃き、不思議なのはむしろそれだと思い当たった。護岸工事はまだ続いているのかと訝っているうちにもうこの水路は上に蓋をして暗渠にしてしまおうという話も出ているなどという噂もちらほら耳に入ってくる。

さらに数週間が過ぎ、秋が深まって烏瓜の実が赤く色づきはじめた或る夜、八月に男が家に連れこんで、一緒に暮らしていた女との間に修羅場が持ち上がる原因となったあの娘が不意に訪ねてきた。

「なんだ、おまえ」

「久しぶりねえ。お店、やめちゃったんだって」

「まあな」

「どうしてやめたの」

「どうしてかな。何となくかな」

「ねえ、今晩泊めてくれない」娘はいくぶん幼稚な感じの科をつくって言うが、物腰に妙に落ち着きがない。

「おまえ、どうしたんだよ」

「ちょっとまずいことになっちゃってさあ。泊めてよ」

「泊めてもいいけど、あしたになったら出ていくか」

「うーん……いいじゃん、もうちょっと。あたし、もうあいつのところ帰りたくないの。金もないくせに態度だけはでかくてさあ。何だったらここでおじさんと一緒に暮らしてあげてもいいよ」この娘の同棲相手は不法滞在の中国人だと聞いたような気がする。

「馬鹿言え。誰がおまえなんかと」

「あら、ずいぶんな言いかたじゃない」

「何があったんだよ。まずそれを言え」

「うん、ちょっと……。別の男が押しかけてきちゃってさあ。それでもうすったもんだで……」

「おまえも相変わらず馬鹿なことやってるな。第一、こんなふうにいきなり来て、もし俺が女といたらどうするつもりだったんだ」

「その時はその時……。だって、いないんでしょ。いないみたいじゃん。だいたいあんた、一人の女と長続きするようなタイプじゃないよ」

「あいつは田舎に帰ってる」

「夏んときとおんなじかあ」

　男のうんざり顔を尻目に娘は何のかのと言いながら図々しく履き物を脱ぎ、家の中に上がりこんでしまった。薄暗い電灯のともる殺風景な四畳半にぺたりと座りこみ、ほうけたような表情であたりをぼんやりと見回している。

「おまえ、クスリでもやってるのか」

「やだあ、やってないよそんなもん」

結局、万年床になっている湿った布団の中に引きずりこむ成り行きになったが娘は予期していたことのようでまったく逆らわなかった。この娘も子供っぽい面立ちの小さな丸顔で、キャバレーにいたのはほんのふた月ほどだったが人気が出てずいぶん沢山の指名客がついたものだった。裸に剝いてみると軀も幼児体型で、全体にぽっちゃりしてはいるが胸の脹らみも薄く腰のくびれも目立たず、触れてもあまり反応がなくくすぐったそうに軀をよじらせるくらいのもので、しかしこういう女がたまらなく好きだという男もけっこういるのかもしれない。男が夏まで一緒に暮らしていた女はさすがにはたちをいくつか越えているぶんずっと大人びていて、乳房も丸く固く張りつめて熟れきった甘い果物のようだった。

自分の中で性への渇望がすっかり萎えていることに改めて気づき、しかしそれでもするだけのことはするかと何か諦めきったような思いでのろのろとパンツから脚を抜きながら俺は猿だという自嘲が湧く。布団にくるまって軀を重ね、娘の口元から漂ってくる乳臭い息の匂いを嗅ぎながら男はその薄い胸に手を当てて、これもまた無縁なことだというさみしい思いに駆られた。しかし次の瞬間、一緒に暮らしていた女の丸い乳房の感触がてのひらに懐かしく蘇ってきたのには不意をうたれ、この懐かしさはいったい何なのかと訝った。今、俺のてのひらの中にあるのはあの女の張りつめた乳ではなく別の少女の薄い胸で、しかしそれなのにこの瞬間にこうして二人の女が重なり合い、実際にはいない方の女に対していきなりこんな胸苦しいような懐かしさがこみ上げてくる。縁が結ばれるとはこうしたことなのか。してみると、無縁のものが無縁でなくなるためには死が必要なのか。たぶんそうなのだ。

いったいこれは繰り返されるのか。敷きっぱなしの湿っぽい布団にくるまって娘が眠りこんだ後に男は起き出して、引き出しの底にしまいこんでおいた登山ナイフを手に戻ってきた。しばらく枕元に正座して、薄暗がりの中にぼんやり浮かび上がる女の寝顔を見つめながらまたこの刃を血で汚すのかと考えていた。白い細い首にその刃を当てても娘は目を覚まさない。

何、これ？　いやあねえ、と半ば困惑し、半ばおかしがりながら言う女の声が耳元に響く。やめてよ、ちくちくするじゃない。

やだあ。あんた、そんな趣味があったの。

あっ、やだ、ほんと、痛いよお。

ちょっと、それあたしに貸してくれない。刺してやるってずっと言ってたのはあたしの方なんだからさ。

ああ、よかったわあ。とろけそうなくらいよかった……。ねえ見て、あたしの、この内股のところ、まだひくひくしてる。ふるえてる。

　怖い。やめてったら。早くしまってよ、そんなもの。

　含み笑い混じりのそんな言葉をこの娘が今にも目を開けて男に投げつけてくるような気がしたが娘は横を向き軽く曲げた人差し指の横腹を唇に当ててすっかり熟睡しているようだった。しかし今この瞬間男の前で眠っているのは一緒に暮らしていたあの熟れた果実のような女だった。あの女とこの女が重なり合うと男は思い、頭の中はかあっと熱いのに背筋に氷柱がつうっと滑ってゆくようでうなじから背中にかけて鳥肌が広がった。ふふっ、凄いだろ、この刃の光り具合はと男は言い、冗談に紛らわせてしまってもいいような気になる。昔、これで俺に切りつけてきた奴がいてなあ。逆に半殺しの目に遭わせてやったけどな。ほら、見てみな、ぎらぎらしてるだろ。ずいぶん人の血を吸ってきたんだぜ。

　しかし男は薄く開いた口の間から歯を見せ、顔にはほとんど笑みに似たものが浮かびかけているのに、それよりも早くもうすでにほんの少しだけ力をこめた手首がまるで我知らずのように動いていて、ひとたびそれが動いてしまえばただ、ひゅうっという息が笛の音のように洩れるだけですべてが済んでしまう。簡単なことなのだ。びくん、びくんと二、三度大きく跳ねた後はすぐ静かになり、その後の細かな痙攣もあまり長いこと続きはしない。また同じことをするのかと訝るような思いで男はその娘の子供のような無邪気な寝顔を見つめ、そこから目を移してかぼそい咽喉もとに大輪の花のようにあでやかに開いた傷口にほれぼれと見とれる。二人の女が重なり合う、どっちがどっちの影なのかと男は思い、では反復こそが快楽なのか、反復の快楽というものがあるのかとめくるめくような熱っぽさの中で直観した。

こんなふうにナイフの刃が真っ白な咽喉にすうっと入ってゆくのはやはり無縁だからなのだろうか。こんなに柔らかな肉の繊維を冷たく光る金属の刃が右と左に分けてゆくというようなことでもないかぎり縁というものが結ばれようがなくて、だからこそ……それだからこそ俺は自分でも驚くようなこんな静かな心で手首を動かしているのだろうか。それにしてもこんなにふんだんに血が流れ出すのにはいささか驚いた。こんなことってあるのかな。ひでえな。ひでえもんだ。男はしばらく呆然として目を逸らし、窓の外の草の茂みを見つめている。あの蒸し暑い八月の夜も俺はこんなふうにぼうっと外を見つめていたなという思いがゆるゆると浮かび上がり、いや、こんなふうにぼうっと座りこんでいるわけにはいかないぞと自分に活を入れる。まだすべてが済んだわけではないのだから。

首を胴体から切り離すのはかなりの大仕事でナイフの柄はすぐ血糊でぬるぬるになり指が滑って力が入らなくなってしまう。血まみれの布団の乾いた部分を探してそこでその血でぬめるナイフの柄を何度も何度も拭いながら少しずつ力を入れ、骨の繋ぎ目の弱い部分を探りながら頸骨を断ち切ってゆく。丸いものをごろんと転がらせるのにはずいぶん時間がかかる。しかしそうしようと決めたのだった。四肢は少しずつ生ゴミに混ぜて捨てて、しかしごろりとした頭だけは裏庭に女が丹精して育てた朝顔の根元に埋めてやる。運河脇の道端の芒の穂が秋風にそよぐような時節になってもなお朝顔が花をつけつづけているのはそれではやはり、あのあでやかでしかしどこかさみしい花を梅雨どきに植え丹精して育て上げた女の一念なのか。溶け出した腐肉に籠もった精気となって女の一念がまだこの世のきわに揺曳しているならばそれこそまさにとうとう結ばれた情のえにし以外のものではないだろう。そういうことかと男は思った。必要なのはやはり死なのだ。快楽なのだ。いったいこれは繰り返されるのかと男は改めてまた自分に問い、もちろんだともと自分で答えた。血のぐっしょり染みこんだ布団を細かく割いて少しずつ捨てていくなどといったことを、はたして俺はもう一度やるつもりがあるのか。もちろんだとも。しかし不意にまたあの抗しがたい嗜眠の発作が男を襲い、現実よりもはるかに血なまぐさい泥のような無意識状態に引きこんでゆく。

真夜中過ぎになって男は家を出た。それとも俺はいつものように眠りこけているだけなのか、これはあの濁った夢の中の出来事なのかと訝ったが、その漠とした訝りの間にも男の軀は自動人形のように進んで運河べりの細い路をほとほとと歩いていた。運河を跨いでいる小さな橋の上に立ちそこから手すり越しに見下ろすと、ずっと涸れ川になっていたはずなのにいつの間にか満々と水が湛えられ水面が眼下に迫っていて、しかもふだんならむうっと鼻をつく腐った魚のような臭いが立ち昇ってくるのにそれがまったくなく、むしろ爽やかとさえ言っていいような夜気に顔がふんわりと包まれるようで、男はああこれで俺は救われると思った。少々離れたあたりに小舟が繋いであるのが目に入ったので男は橋の脇の狭い段々を下りて水際に出た。近寄ってみるとそれはペンキの剝げかけた古い手漕ぎボートで、暗い水が運河の岸にひたひたと波を寄せてくるのに合わせてぷかりぷかりと揺れている。男が乗りこんで両手にオールを握り、どちらの方向が上流だったか下流だったかとっさに思い出せないまま当てずっぽうに漕ぎ出すと暗闇がいっそう深くなったようだった。まだまだ快楽があるはずだ、こんなものではない快楽、俺の軀も心もばらばらに引き裂いて血なまぐさい無へ戻してしまうような快楽がと男は思った。

しゃらくせえ。しかしその呟きは相変わらず声には乗りはしない。

ふるえる水滴の奏でるカデンツァ

薄暗がりの中でオパール石を親指と人差し指の間に挟んでひねくり回しているうちにふとした気まぐれから圭一はそれを口に含んでみた。すべすべした小さな楕円のかたまりが唾液にまみれて舌と口蓋の間をゆるゆると動き回り、やがてそれを歯と歯の間に挟んで固定してみればかちりというかすかな冷たい音が耳の後ろに響いてこんな蒸し暑い熱帯夜なのにほのかな涼気が背筋を走り抜ける。また口中に戻してしゃぶっているとついはずみで咽喉もとを滑り落ちていきそうになり、呑みこみそうになったその石を慌ててまた舌の上に吐き戻す。こみ上げてくるかすかな吐き気を押さえつけながらしかしこの嘔吐感は恍惚に似ていると圭一は思い、枕に頭を戻しながら軽く口を開いて舌先にオパールをのせたまま目を瞑り、その丸いすべらかな感触に注意を集中してみる。

きらびやかな小さな宝石。それは軀の内部には取り込みようのないもの、咀嚼し嚥下し胃腸の中で消化してしまうことができず、自分の軀にとってはどこまで行ってもなまなましい異物としてとどまりつづけるほかないものだった。しかしその異物としてのなまなましさが何か奇妙な恍惚を誘い、こうしてオパールをしゃぶりそれをまた舌先にのせて外気にさらすということを飽きずに繰り返しているとほとんど性の交わりにも似たゆるやかな陶酔が訪れるようだった。やがててのひらの上に石を吐き出し、それをもう一方の手の親指と人差し指の間に挟んでかかげ外から洩れ入ってくる街灯の光に翳すとほのかな虹色が微小な星座のように輝いて何かのかたちがくるくると渦を巻く。指と指との間にまるで銀河が流れるようだった。石に触れている指先が自分の唾液でかすかにぬめる。昨日、このあたりから西に向かって広がっているチャイナタウンを当てもなくさまよっているときふらりと寄ってみたやや怪しげな宝石屋でつい押しつけられるようにして買わされてしまった石だった。

圭一は疲れていた。ガラス戸の外に形ばかり付いている小さなベランダに出てみれば昼間は渋滞のひどい自動車通りから排気ガスと喧噪が立ちのぼってきて、向こう側にはどぶ川ともつかぬ細い運河が通りに沿って伸び、さらにその向こうには鉄道の中央ターミナルになっているホァラムポーン駅が見える。このバンコックの安ホテルの五階の部屋に荷を解いてもう一週間ほどが過ぎようとしていた。七月初めのタイはもう雨季のまっただなかでモンスーン性のシャワーが一日に何度となく襲ってくる。今夜も先ほどから雨が降りだしいっとき大きな雨粒がベランダの縁を叩く激しいスコールになったがもうほとんどおさまりかけているようだった。通り雨が去っても暑さはいっこうにやわらぐことがなく、チップを置いていないからかずっとシーツを替えてくれないままなので垢染みた臭いが籠りはじめているベッドにこうして横たわっていると湿気を含んで重くなった熱い空気が甘い蜜のように圭一を包みこみ、ガラス戸を開けっ放しにしているのでベランダから吹きこんでくる細かな雨水の粒子と滲み出る汗とが混ざり合い自分の皮膚と世界との間の境界が曖昧になって、ああこんなに疲れていてもそれでも俺はこうして植物のように育ってゆく、蔓や葉が旺盛に伸びつづけるように俺は世界の奥へ伸びてゆくのだという唐突な思いが閃く。こんなふうに生長していけるのならもう何もいらない、やめてしまった仕事にも日本そのものにも未練はないと改めて考え、オパールをつまんだ手を伸ばしてその石を素裸のまま隣にうつぶせになっている香代子の背中に押しつけ、ゆっくりこすってみた。香代子はぴくりと一つふるえ、ゆっくりと寝返りをうってこちらに向き直り、圭一の目を覗きこんでくる。

　香代子の顔がゆっくりと近寄ってその黒目の勝った瞳に吸いこまれそうになり、こんな薄暗がりの中でも自分の顔がその水晶体に映っているのが見えるかどうか探ろうとしたがその前にすでにそれこそ草の生長を思わせるような遅さで香代子の瞼が下りてきて固く鎖され、次の瞬間顔が押しつけられ体重がかかって白いすべらかな魚のようなものがもう圭一の腕の中にいた。スプリングの壊れたソファやら古ぼけた小さなテーブルやら扉の蝶番がはずれてちゃんと閉まらなくなっている洋服簞笥やらが申し訳程度に置かれた陰気で黴臭い部屋だったが、がらんと大きいのだけは取り柄と言えば取り柄で、二人で横たわっているこのダブルベッドもいくぶん軋みはするもののかなりゆったりした広さがある。今晩もまたこうしてこのいとしい女をうつらうつらと撫でさすっているうちに夜が明けてしまうのだろうと圭一は思った。ラムヤイとかマンゴスチンといったこの国の人々の好物の熟れた熱帯のくだものから発するような甘い芳香を漂わせた白い肉体が圭一の腕の中にある。もうそれだけで十分だった。

香代子には肩のすぐ下から左腕がない。

オパールもこの女の肌もすべらかだった。つるつるした鉱物のすべらかさがあり真っ白できめ細かな香代子の肌もすべらかさがあってその二つはまったく異なったものだがそのどちらもが圭一をうっとりとさせた。もう俺はこの重く湿った空気の中で腐ってゆけばいい、その腐植土から養分を汲み上げつつまた新しく葉や蔓を伸ばしてゆけばいいと圭一は思い、オパールを舌の上に戻しその舌の先で香代子の唇にそっとふれた。その唇がかすかに開きいくらかつんと来る酸《す》い臭いの息が洩れる。圭一はその上唇と下唇の間にゆっくり自分の舌を差しこんでいった。それはずるずるとどこまでも引きずりこまれてゆくようだった。楕円形の石粒の感触に気づくと香代子の目が開いて不審の色がほんの一瞬よぎったがすぐにああとわかったようで自分の舌の上に圭一のオパールを受け取った。圭一が顔を離してゆくと彼の舌は香代子の両唇の間でしごかれるようにしてずるりと戻ってゆき、その後を追うようにして香代子はオパールを先にのせた自分の舌を突き出してみせた。混ざり合った二人の唾液にまみれた虹色の小石は仰向きになってシーツの上に頭を落とした香代子が差し出しているとがった舌先の上で相変わらず七色にきらめき、この埃っぽい部屋を浸している薄闇の中でその一点にだけ何か特別の照明が当たっているように見える。そのさまはまるでぬめぬめと光るこの小石が不意にこの部屋の中心になってしまいすべてがその周囲を回転しているようにも見える。

オパール。圭一は昔からこの石が好きだった。オパールは珪酸鉱物だが鉱物にしては例外的に含水量が多い。全体の重さの三パーセントから十パーセントが水分で、稀には二十パーセントにも達することがあるという。卵白に色が似ているところから蛋白石とも呼ばれるこの石に圭一が愛着を抱いてきたのはひょっとしたらそれが鉱物なのにこんなにたっぷりと水をたたえていて、保存の仕方によっては水分が揮発したちどころにその虹のような輝きをなくしてしまいかねないといったあやうさを秘めているせいかもしれなかった。オパールとは文字通りみずみずしい石、潤いのある宝石なのだ。人工的に乾燥させたり加熱したりするのはもってのほかでたちまち崩壊してしまうし、単に日光に当てておくだけでも徐々に水分が失われ表面から細かい罅《ひび》が入ってゆくというこの貴石の光沢には、そうしたはかなさそのものから発する高貴で不安定な魅力がみなぎっているように思われた。

「きれいねえ、ほんとにこれ」香代子が彼女のたった一つの手を口元に持ってきて舌の上のオパールをつまみ取り、目の前に翳しながら言う。

「うん。かなり質の良いものだと思うんだ。でも、やっぱりちょっとばかりぼられたみたいだけど」

「あなたはねえ……。見境がなくなっちゃうからなあ」

「君だって、いいわね、買ったらって言ったじゃないか」

「だってあなたがいったん欲しいって言い出したら、もうどうしようもないんだもの。それはよくわかっているから」

「ごめん」

「わがままな奴だからなあ、あなたは」香代子はごろりと軀を転がしてうつぶせになり頭もシーツにぴったりつけて顔だけこちらに向けた。圭一は香代子の長い髪に手を差し入れ、指の間で梳くようにして何度も撫でながら、

「好きだ」と言った。

「あたしも」香代子はすぐに答えた。もう何百回、何千回も繰り返した問答なのに、香代子は必ずはっきりした、生真面目な声で「あたしも」と答えを返してくれる。しかし一拍置いて圭一が、

「これ、あの店で指輪にしてもらうことにしようかな。それで君にあげるよ」と言ったのに対しては黙って微笑んだだけだった。唇の両側に軽く縦のくぼみが浮かび上がる。瞳に

花のようなものが揺らめいている。

東京ではそんなことはなかったがこれまで圭一は外国旅行の途中でふと時間が空いたときなど、街を歩いて貴金属商が目につくとふらりと立ち寄ってはあまり高価でない程度のオパール石を何とはなしに一つ二つと買ってしまうことがあった。指輪でもペンダントでもブローチでもなく、ただ美しい楕円に研磨されたオパール石が欲しい。贈り物ですかと訊かれていやと答えると妙な顔をされることもあるがかまわずに、とにかく輝きの美しいオパールが欲しいんだ、台もケースもいらないよといっていくらか値引きしてもらったりする。そんなふうにして海外旅行のたびに溜まっていったオパールが気づいてみればもう二十いくつか集まっていて、しかしべつだん麗々しく飾ったりはせずただモロッコ革の小箱にざらざら投げこんでいてときどき指でつまんで光に透かし銀河の雫が滴り落ちてそのまま結晶したようなきらめきに目を奪われてひととき過ごすというだけのことだった。誰か好きな女でもできたら綺麗なものを選んで指輪にしてプレゼントしてやってもいいかなと思わないでもなかったがそんな女が今まで現われたためしはない。香代子と出会うまでは。

以前、圭一には付き合いがもう二年を越えようとする女がいて、互いの部屋を行き来する手間がだんだん面倒になりはじめどうやらこのまま同棲とか結婚といったことになるのかもしれないと思うようになっていた。その女が実は自分の妹は片腕のない身体障害者なのだと言い出したときにはいくらか驚かないでもなかったがべつだん圭一にとってそれはだからどうというほどのことではなかった。ただ自分の妹の障害についてずっと口を噤みつづけていたその佳子という女にしてみればそれが何かとても恥ずかしい秘密だったのかもしれず、障害者の妹に圭一が同情を覚えたとすれば主にそれはそんなふうに実の姉から身内の恥のように見なされていることに対してだった。やがて佳子の部屋で紹介された香代子の何か小さな白い花の開きかけた可憐な蕾か何かを思わせる面立ちの美しさには驚いたが、飾りのないグレーのカーディガンの袖先から出ている動かない左手の先に手袋を着けていることを除けばごく普通の二十代半ばの若い女としか思われなかった。怯えやすい小動物のような過敏さを上手に隠しおおせているといった気配は感じとれたもののとくに性格が暗いようにも見えず圭一の下手な冗談にもころころとよく笑ってくれたものだった。佳子にしてみれば妹が自分の結婚話の妨げになるかもしれないといった恐れこそあれ、恋人を取り合うようなことが起こるなどとは考えてもいなかったに違いなく、圭一が香代子なしでは夜も日も明けないようになってからの逆上ぶりはやや異様で、会社に電話してきて圭一がいないと圭一の上司を相手にして、香代子が小学生の頃に海で船のスクリューに腕を巻きこまれるという事故に遭ったとき自分がいかに熱心に看病してやったかなどという話を高低の一定しないうわずった声でいつまでも続けて閉口されたり不気味がられたりしたものだ。

圭一の側から言えば事の成り行きは、単純そのものの恋情の自然な帰結にすぎない。むろん身体障害者への同情が愛に変わったといったような愚劣な「ヒューマニズム」とは何の関係もないことだった。が、かと言ってまた香代子の軀の欠損が圭一を突然巻きこんだ激しい情動の竜巻とまったく無縁だったかと言えば事情はいささか微妙だった。

或る夜のこと思いがけず時間が空いて前もって連絡せずに佳子のアパートへ行ってみると佳子は留守で、たまたま香代子が来ていて一人で留守番をしていた。来客を予想していなかった香代子は義手をはずしていて薄いブラウスの左の袖はくるくると巻かれ、肩の少し下あたりで安全ピンで留められていた。香代子はややどぎまぎしながらも落ち着いた物腰で片手だけで器用に湯を沸かし紅茶を入れて勧めてくれて、それを飲んで圭一はそそくさと引き上げたが帰り道ではずっと動悸が高まりっぱなしで、慎ましい百合のようにほんのりと咲いているものが白く細い美しい指を見せながら右手で紅茶茶碗を取って口元に運び、しかしそれと釣り合いをなすべき左半身にはただ空っぽの袖がくるくると丸められているだけというつい今しがたまで目の当たりにしていた光景を繰り返し思い出し、軀の奥底が激しく揺さぶられるようでその波立ちは何日経っても鎮まらなかった。香代子は湯上りの若い女の匂い立つような艶かしさを漂わせ、しかしたぶん自身の身体の奥底から滲み出すその官能をわれながら扱いかね、自分でもどう始末したらいいかわからないといった困惑の中に閉じこめられて終始目を伏せ、言葉少なになっていたのかもしれない。その晩何かがあったのではと佳子は今なお疑いつづけているらしいがそれは誤解で、茶の支度を手伝ってあげようなどという鈍感な親切ごかしだけは言い出すまいと思い、圭一はただキッチンで立ち働く香代子の後ろ姿を眺め、入れてもらった紅茶を飲み言葉少なに当たり障りのない世間話をして腰を上げただけだった。しかしその晩何かが始まったのだろうと言われればそれはそうに違いなかった。

それからはしかしずいぶん入り組んだ紆余曲折があり、誤解があり、不意打ちがあり、すれ違いがあり、焦燥があった。香代子は拒みつづけ一度圭一が無理やりに唇を奪ったときはその後何週間も会ってくれなくなって圭一は懊悩しつづけ、その頃にはもうこの情熱の突風を佳子に隠しつづけられるだけの気持の余裕もすっかりなくしていた。圭一が会うことを拒むようになってから佳子がおおよその事情を察してしまうまで、結局そう長い時間はかからなかった。会社にまで厭がらせ半分の電話を掛けてくる佳子の嫉妬と怨恨がどれほど鬱陶しくても迷惑でも、そんなことは香代子が今ここに、自分の腕の中にいないことから発する苦しみに心のすべてが占められていた圭一にとっては結局はどうでもいい些事にすぎなかった。

だが、ひとたび自分をゆだねようと心を決めてからの香代子の態度は今度は圭一の方が少々空恐ろしくなるほど率直だった。急に空気が冷えこみだした去年の初冬の或る晩、夜明けがたにほとほとと小さくアパートのドアを叩く音がした。眠れないままベッドに横たわり暗がりの中で目を見開いていた圭一がすぐ立っていって玄関のドアを開けると、左手の袖をだらりと垂らした白いレインコート姿の香代子が血の気の失せた顔で立っていた。迎え入れるとひとことも口をきかず自分から先に立って真っ直ぐ寝室に入り、ベッドに腰を下ろした。

「どうしたらいいかわからないの」レインコートを着たままの香代子は顎を上げ恐らく羞じらいで頬をかすかに紅潮させ、しかし強いまなざしで圭一の瞳を真っ直ぐに見つめながら平静な声で言った。「わからないの。男の人と付き合ったことがないから。あの船の事故の後は、母の前でしか裸になったことがないから。お姉ちゃんにも裸を見せたことがないの。この傷の痕は誰にも見せたことがないの」傷の痕と言うとき声が少しふるえた。

うっすらと朝の光が射しはじめたその暁がたに雨戸とカーテンを閉めきり真暗闇にして初めて抱き合った。香代子は終始うっと息を詰めたままで、終って圭一が離れると軀のふるえは止まったがずっと黙りつづけているので、顔を触ってみると仰向けになったままましんしんと涙を流していた。ごめん、と言ってその涙の跡に唇でふれると、ううん、嬉しいから、とかすかに呟き、その瞬間何かの抑圧が解けたように声を出して泣きはじめその啜り泣きはずいぶん長いこと続いた。ようやく静まった後で、こういうこと、一生知らないで終るだろうと思っていたから、と天井に向かって平静な声で呟き、それから軀ごとこちらに向き直り、髪を撫でつづけていた圭一の手をそっと押さえた。好きなの、とほとんど聞きとれないほど小さな掠れた声で言った。あれは去年の十一月末頃のことだったか。それからの半年あまりは二人にとっては本当に暴風雨の中にいるようだった。しかしその最初のときようやく泣きやんだ香代子が漆黒の闇の中で軀ごとこちらに向き直る気配があり、彼女の持っているただ一つの手で圭一の手を押さえたとき、圭一はこの女のすべてが欲しいと思い自分のすべてをこの女に与えたいと思い、さらにまた、ただその二つのことだけで俺が生きていることの意味のすべてが満たされるとも思ったものだった。その思いはそれから半年後にとうとうこんなタイの安ホテルの黴臭い部屋に流れ着くことになった今この瞬間でもいささかも揺らぐことはない。

香代子は顔を起こし、またオパールを自分の舌の先にのせてそれを差し出すようにして突き出す。ぬめぬめと輝く小石をしばらく見つめてから圭一は香代子の突き出された舌全体を大きくくわえとるようにしてまた唇を合わせその舌先にのっていた宝石を自分の口中に取り戻した。俺を陶酔させる二つの種類のすべらかさがこうして一つになるのかと思い、それなら俺が溜めこんだあの二十いくつのオパールをどうしてこのバンコックまで持って来なかったのだろうと悔やまれた。あのモロッコ革の小箱は机の引き出しに放りこんだまますっかり忘れていて、身の回りのものだけを手当たり次第に詰めこんだ小さな鞄一つを下げてドアに鍵をかけながらひょっとしたらもうこの部屋に帰ってこないかもしれないという考えが閃いたときにも、あの小箱のことなどまったく頭に浮かばなかった。その二十いくつの中にはどうしようもない安物も混じっていて文字通り玉石混淆だが、しかしずいぶん値の張った見事なブラックオパールも二つ三つ含まれていなかったわけではない。三十何年かの生涯で俺に残った財産はひょっとしたらあの小箱の中身だけだったかもしれないのに、俺は夜逃げ同然の慌ただしさであのアパートから出てきたときでさえあの小箱のことをちらりとも思い出すことがなかった。いったいあの美しい石たちはどうなるのだろう。圭一が国外で消息を絶てばいずれはあのアパートの中にも押し入ってくるに違いないサラ金の連中があの小箱も机ごと差し押さえてしまうことになるのだろうか。せっかくあれだけの数集めたのにまたちりぢりに売られてゆくほかないのだろうか。それとも誰か奇特な人の手に渡ってその人が圭一のしていたようにあの石たちをいつくしんでくれるだろうか。

香代子を抱き締めてしかし俺にはこの女がいると圭一は思った。何もかもを失ったとしてもこの女だけは圭一のものだった。圭一は香代子の繊細な鎖骨のくぼみからすべらかな左肩へ手を滑らせ、そこからずっと腕の切断の痕へと撫でてゆき、そしてそこに唇を当てた。初めのうちは触れられるのはもとよりその箇所を見られるのさえ厭がっていた香代子だが、圭一が心密かに恐れていたような醜い瘢痕などそこにはまったく残っておらず香代子の軀のあらゆる部分と同じすべらかな肌がそのまままくるりと丸く肉を包みこんでいることを知って、何てきれいなんだと歓喜の中で繰り返すのが本心からの言葉であることをひとたび信じてからは、もう何も隠そうとしなくなった。最初のうちは漆黒の闇の中でしか裸になろうとしなかったが、じきに昼の陽光の中でも嬉しそうに声を立てて笑いながら着ているものをもどかしいように脱ぎすて圭一の服も剝ぎ取ろうとするようになった。理不尽に強いられていた遅れを一挙に取り戻そうとするかのように自分のすべてを開こうとし、もっと開こうとし、もっともっと開こうとし、心も軀も素裸になってもうそれ以上さらけ出すものがなくなるとそれがもどかしくてたまらないとでもいったふうだった。腕の切断の痕に圭一が唇を這わせると、そこをそんなふうに触れられたことはないからと最初はくすぐったさからかむず痒さからか跳び上がるような反応を見せ、それは性器に唇をつけられたときよりも激しいほどだったが、繰り返されるほどにその過敏さもおさまってむしろそのくすぐったさとむず痒さが途方もない性の快楽の引き金になっていったようだった。香代子はそう時日も経たないうちに高い声を上げるようになり顔だけでなく真っ白な胸のあたりまで紅潮させそこに鳥肌まで立ててきわまるようになった。

もう雨は完全に上がったようだが空気は相変わらず重く甘い。ゆっくり空気が動いて開け放ったガラス戸の外からさまざまな匂いの渦が流れこんでくるようだった。香代子はうつぶせのまま頭の後ろに右手を回し、背中にばさりと広がってシーツにまではみ出し汗ばんだ肌に張りついていた髪を取りまとめ、少し揺するようにして圭一の方を見た。ふだんはその長い髪を無造作にくるくる丸め、小櫛とピンで後ろに固めて留めている。

「切っちゃおうかなあ、これ。鬱陶しいから」

「もったいないじゃないか、そんなに長いのに」

「うん、でも……。べたべた張りついちゃってさ。とくにこういう蒸し暑いところに来るとね」

「ああ」

「思いきってショートにしちゃおうかな」

「それも似合うよ、きっと」

「美容院ってあるのかな」

「昨日行ったワットの脇の道に床屋があったよね。美容院だってあるよ、きっと」東京に帰ってからにしたらとは圭一は言えなかった。これからどうするのか、いつまでこのホテルにいるのかという話はどちらの口からもひとことも出なかった。まるでそれは口にしないと二人で前もって申し合わせたかのようだった。

　香代子が手を離すと長い豊かな髪がまた背中に広がった。そのままこちらに向き直り、圭一の背中に右腕を回してきた。自分の背に香代子のてのひらを感じながら、しかももう一方の手をどこにも感じないのは、というかもう一方の手がどこにも「ないこと」を感じるのは何とも奇妙なことだった。香代子と抱き合いながら圭一は香代子の軀の欠損に慣れるということが決してなかった。ない上膊、ない肘、ない手首、ないてのひら、ない五指が絶えず圭一の意識を刺激し、名状しがたい惑乱を誘った。こうして一方の手は俺の背中に回されているが、他方の手は背中にも首にも頭にもどこにも触れていない、触れようがない、それは「ない」のだと考え、圭一はいつものように逆上するほど興奮していっそう力をこめてその美しい魚のような肉体を抱き締めた。圭一の重さに息が詰まったのかあるいは彼の痛いほど張りつめた男根でこすられた陰毛が一、二本引き攣ったのか香代子の眉間にかすかな縦皺が浮かんだので圭一はすぐに軀を離した。と、今度は香代子の方から圭一を抱き締め、彼の頭を自分の胸元に持っていって桜色の小さな乳首を唇に含ませる。それが固くしこるまで嘗めてから圭一は舌を滑らせ美しい赤みの射している首筋に接吻し、そのまま香りの高いうなじに唇を当てて目を瞑る。鼓動と息づかいが伝わってくる。

圭一の鼓動と呼吸がたちまちそれと一つのものになった。呻き声ともつかぬ香代子の喘ぎ。二人の間に火花が弾け飛んでいるようでそれはいつまでもいつまでも続き二人はもう二人であって一つだった。もし葉となり蔓となって伸び広がってゆくのならそれは圭一でもあり香代子でもあるような植物に生まれ変わって繁茂してゆくのに違いない。これは性器の挿入などという凡庸そのものの「行為」の中にあっさり溶けこませてしまうのは、ごくいじましいありきたりの射精の快感などの中で簡単に解消してしまうのは何とももったいなさすぎるような種類の眩暈だった。その熱い眩暈の中で宙に吊られながら圭一は耐えていた。ただひたすら耐えていた。

「しようか」

「うん」と香代子は聞こえないほどの声で呟く。

「それとも、このままこうしてる?」そう訊いても香代子の頭がかすかに動いてうなずく気配があった。

「どっちだよ」

「このままがいい」

俺の気持を思いやって香代子はそう言ってくれるのだろうかと圭一は思った。それならそのやさしさに甘えていようと心に決めて、そんなふうにうなじに唇をつけ目を瞑ったままでいるとなぜかいたいけな幼児が水平に横たわったまま宙に浮游し、ゆっくりと回転しているさまがしきりと瞼の裏に浮かぶ。いったいこれは何だ、こんな光景を俺はどこかで見たことがあるのだろうかと訝しく思い、記憶の底を探ってみるが思い当たるものは何もない。

いったいこれは何なのか。これが要するに性というものか。俺にとっての性の快楽のきわまりか。圭一はふとそう直感し、性の営みとは、その欲望とは、しかし、いったい何なのかと改めて訝る気持になる。自分でなくなりたい、単数でなくなりたいというやるせない憧れが性なのか。人間が人間であることそのものから来る身悶えするような淋しさが性なのか。しかしもしそうだとすれば、一は必ずしもただ二だけになりたいと願っているわけではない。同じもの、単調なものの外に出たい、そして他なるものに、多種多様なものになりたいというのなら、一は二になるだけではまだ足りない、三となって交わり合い、四となって睦み合い、五となって絡み合い、いや数を定めるまでもないいくつもの、幾十もの軀に軀を委ね、また委ねられ、際限のないオルギアへ、交換と増殖と重層化のゲームへとなだれこんでゆくことの方が自然な成り行きであるに決まっている。けれども、と圭一は思った。けれども本当は、たった一人の女を相手にしてそんなふうな欲望のオルギアが現実化するということがある。女でも男でもいい、いやそれは物体でもいい風景でもいい、たった一つの何かとの出会いが、「自分が自分であること」の淋しさを越えるための複数性の酩酊のすべてをもたらしてくれるということがある。俺にとっては香代子がそれだった。生まれて初めて起きたことだった。べつだん性器と性器を深く結合させるなんてことをする必要はない。ただ香代子の肌にごく軽く触れているだけで俺は決まって熱い眩暈に巻きこまれてゆく。何十人ものパートナーと睦み合う無限定なオルギアのかき立てる恍惚があるとすればそれはきっとこれとまったく同じものなのに違いない。

しかしここ数か月というもの急な坂を転がり落ちてゆくような成り行きになり、こんなふうに息の上がった状態で夜逃げ同然に成田から飛び立つことになってしまったのは、単にその恍惚の代償を支払わされたというばかりのことではない。バブルの末期につい友達に誘われて手を出した投機が失敗し資金繰りが行き詰まって、サラ金絡みの負債が五年以上かかってじりじりとふくらみつづけ、とうとう二進《にっち》も三進《さっち》も行かなくなるという破局のどん詰まりが、香代子との間に生じた情動の嵐とたまたま重なり合ったのだった。それともほかでもないそんな破局の接近への脅えこそが、嵐をいっそう激しくあおったのだろうか。佳子のしつこい厭がらせだけならどうにでもなったかもしれないがとにかくサラ金の取り立ての電話が会社にまでかかるようになって、それでも図々しく居座りつづけられるほど圭一は神経の太い男ではなかった。たとえば暴力団紛いの男からドスのきいた脅しの電話が何度も続けざまに家にかかり、その後はもう電話線を外して香代子と二人で息をひそめるようにして夜明けを待ったことがある。朝がた外に出ようとしてドアを開けると、夜の間中玄関の呼び鈴は一度も鳴らなかったし何の物音も聞こえなかったのに、金槌か何かでぶっ叩いたのかあちこちでこぼこになり無数の罅が入った香代子のプラスチック製の義手がドアマットの上に剝き出しで放り出されていた。実家に残してあったスペアのものだった。五本の指が全部へし折られていた。

今になってみれば自分がたとえほんの一時期でも佳子のどこに惹かれていたのか圭一にはまったくわからなかった。顔立ちも心ばえも知性も、香代子は透明で鋭かった。むろん血の繫がった実の姉妹だから似ていないわけではないけれど佳子はそれに比べて何もかもが少しずつ鈍く、濁っている。きっと佳子ははるか昔、物心がつくかつかないかという頃から妹を憎んでいたのではないだろうか、妹が片腕を失ったとき佳子は自分でも意識しない残忍な悦びを覚えたのではないだろうかと圭一は疑うことがあった。姉妹の父親はずっと以前に亡くなっていて香代子はずっと母親と二人暮らしで、小さなカットを描いたりといった家に閉じこもってできるデザイン事務所のアルバイトをやっていたが、ここふた月ほどはもう圭一のアパートに転がりこんだまま家には帰らなくなってしまっていた。桜の花が咲いた時分から圭一をめぐる状況は季節が暖かくなってゆくのと裏腹にどんどん暗くなり、出口の見えない狭いあなぐらに追いつめられていくようだった。

会ったことのない姉妹の母親から一度だけ電話があり、すみません、申し訳ありませんと呟いた後はただ黙っているほかない圭一に切り裂くような声で罵詈が浴びせかけられたが、そのあげくに香代子さんと結婚させてほしいと圭一がぽつりと呟くとよほど驚いたようで息を呑んだのがわかり、言葉を失った気配のまま受話器が置かれた。しかし、結婚して家庭を作ってといった安穏とした人生は今の圭一の置かれた状況を思えば何の現実感も持っていなかったのは事実で、その意味で姉妹の母親が娘二人の人生を二人ともども圭一がずたずたにしたとなじったのは正当な批難だったと言わなければならない。

しかし香代子は今やもう圭一に何もかもをゆだねてしまっていてその信頼ぶりにむしろ圭一の方がたじたじとなるほどだった。厄介事が重なってもう居たたまれず、このままでは神経が焼き切れてしまう、とにかく東京を離れて息をつかなければと思い、あてずっぽうにタイにでも旅行して来ようかと思うと言い出してみたときも、香代子は自分も当然一緒に行くものと最初から決めてかかっていて、いいなあ、嬉しいなあ、あたし飛行機に乗ったことがないからと即座に応じてにっこりしたものだった。もちろん、ひょっとしたらもうこれっきり東京に帰ることはないかもしれないといったぎりぎりの場所に圭一が追いつめられていることはよく心得たうえでの言葉で、しかもその無邪気な笑顔は心底からのものだった。

この年齢のふつうの女なら誰でも自然に身に付けているような男の目を意識した媚態や気取りを香代子は持っていなかった。とにかく何であれ装うということのない女だった。香代子は自分をどう見せるかではなくまず他人の心の中で何が起きているかを考え、そのときその他人がいちばん必要としている言葉をぽつりと口にするという稀な才能に恵まれていた。そこには世の中に立ち交じらずに一歩身を退いて生きていこうと心に決め、しかし多くの本を読み身の回りの少数の人々をじっと観察しつづけてきた人間に特有の鋭い洞察があった。言葉となって表現されないまま長い時間をかけて心の中で熟成してきた知性の輝きがあり、潔癖な美意識があり、そして他の何にもまして圭一の愛した天真爛漫な無邪気さがあって、圭一は香代子との付き合いの中で知らず知らずのうちに自分も浄められてゆくように感じたものだった。今まで自分の肉眼で見ていたよりもはるかに精度の高いレンズを透して世界をくっきり見られるようになってきた気がする。

「お姉ちゃんとあたしとどっちがいい？」というのは初めの頃、深く交わっている最中に喘ぎ声と喘ぎ声の合間に香代子が圭一に何度か尋ねたことだった。内気で恥ずかしがり屋の香代子がこうしたあられもないことを口に出すのはそれがよほど重く心にのしかかる不安だったからだろう。しかし圭一にはこれほど答えの明らかな質問はなく香代子を欺く必要はまったくなかったから彼女の無用の不安を鎮めるのは簡単なことだった。圭一は性の世界に足を踏み入れたばかりの思春期の少年に戻ってしまったようで日々新たな驚きがありみずみずしい歓喜があって、実際に進行中のことに意識が追いつけずいったいこんなことがありうるのかと呆気にとられ、こんな快楽の中でふるえている自分の肉体のありようがとうてい信じられないと思うことがしばしばだった。もちろんそれは香代子にとっても同じだったに違いない。

——ランプを消して進め、宝石を戻すのだ。軀を離して二人とも荒い息をつきながら並んで横たわり、こんなことがありうるとはという深い驚きの中で香代子と瞳を見つめ合っているようなとき、そんな謎めいた言葉がどこからともなく浮かび出て宙に迷う。ルネ・シャールの詩だ。シャールは第二次世界大戦中には対独レジスタンス活動に身を投じ先頭に立って闘って、戦後は故郷の南仏の小村に引き籠もって長い余生を過ごしつい最近八十を越える高齢で亡くなった。圭一は学生の頃このフランスの詩人の散文詩に熱中した一時期があった。途方もなく明晰な光がみなぎっているシャールの詩の空間は圭一を今でも酩酊させる。きらきらしたフランス語の流れがそうした空間を或るときは輝かしく一気に上昇して極点を追い求め、また或るときは沈鬱に下降してすべてを支える基底に下り立とうとする。圭一に蘇ってきた詩句のかけらもそんな言葉の一つだった。——かすかな呟きを洩らす悲壮な同行者たちよ、ランプを消して進め、宝石を戻すのだ。新たな神秘が君たちの骨の中で歌っている。君たちの正当な異様さを繰り広げるがよい。

そうだ、いっそとろけてしまえばいいのだと圭一は思った。肌と肌とを触れ合っていると快楽はふるえつづける水の雫のようだった。たとえば木の葉のへりでぷるぷるといつまでもふるえつづけて決して落ちていかない雫のように、圭一の快楽もまた最後の放散までは至り着かずどこまでも細かく震動しつづけていっかな果てるということがない。片腕を圭一の首に巻きつけてふるえている香代子はその震動と響き合って微妙に繊細に共振しつづける薄い高価な陶器のようだった。いわば香代子はわずかに縁の欠けた美しい皿だった。小さな疵がその美しさを損なうどころかそれをますます完璧なものとしている、そんなゆがんだ皿だった。

香代子の息がやや酸っぱく臭うのはここ一週間というもの香辛料をふんだんに使ったタイ料理を食べつづけているからだろう。圭一の息も同じ臭いを漂わせているに違いない。部屋の冷房は機械はあるのにスウィッチを入れてもまったく作動せずフロントに文句を言うとあれは故障しているのだと平然と答える。どうして修理しないのだと重ねて訊くと、それには時間がかかるとその濃い口髭を鼻の下にたくわえた太ったフロント係は下手な英語で恬《てん》として言い放ち、にやりと笑いながら大げさに肩をすくめてみせるので、圭一も何だか毒気を抜かれて笑い出しもうそのままになってしまった。冷房なしでも当然といえば当然の料金なのだから諦めねばなるまい。二人ともすぐ汗だくになり一日に何度もシャワーを浴びることになった。一週間も取り替えていないシーツの上で抱き合いつづけているので、ずっと寝室に籠もっているかぎりでは気づかないがちょっと外出して帰ってきたりするときなど噎せるような生臭い性の匂いが立ちこめているのに気づいてややげっそりする。しかし互いに服を脱がし合うやもうたちまち二人の軀はその生臭さに染まってしまい花粉が舞い飛ぶような重い空気に噎せ返りながら互いの肌にさわりつづけることより自然なこともないように思われた。

香代子は白いすべらかな魚のようだった。魚というと冷たさとか鮫肌とか、官能とはよほど遠い観念が呼び起こされるかもしれないが、香代子を魚だと言うときそれはがさついた鱗のような皮膚を持つ冷感症の女という意味ではもちろんない。艶かしい魚のような女というものがたしかに存在することを圭一は初めて知った。というか、女が男の前で暖かな血の臭いも乳の臭いもしないすべらかな魚になり、しかも男にとってはその生臭さ冷たさが何ともエロティックに感じられてならない、そんな瞬間が存在する。たぶん魚のエロティシズムといったものがあって人魚などという架空の生き物が考え出されさまざまな民間伝承を生んだりしてきたことの淵源に潜んでいるのも、そんな魚のような女たちを撫でさすりながら古来の数多の男たちが溺れてきたこの奇妙な倒錯の快楽なのではないだろうか。

いつの間にか香代子はうつぶせになったまま顔だけ横に向けて眠ってしまったようだった。圭一は白桃のような香代子の尻に指を滑らせそのねっとりと吸いつくような肌に細かな汗の粒が浮かんでいるのに気づき、香代子の目を覚まさないようにそっと起きて床に下り立った。電灯を点けないまま手探りで浴室に行きタオルを取ってきて、首筋から背中へ、尻から腿へと汗を拭き取ってやり、シーツを引き上げて首のところまで掛けてやった。タオルが内股に触れたときだけくすぐったかったのかわずかに身じろぎをしたが、よほど疲れて深い眠りに落ちてしまったのか目を覚ますことはなかった。風邪を引くのが心配だったがこの蒸し暑さの中では毛布まで掛ける必要はないだろうと思った。

ベッドサイド・テーブルに放り出しておいた腕時計を取り上げて浴室から洩れてくるかすかな明るみに蛍光塗料の表示を透かしてみると、それでもまだ真夜中まではかなり間があることがわかった。圭一は相変わらず物音をたてないように注意しながらシャツとズボンを手早く身に着け、靴下を穿くのは面倒だったので素足をじかにスニーカーにつっこんでドアを細く開けて廊下に忍び出た。なかなか来ないエレベーターは諦めて階段を下りる。

薄暗い照明の下で新聞を読んでいる太ったフロント係に一つうなずいてみせ、向こうも無愛想に一つうなずくのを横目で見ながらスウィング・ドアを押して通りに出ると、たちまち饐えた甘い街の匂いがむっと鼻をつく。立ちこめる排気ガスの中に屋台の食べ物に使われている香辛料の匂いが漂い、そこにさらにヘドロの淀む運河から立ちのぼる胸の悪くなるようなどぶの臭いが混じる。駅前広場から運河沿いにかけて、青いパパイヤを輪切りにしたものにライム、青唐辛子、砂糖、沢蟹の塩辛などを混ぜたソムタムという名のサラダ料理を出す屋台店、いわゆるソムタム屋が立ち並び、それを肴に一杯酒を飲んで憂さを晴らす庶民の群がるこのソムタム屋の列は、ホテルの前の運河沿いの通りからさらにチャイナタウンの迷路のような路地までアメーバのように広がっている。圭一はその屋台の列を伝いながらこんな遅い時刻になってもまだかなりの雑踏で賑わっている細い路地から路地へと辿りチャイナタウンの奥へ分け入っていった。

最初は少しばかり歩いて軀をほぐそうと思っただけだったが、ホテルから通りに出たとたんに或る考えが浮かび、というよりはむしろそれ以外にどこも行き先を思いつかないというだけの理由で昨日オパールを買った店へつい足を向けてしまう。それは宝石屋というより金《きん》の売買を扱う、銀行ならぬいわゆる「金行」の一つだったが、その漢字の「金行」の看板を掲げる店の立ち並ぶ一郭に出て記憶を辿りつつしばらく歩き回っているうちに、もうさすがに大部分の店はシャッターを下ろしてしまっている中で幸いまだ開いている目当ての店の前に出た。奥から出てきてカウンターに立った店主はすぐ圭一の顔を思い出して愛想良く笑いかけてきた。その笑顔に向かって「サワッディー・クラップ」、こんばんはと挨拶し、その後は英語に切り替えて、またオパールを見せてくれないかと言ってみる。

オパールの基質は本来は無色ないし半透明の乳白色で、そこに混ざる不純物によってあのきらきらと細かな虹色の光彩が現われる。微細な珪酸の球体が規則正しく配列してグリッドを作り光が回折するわけで、球体の直径によってもグリッドの間隔によっても色が変わることになる。その配列が不規則なものは光彩のない「コモンオパール」にしかならない。宝石としてのオパール、「プレシャスオパール」の中では、たとえばブラックオパールはもっとも高価なもので、これは基質が鉄の酸化物を含むため黒く見え、そこから緑、青、紫、金などの色が浮き出てくる実に美しい鉱物だ。しかしオパールというのはまことに変幻自在で、「黒のオパール」以外にも「水のオパール」があり「炎のオパール」があって、深い紺青に輝くウォーターオパールも黄の基質の上に赤や橙の粒がきらめくファイヤーオパールも圭一を魅了してやまなかった。もちろん精巧にカットされたダイヤモンドのきらめきも、燃えるようなルビーの赤も美しいとは思う。しかし圭一が自分で所有したいと思うのはそれよりずっと安価なオパールだった。

むろん安価とは言っても質の高いものはそれなりに値が張る。夜更けのチャイナタウンの「金行」で圭一は大きな笑みをたたえた中国人の店主が揉み手をしながら次々に出してみせるオパールを見ているうちに、軽い酩酊の中を泳ぐような気分になってきた。色も大きさも様々な、しかし飛びきりのものを八個ほど選り抜いて、英語で値段を交渉してみるあたりまでは自分でも半信半疑なままだったが、財布の中のドル札をぎりぎりはたけばちょうどその全部が買えるといった金額を店主が口にした瞬間に、もういっそ墜ちるところまで墜ちてやれといったあまりにも快い自暴自棄の陶酔が不意に訪れ、じゃあ貰おうという言葉が自分で気がつくよりも先に口から出ていた。店の親父にしてみれば途方もないカモと見えたかもしれないがあまり気にはならなかった。

ホテルに戻って部屋のドアの鍵を開け中に入ると、出ていったときと同じ姿勢のままベッドに横たわっていた香代子が身じろぎをして、頭だけ上げてこちらを見た。それから眠そうな声で、

「どこに行ってたの」

「うん、ちょっとぶらぶらとね。君が寝ちゃったから……」

「こっちに来て」

ベッドの端に腰を下ろすと香代子が右腕を巻きつけてくる。ビロード張りのケースを取り出し物問いたげに見つめてくる香代子のまなざしの下で蓋を開けて見せると、水の輝き、炎のきらめきが一挙に溢れ出し実際にどうかはともかく少なくとも圭一の目には眩しいほどの光の氾濫と映った。香代子は何も言わずにしばらく見とれていたが、やがて、

「すごい」と呟いた。

「うん」

しばらくして、「まだお金、大丈夫?」とぽつりと言った。

「大丈夫」と圭一は答えたが、それが嘘だということはもちろん香代子にもとっくにわかっているはずだった。クレジットカードなどはもう何か月も前から使用停止になっている。さらに何日かこの安宿に泊まれる程度の現金はあるが、その後はもう、今はオープンのままになっている航空券の帰路のフライトを予約して東京に帰るほかあるまい。しかしたとえ東京に戻ってもそれでいったいどうなるというのか。さらに間を置いて、

「お姉ちゃん、何してるかな」と香代子はまたぽつりと呟く。

「どうかな、ちゃんと仕事に行くようになってくれてるといいけどな」姉妹の母の話では佳子は抑鬱状態になって家に閉じ籠もったままだという。

「お姉ちゃん、かわいそう……」

「うん」と一応圭一は答えたが、いったい俺があの女に何の借りがあるというのが彼の本音だった。たとえばさもしいことを持ち出すようだが圭一と付き合っていた間に佳子が食事や旅行の勘定を払うということをしたためしはただの一度もない。傷ついた、傷つけられたと大声で喚きつづけているもののそれでは圭一の会社の上司や同僚まで巻きこんでの自分の執拗な厭がらせが誰も傷つけなかったと思っているのだろうか。

「ううん、そうじゃなくて」と香代子は声音から圭一の気持を察して、「そうじゃなくて……。あなたのことでは、あたしお姉ちゃんに悪かったなんて、全然思っていないの。だって仕方ないもの。そうでしょう？　そうじゃなくて、あたしはお姉ちゃんのこと、ずっとかわいそうな人だって思ってたの。昔からずっと」

「なんで？」

「なんでかな。なんでだろう。お姉ちゃんはあたしのこと、かわいそうだかわいそうだって、いつも……。いろいろ慰めてくれていたつもりだったんだよね。自分が無神経なこと言っててもわからない人だから。あたしはただ笑ってみせていたけどね。感謝して欲しがっていることがわかってたから。でも、本当はこの人の方がずっとかわいそうなんだって思ってた。そんなことお姉ちゃんに言ったら、怒るよりまずびっくりしただろうけど。あ、こんなこと誰にも言ったことないや……」

「うん」

「あたしを憐れむように見なかった人って、圭一さんが初めて」

「うん」

この女が好きだった。この女と出会えた自分の人生の幸運が信じられなかった。気がつくとさっき買ってきたオパールのうちやや小粒のファイヤーオパールをつまみ上げ、無意識のうちにそれを自分の舌先にそっとこすりつけながら香代子を見つめていた圭一は、ふ

と思いついて、

「ちょっと寝てごらん」と言った。

素直に従う香代子をベッドに仰向けに横たえさせ両目を閉じさせて、つまみ上げた二つのオパールをその閉じた瞼の上に一つずつのせてみた。薄闇の中、香代子の顔の上にまるで二つの虹色の瞳が仄かに輝いているように見える。まるでオパールの目が圭一を見返しているようだった。さらにもう一つのオパール、ウォーターオパールを閉じた唇の間にそうっと置いてみる。上唇と下唇の間に半ば埋もれて輝いているオパールは、もしこの唇が女の性器の襞だとすれば針で刺すような快楽におののきながらきらめきわたるクリトリスの粒のようだった。それならと思い、香代子の軀に巻きついていたシーツを剝ぎ取って股間を剝き出しにしてしまい、やや大粒で明るい華やかな色のオパールを選んで手に取って淡い陰毛の間に忍ばせてみる。しかし、少々くすぐったいのか香代子が含み笑いしながら腰をもじもじとくねらせるのでオパールの粒はすぐ滑り落ちてしまった。そこで圭一は彼女の細く柔らかな陰毛を両手で分けてじっとりと濡れた陰唇に指を届かせ、その襞と襞の間にたちまちぬらついてくるオパールを挟んでみた。

圭一はベッドの足元の方に回り、内股に両手を差し入れて左右に分けた香代子の太腿の間に身を置いて、やさしい紅色の襞々が畳みこまれた女陰の中心に輝く宝石を見つめた。唇に挟んだオパールを落とさないようにと閉じた口の形を保ちながらなのだろうか、香代子がくぐもった声でふふっと笑うのが圭一の頭の上の方から聞こえてくる。しかしもともと外の街灯から射し入ってくる光は仄かなものでしかなく電灯を点けてもいないこの部屋は全体が薄暗がりに沈んでいて性器に置いたオパールは内股の蔭になってよくは見えない。それに加えて、丸いすべらかな石はぬるぬるになった襞の間にたちまち隠れて紛れ体内に沈んでいってしまうようだった。そこで圭一は香代子のかぼそい両足首を掴み、膝を曲げさせ、さらにその膝ごと持ち上げ腹まで引きつけるようにして彼女の軀を開き、性器の襞を水平面に近い位置まで持ってきて剝き出しにした。そしてその姿勢のまま、香代子の女陰の襞の間にオパールをさらにいくつか並べてみた。最後に残った一つは臍の窪みに嵌めこんでみた。オパールをちりばめた美しい白い魚が圭一の前にいた。水の雫がそのまま丸い粒石になって凝固したものをきらびやかな鱗のように軀中にちりばめたやさしい哀しい魚が皺くちゃのシーツの上に横たわってひくり、ひくりと動いていた。

オパールはふるえる水滴だった。香代子の皮膚というかぎりのない宇宙に配置され、ものぐるおしい星座をかたちづくっている虹色の星だった。

寝転んだ姿勢で宙を浮游しゆるゆると回転しているあのいとけない幼児のイメージがまた頭をよぎる。あれは俺なのだ、俺自身なのだと今度こそ初めて圭一はわかったように思った。オパールなんぞを買い集めたりしてまるで苦労知らずの趣味人みたいに安穏と生きてゆくつもりでいたが、俺は本当はずいぶんと禍々しい星の下に生まれてきたのだと改めて思い当たった。そしてその禍々しい星こそが俺の人生の途方もない幸運だったのだ、禍々しさを選び取ることで俺は初めて解放されたのだとも思い、そう考えると頭の中の幼児の姿に自分が徐々に重なり合いまだ初々しい人生の始まりの場所にまたふたたび戻っていけるような気がしてならなかった。香代子のただ一つの手がおずおずと伸びてきて股間に指を這わせ、そのほっそりと白い人差し指と中指が圭一の置いたオパールを探り当てようとするように自分の淡い陰毛の中をけうとく泳いでいる。

——かすかな呟きを洩らす悲壮な同行者たちよ、ランプを消して進め、宝石を戻すのだ。新たな神秘が君たちの骨の中で歌っている。君たちの正当な異様さを繰り広げるがよい。俺にもまた俺の「正当な異様さ」があり、このかぼそい美しい女とともに俺はそれを繰り広げ、物狂おしく、徹底的に繰り広げ、少なくともそう自分に強いてここまで来たのだった。ようやくここまで辿り着いたのだった。しかしとうとうここが行き止まりなのか。どんづまりなのか。もうここから先はないのか。それならそれでいい、このかまびすしい喧噪と不可思議な芳香に満ちたインドシナの雨季の町の、こんなうらぶれた安宿の一室が俺の生のきわまりの場所ならそれでもいいと圭一は思った。俺は幸福だと圭一は世界に向かって叫ぶように考え、香代子のほんのわずかしか残っていない左腕の付け根の肉を摑んでそこに顔を押し当て、反射的に身を縮めようとするのを無理やり押しひしいでその香ぐわしい腋窩に唇をつけた。舌を出して押し当てた。香代子はふるえていた。この真っ白に輝く人魚のような女は震動して鳴っている、音楽のように鳴っていると圭一は思った。

シャンチーの宵

中国将棋というもの、駒の動かし方も何もまったく知らないので勝ち負けの成り行きに興味を持って見物できるというわけではなかったが、日本の将棋のように升目の中に駒を置くのではなく縦の罫線と横の罫線の交点に駒を置くのが珍しく、また斜めに対角線が引かれていたり盤の中央に「河界」などと書かれた河が流れて両陣地の間の境をなしているのも面白く、道端に出した縁台を囲んでいる十人かそこらの見物人に混じって北岡がついぼんやりと眺めているうちに、なまぬるい雨粒がぽつりぽつりと落ちてきた。

盤と言ってもぺらりと一枚、罫線が印刷された紙を敷いただけのもので、その上に丸く打ち抜いたボール紙の駒を並べて向かい合っているのは若いのと年寄りの二人の中国人、そして周りを囲んでいる連中がやいのやいのと飛ばしている野次もひとこともわからない中国語だからその場の日本人が北岡一人であることは明らかで、少々居心地の悪い思いをしなくもなかったもののただ黙って立ち交じっていれば中国人とも日本人とも区別がつくまいと高を括って、日が暮れかかってもいっこう衰えない暑さにうだりながら盤面を覗きこんでいたのだった。子供の頃には北岡の育った東京の下町のそこかしこでまだこうした夕涼みがてらの縁台将棋の光景が見られたものだ。しかし夕涼みなどという悠長な習慣自体が今の東京にはもうなくなってしまっていて、もちろんその理由はと言えば昼の暑熱を溜めこんで夜の間もそれをいつまでも放散しつづけるアスファルトの道路に出るよりはクーラーのきいた家の中に閉じ籠もっていた方が涼しいからだろうし、一方その結果クーラーの室外機が出す温気で街路はますます熱せられるばかりだ。あの頃の夏の宵、近所の人々が三々五々意味もなく下駄や草履をつっかけて往来に出てきて、縁台将棋を囲んだり浴衣掛けで花火に興じたり、そうこうしているうちにいつの間にかよその家に上がりこんで、大人にはビール子供にはジュースが出たりといった、家族の内と外との境界が溶け出してしまうようなそんな夏の宵のどこかうっとりした気だるい無為の時間の解放感を覚えている北岡は、そうした気うとい夕べの快楽を絶えて体験できなくなってしまったことをつねづね淋しく感じていて、こんなところでつい足をとめ駒の並べ方も知らぬ中国将棋の対局にぼんやり見とれてしまっていたのも、思いがけず少年時代の記憶に繋がる光景に出会って懐かしくなってしまったせいかもしれない。

横浜は仕事の話があって来ただけで北岡にとってはほとんど馴染みのない町だった。本牧でその話が済み一緒に夕飯でもというのを断って相手と別れ、ぶらぶら歩いて中華街に出て、裏道を行き当たりばったりに何度か折れながらずいぶんさまよった末に車も通れないような細い路地を入ったところでこの人だかりに足をとめて、わけのわからぬ遊戯のさまについ見とれていたのだった。自分がどのあたりにいるのかもうまったくわからず、またここがどこだろうともうどうでもいいといった投げやりな気分に身を委ね、心地良い音楽か鳥の囀りのようにしか聞こえない中国語の渦の中に軀をひたしていたのである。夕闇があたりを徐々に浸してゆくにつれて男たちの着ているシャツの白さはかえって目に眩しく映るようで、しかしそれもだんだんと闇に溶け、そのうちに人と人との間の境も曖昧になってゆくようだった。

ぽつりぽつりと落ちてきた雨粒は将棋盤になっている紙の上にも丸い染みを作り、年寄りの方がもうやめようという身振りで立ち上がったが、相手の若者の方は納得せず、さあ続きを指せ、終りまでやろうじゃないかと言い張っているらしい。年寄りが相手にせずに見物人と言葉を交わしているうちに若者はだんだん興奮して何やら殺気立った険悪な形相になってきた。声高にまくしたてたあげく盤面をばしんと平手で叩いて駒があたりに飛び散る。こうなってみればもう勝負の続きも何もなかろうが口の周りに不精ひげを伸ばし頭もぼさぼさ髪のその柄の大きな男の興奮はおさまらない。いい加減なところでその場を離れようとしていた北岡がつい足をとめたまま一歩退いて事態を見守る成り行きになったのは、その後の展開が早かったからでもあるし彼の根っからの野次馬根性のせいもある。北岡はもうその日は真夜中までに東京に戻ればいいというようなゆるんだ気分でいた。

見物の一人が何か口を挟んだのをきっかけに、今度は男とその見物人との間に口論が始まり、しまいに男が席を蹴立てるように立ち上がって相手の胸ぐらをつかんでこづき回し、さっきの年寄りがむしろ仲裁に入るというかたちになった。すると激昂した男はまた年寄りに食ってかかり、一声叫んでどんと胸を突き飛ばした。年寄りは小柄で男とは軀の大きさにずいぶん差があるのでそのまま吹っ飛んでしまってもよさそうなものだったがちょっとよろけて辛うじて倒れずに持ちこたえ、しかし若い男の方は嵩にかかって足を踏み出し腕を伸ばす。それに続いて北岡が目撃したのは生まれて初めて見るような鮮やかな……あれは武術と言うのか拳法というのか。その年寄りがむしろゆったりと言ってもいいような優雅な動きでほんの少しだけ体《たい》をかわしつつ相手の伸ばした腕を軽く撫でるようにすると、若者はギャッとわめいてその腕をもう一方の腕で抱えこむようにしながらたたらを踏んだ。と、年寄りはそのゆるやかな動作のままくるりと一回転して相手の脇にぴたりとつき、指をぴんと揃えて伸ばした両手の先で、今度は目の覚めるようなすばやさで横腹に右左と交互に何度か突きを入れる。くずおれた若者はもう叫びもせず、軀を海老のように丸めて荒い息をつきながら低く呻いているだけだ。一瞬の出来事だったがまるで舞踏の一場面でも見ているようだった。

周りを囲んでいた中から同年輩の若者が二人出てきてそのくずおれた軀を抱え上げ振り返りざま年寄りに悪態をついているが、どうやら本気で喧嘩をする気はないようでそのままずるずると引きずるようにして連れ去ってゆく。年寄りの方はもう知らん顔で地面に散らばった駒を拾い集めている。見物人たちももう白けた顔でそそくさと散りはじめているので北岡も妙なものを見たと思いながらその場を離れようとした。と、その年寄りが不意にこちらを向いて早口の中国語で話しかけてきた。明らかに北岡に向かって話しているので、困惑しつつ、え、と日本語の間投詞が口をついて出ると、ははあという顔になり、

「そこの駒……」と訛りのない日本語で言う。彼の指さすところを見ると、たしかに北岡の足元に丸いボール紙の駒が二つほど飛んできていた。拾い上げてみると一つは「帥」、もう一つは「兵」と表に書いてあり、よほどの使い古しらしくけばだってその字もかすれてほとんど読めなくなりかけているうえに雨で湿りはじめた地面に落ちて泥まみれになってしまっていて、こんなものと思ったがとにかく近寄って手渡してやった。老人は受け取りながら舌打ちして、

「ふん、馬鹿々々しい……」と案外気さくな口調で呟いたので、北岡も追従混じりに声をかけてみる気になった。

「強いねえ、おじさん。あれは何だ、空手か拳法か」

それには答えず、

「あの馬鹿……。コカイン吸いすぎて脳がすかすかになってるんだ。どうせあのままやっていても将棋はこっちの勝ちだったんだから」

「へえ」

「弱っちろいくせに真剣で指そうっていうのも、もともとヤクを買う金欲しさなんだ、馬鹿が」

「中国将棋でも「真剣」って言うんですかね。金賭けて将棋指すのを」

老人はちょっと改まったように北岡の目をのぞきこんで、

「あんた、真剣師……?」

「いやいや、駒の動かし方も知らない。ちょっと通りかかっただけで」

骨と皮ばかりのようなこの老人もやはり口の周りに不精ひげを伸ばしていて、白いシャツの襟なども何か垢染みた印象だしズボンもよれよれだが、頭だけはふさふさした真っ白の髪を丁寧に撫でつけていてそれが妙に不調和な感じがする。眉も真っ白だが顔にはあまり皺がないので年齢の見当をつけにくい。やぶにらみと言うのか、こちらを見つめていながらも片方の瞳はいくぶん違った方向を見ているようだった。

「警察……?」と、意外な言葉が出たので、

「まさか」と北岡は手を振った。

「中国将棋知らないんなら見てても面白くもないだろうに」

「いやいや、けっこう面白い。こういうどうでもいいようなことに夢中になっている人間の姿っていうのはね、見ていて飽きないね」

「どうでもいいことって言うけどな、あんた。あれ、あのままこっちが勝っていたらいくら懐に入ってたと思う」

「さあ」

老人はふんと鼻先で笑うようにして、

「このあたり、かたぎの衆はあんまりちょっと通りかかったりしない方がいい界隈なんだよ」

北岡はちょっとたじろいで、

「ははあ。いや、もう帰り道でね」と逃げ腰になり、「じゃ、どっちへ行けばいいんですかね、どこかタクシーの拾える……」

老人は北岡の顔を見ながら思案をめぐらす気配で、一拍置いてから、

「うん、ここを真っ直ぐ行けばすぐ丹谷川通りに出るが、……しかし、どうだい、ちょっとビールでも付き合わないかね。咽喉が渇いたわ。ちょっと雨宿りもしたいし。そこに安い飲み屋がある」

物騒な界隈だと言われたのになぜ見ず知らずの他人、それもあんなに鮮やかな喧嘩の手並みを見せつけられたばかりのその当人と、初めての飲み屋なんぞに入ってゆく気を起こしたのか、後から考えても北岡にはよくわからなかった。どこかで無意味に時間を潰していきたいというゆるんだ気持が続いていたからでもあり、またふたことみこと交わした言

葉で案外これは悪気のなさそうな年寄りだと直感し、その直感を信じてみたい気分になったからかもしれない。さっきの出来事は血腥い暴力沙汰というよりはむしろ何か美しい舞いの型でも見せてもらったような印象が残っていた。

盤面の紙は折り目がすりきれてもう今にも破れそうだったがそれを丁寧に畳んでポケットにしまい、駒の方も泥を払ったうえで注意深く数を数えたうえでこれもポケットに入れると、老人はさあと北岡に目顔で合図し先に立ってすたすたと歩きだした。路地をもう一つ二つ曲がったところがうらさびれた飲み屋横丁になっていて、もっとも暗くなりかけたばかりなのでまだネオンはついておらずネオンの灯っていないバー街というのはどこでもうらさびれて見えるものだが、老人はためらわずにそのうちの一軒に近寄り道路から直接に下っていけるようになっている狭い階段を下りてゆく。実際、雨足がかなり繁くなってきていて、北岡ももし一人で歩きつづけてこんなところに出ていたら老人に誘われなくても一杯引っかけていく気になっていたかもしれない。

カウンター以外にはテーブル席が二つほどあるだけの殺風景なバーで、客が誰もおらずカウンターの向こうに派手な化粧をした女が人待ち顔で煙草を吸っているのを見たときには、これは下手をすると本当に物騒なことになるかとひやりとしたが、壁際のテーブルに老人と向かい合って腰を下ろしたときにはもう北岡は乗りかかった船だと腹を据えていた。女も老人に中国語で話しかけてきたが老人はもう日本語でしか答えようとしなかった。

た。

「さっきのあの若いのはね、パチンコ成金の道楽息子でどうしようもない奴なんだ。鼻つまみよ。あの助け起こしていた仲間がいただろ、あの連中とつるんでろくでもないことばかりやっている。カツアゲ、タタキ……」そんな隠語を使うときだけ不意に中国語の訛りが響くようだった。

「じゃ、お仕置きですか、さっきのは」

「ちょっとやりすぎたか……」

「口から血の泡を吹いてたな」

「骨は折れてないんだよ。ただね、突くべき場所を正確に突くとああなる。人間の軀には神経と血の流れの地図があるだろう。その結節をちょいと突く。すると激痛が走って軀全体がいっぺんに痺れてしまう」

「ははあ。凄いねえ。あんなの初めて見たね、ぼくは」

「あの血の泡は内臓が破れたわけじゃないんだよ。自分で舌でも嚙んじまったんだろう。しかしちょいと痛めすぎたかな。こっちにしてもあいつが後々まで根にもつようだとまずいことになる。あんたはこの辺の人間じゃないね」

「ただ迷いこんだだけで」

「この界隈の人間関係はちょっと特別でね。日本語で言う持ちつ持たれつか……お互い同士で賭事をやってもとことん尻の毛まで毟っちまうようなことまではやらないというのが不文律になっている。ただな、将棋はどうせあいつの負けだったんだよ。引き分けにしとこうと言ったのはあいつに恩を売ったつもりだったんだがね。馬鹿が」

北岡と老人は最初はビール、それからウィスキーに換えて飲みつづけた。北岡は老人にとくに気を使うつもりはなくそれは相手も同様のようで、お互い好き勝手なことを思いつくままにぽつりぽつりと言い合っているうちにゆるやかに夜が更けていくようだった。老人は将棋の話をした。将棋というのはインド起源の遊びで、中国のも日本のも西洋のチェスも根っこは一つでそこから分かれていったものだが、やっていちばん面白いのはやはり中国将棋、漢字で書けばこれは本当は象棋《しょうぎ》だが、この中国象棋にとどめをさすと老人は言う。象棋、中国語ではシャンチーと発音するが、何しろこれは手筋の複雑さとかたちの単純さとの間に絶妙な釣り合いがとれていて、それに何より本物の戦争にいちばんよく似ているのはこのシャンチーだと言う。駒の動かし方やルールをざっと説明してくれる老人の話を右から左へ聞き流しながら、北岡の方は昔バンコックへ遊びに行ったとき中国のとも違うタイの将棋をやはり道端で見物したことを思い出してその話をした。そう言えばあれは会社をやめようかどうしようかと迷っていた頃で、埃っぽいバンコックの広場でやはり今日のようにルールもわからぬ縁台将棋を見物しながら自分の将来についての茫洋とした不安が軀の底で揺れつづけていたことも同時に思い出したが、むろん老人にそんなことまで喋ったわけではない。その後結局サラリーマンをやめた北岡がやはり脱サラ仲間の友達と一緒に輸入雑貨の卸専門の小さな会社を始めてもうずいぶんになる。

タイと言えば戦争中はタイにいたと老人は言い、戒厳令下の夜中に真っ暗闇の中を歩いていて水牛と人間の死骸がまぜこぜになって投げこまれている大きな穴に転がり落ちそうになったという話をした。気がついたら月光が反射してそこいら中で死骸の目玉がぴかぴか光っていて、それも人間のと動物のとが混じり合っているんだ、ぞっとしたねえなどと言う。あの頃は緊張の連続で、気が張りつめていると人間、感覚が鋭敏になって当然なのに、歩いてゆく途中からずっと凄い臭いがしていたのが腐りかけたむくろのものだってことは、ぽかっと気がつかなかったんだ、妙なもんだよねえ。死体っていうのは本当に臭いねと北岡は受けて、田舎で親戚の葬式があったときそそっかしい葬儀屋の手落ちで棺にドライアイスを入れ忘れていて、気温が急に上がった昼過ぎから臭いがひどくてたまらなくなり、坊主の読経を中断させて人が氷と消臭剤を買いにいく羽目になったという滑稽な顚末を披露すると、老人はふふんと笑い、俺は戦後しばらく日本の田舎で偽坊主をやって食っていたことがあると言った。

「中国のたいそうなお寺で修行して免状をもらってきたという触れ込みでね。ちょっと中国語を喋ってみせるとかえって箔がついた。何しろ日本人が日露戦争以来思い上がって、アジアの盟主気取りでわれわれを見下してとんでもない仕打ちをさんざんしてきたあげくの敗戦だろう。あれはたぶん中国ってものに対して少々後ろめたい気持になってた時期だったのかもしれない。しかしあれはねえ、面白い商売だよ、坊さんっていうのは」

「ははあ、偽坊主ね」

「もっともらしい顔してな。あんなもの、誰でもできるし実入りはいいし。読経なんてものは要するに打楽器つきのカラオケやってるようなもんだから」

「しかし偽だの本物だのって言うけれど」と北岡は笑いながら言った。「いったい本物の商売なんてあるんですかね。俺は見よう見まねでガラクタの売り買いを始めて、十年もてば何とかさまになってくるけれど、いまだにゴッコ遊びをしているような気分が抜けないね。まあ実入りはよくはないがこれだって誰でもできるようなもんだ」そう言いながら、ではこの老人の本当の商売は何だろうという思いが頭の隅をかすめたがそれは口には出さなかった。

「ゴッコでいいじゃないか」と老人は言い、中国語で何か付け加えたが、北岡がきょとんとしているのを見て日本語に戻した。「偽坊主の偽商売。偽拳法に偽将棋か。どうでもいいことに夢中になってとさっきあんたが言ってただろう。夢中になってシャンチーなんぞを指しつづけて気がつくともうこんな爺いになっているんだからなあ。こんな話があるだろう。木こりが山仕事の途中で仙界に迷いこんで、仙人同士の打ち合う碁を見物して、一局終って下界に戻ってみたら木に立てかけておいた自分の斧の、柄の部分は朽ちてなくなっているし刃の部分は赤錆でぼろぼろになっていたという話」
そんなとりとめのない話で時間を潰しながら、ウィスキーらしい味がするというだけの怪しげなウィスキーの水割りをゆっくりと飲みつづけているうちに、多少は他の客も入ってきたが静かに飲んですぐ出てゆく連中ばかりで腰を据えて飲んでいるのは北岡たちだけだった。その客もみな中国人ばかりのようで、たまに日本語になったと思ってちょっと耳を澄ましているとすぐそれも中国語の会話の中に呑みこまれてゆく。すこし話が途切れたとき老人が不意に歌を口ずさんだ。

サイジョウザンハ　キリフカシ
チクマノカワハ　ナミアラシ
ハルカニキコユル　モノオトハ
サカマクミズカ　ツワモノカ

少ししゃがれた甲高い声をもの哀しい旋律に乗せてゆっくりと唄い、知っているかと言った。北岡は黙って首を振った。そんな歌を唄っても老人はべつだん感傷的な気分に浸ってそうしているのではないようでそれは北岡には快いことだった。そうこうしているうちに老人がそのやぶにらみの目で北岡の顔をじろじろ見ながら、

「どうもあんたは危ない顔をしているね」と言いだした。

「危ないって何ですかね」

「うん、どっちに転ぶか……きわどいところにいるな」

「拳法だけじゃなくて占いもやるの」と北岡は言い、面倒のない酒の相手で良かったと思っていたがとうとう酔いが回って絡みはじめたかとややうんざりした気分になった。絡んだり愚痴をこぼしたり他人の悪口を言い合ったりといった酒は願い下げにしてほしかった。ところが、

「ああ、伊勢佐木町の裏で大道占いの筮竹《ぜいちく》をいじくっていたことがある」と相手が素直に受けたので、やや呆れて二の句が継げずにいると、

「が、これもまあ偽占いだわな」とにやりとして、「しかし、そういうことと関係なく、あんたの顔は危ないねえ。まあいい顔をしてはいる。してはいるが、今は少々危ないところにいる……」

北岡の商売はさほど儲からずしかし潰れもせずというようなそこそこの状態を保っていて、この不況下ではまあこの程度で上等だろうというのが彼の考えだった。今日の午後の商談もまあうまく運びそうで北岡にはべつだん自分がきわどい淵のきわを伝うような生き方をしているという実感はなかった。老人はそんな北岡の心を見透かすように、

「いやいや商売の話じゃない。女のことでもない。……」

　前の女房と別れたときのごたごたで女にはすっかり嫌気がさし、それ以来は多少のことが起こってもその誰とも抜き差しならないような仲になることはなかった。そうならないようにいつも自分の気持に注意深くブレーキをかけていたのかもしれない。

「もちろんゴッコはゴッコでいい」と老人が続けて言う。「ゴッコ遊びでいいんだ。どうせ行き着くところは誰だって同じ、動物の死骸と一緒くたになって腐って溶けて流れて地面に染みこんでいくだけなんだから。それはそれでいい。そうなるまでの短い時間をひたすら遊びつづけるのが生きるっていうことだろう。問題は十分に、徹底的に遊んでいるかどうかっていうこと」

「人生を楽しんでますからね、ぼくは」と北岡はつい防御的に言い、それがいかにも弁解めいた言いぐさに響いたので少々恥ずかしくなり、「まあ十分に、というかそこそこ普通にね」と小さな声で付け加えた。

「どうかな。しかしちょいと疲れてるみたいだねえ」

「そりゃあ、中年になりゃあちこちがたが来るし……」

「いやいや、そういうことじゃない。生きるってこと自体に上の空になっているんじゃないのかね。上の空っていうのがいちばんたちが悪いんだよ。どうもあんたは影が薄い」

　北岡はそこでさり気なく話題を転じたが、それこそ神経の地図の感じやすい一点をぐっと押されたようでどうにも落ち着かない気持にならないわけにはいかなかった。大した力を加えなくてもその一点を正確に押せば全身が痺れて動かなくなる、ちょうどそんな具合で、影の薄い生命力の稀薄な人間の顔を俺はしているのかと思うとこうしてここで酒を飲んでいるのも自分ではなく自分の幽霊が飲んでいるようで、柄は小さくても妙に姿勢だけは良く背筋をしゃんと伸ばして水割りのグラスを泰然と上げ下げしている老人に対するかすかな憎しみが湧いた。北岡はこの頃たしかに目に映る何もかも埃にまみれているように見え、毎日の仕事は機械的にこなしもっともらしい将来の計画を立てたりしながらも気がつくとつい昔のことばかり思い出していて、いったいこれは何なのかと首をひねることもあったのだ。俺は疲れているのだろうか。

目の前にいるような爺いになるにはまだずいぶん間があるはずなのに昔のことばかり思い出す。今日もそうだった。北岡はどちらかと言えば内気な方で街で知らない女に声をかけるなどということはやってみたためしもないが、ふと惹きつけられた女の後をつけるという振舞いならかつてたった一度だけしたことがある。あれはたしか大学に入ってすぐの春か初夏のことだから二十歳にもなっていなかったはずで、どういう事情でだったか一人で横浜の元町を歩いていて通りすがりの若い女に矢も楯もたまらなくなり、どうしようという魂胆もくろみもあるわけではないのにそのままつかず離れずの間隔を保ってかなり長いこと後をつけていったのだ。女が本屋に入ると続いて本屋に入り、本棚越しにちらちらと女の顔を窺いつづけ、女が出ると出てまた後について歩いてゆく。最後に女が入ったのは生け花だの英会話だの和服の着付けだの版画油絵だの、もろもろの習い事の教室が集まっている今ふうに言えばカルチャー・センターのビルで、北岡も続いてそこに飛び込んだが、その一階の雑踏の中で姿を見失い、何階建てだったか、とにかくかなり高いビルの上から下まであらゆる教室を見て回ったがもう女を見つけることはできなかった。たとえ見つけたとしてもいったい自分はどうするつもりだったのだろうとその後ときどき考えたがもちろんそれは答えの出ようのない問いだった。ただ、北岡にとってその後長いこと様々な夢想の種になったのは、そのビルに入る少し手前の横断歩道を渡るとき、女が突然振り向き明らかに北岡に向かって花のような笑いを投げたように見えたことだった。それではあの女は飢えた野良犬のように自分の後をつけていた少年と青年の中間のような年頃の男の存在に最初から気づいていたのだろうか。

　平日の昼間に習い事に来るというのは子供のいない暇を持て余した主婦か、夜働きに出る水商売の女か。いやけっこう習い事などとは縁もゆかりもなくて、女はただずっと背後に粘りついてくる生臭い視線に辟易して、単にその胡散臭い男をまこうとして咄嗟にあのビルに飛びこんだだけのことなのか。横断歩道を渡りながら振り返って見せた表情も、花のような笑いと見えたのは何しろあの年頃のことだから過剰な性欲で前後の見境がつかなくなっていた自分のまったくの読み違えで、鬱陶しい男がまだついてくるのを確認して困惑のあげく唇が無意味に歪んだだけなのかもしれない。それともひょっとして北岡のことなど最初から最後までまったく眼中になく、思い出し笑いでもしているときにふと何かが気になって後ろを見て、その視界の真ん中にたまたま自分がいただけなのかもしれない。しかし、いやいや待てよとまた北岡は思い直す。やはりあの微笑みには意味があって、習い事で時間を潰そうなどという暇を持て余した女のことだから、見知らぬ男と火遊びの一つでもしてみてもいいという気持がないわけではなく、そもそも自分があんなふうに磁石に鉄片が吸いつけられるようにいきなり惹き寄せられてしまったのも、咲き馥る花が外界に甘い香りを振りまくようにして女が無意識のうちに自分の回りに溢れ出させているそうした誘惑の匂いを嗅ぎつけたからではないのか。自分があんなに不器用でなかったら、あの微笑みとともに女が送ってよこした信号にもっとうまく応えられたのではないか。

もちろんそうしたもろもろはことごとくうぶな子供の妄想以外の何ものでもないのだが、そうこうしているうちに歳月はどんどん過ぎ、夢想は現実に追い越されていつの間にか北岡は異性に対するそんな感傷的な思い入れはとっくのとうに失った四十男になってしまった。だが、そんなあてどない性的な夢想の非現実性をとうに知り尽くしているはずの今になってもなお、いや今だからこそなおさらなのかもしれないが、あの晴れわたった午後の元町商店街の舗道に踊るように跳ね回っていた初夏の陽光の輝き、道路にペンキで描かれた横断歩道の目に染みるような白さ、手の届きようのない美しい獲物をすぐ間近に見つめながらひっそりと息を潜めて追いつづける狩人のようなせつなさと胸の高まり、道路を渡る途中で不意に背後を振り返った女の見せた、やはり花のようなという以外には形容のしようがない微笑みとそれが自分に向けられていると知った瞬間の天にも昇るような歓喜、しかしそれなのにあれやこれやの恐れや逡巡に引き留められてみすみす何もできないままつまらぬ雑居ビルの迷路の中で女を見失ってしまった後の砂を噛むような悔い、——そうしたすべてが、つい昨日のことのようななまなましさで蘇ってくるのだ。

北岡が不思議に思うのは、たとえばそんな馬鹿々々しいほど些細な思い出一つの方が、実際に昨日あったことよりもずっと鮮明な映像と情感を伴って自分を刺激するのはいったいなぜなのかということだった。あの午後女の後について入った元町の本屋で単に口実のようにして買ったつまらぬ文庫本の題名も、それをレジに持っていって女を見失うまいときょときょとしながら上の空で金を払ったときの焦りも、そのときあの頃使っていた古ぼけた黒の革の小銭入れに釣り銭を入れた後チャックが引っかかってなかなか締まらずいらいらしたことも、ことごとくくっきりと覚えている。いったいなぜ何もかもがこんなに鮮烈なのだろうか。北岡は久しぶりに横浜に来たということもあって、縁台将棋の人だかりに出会うまでの彷徨の間中ずっとその二十年前の元町の午後の記憶を反芻し、いったいこの鮮烈さは何なのだろうと訝しみつづけていたのだった。

この鮮烈さの傍らに置いてみるといま現在俺のおくっている生活はと言えばまるっきり稀薄でつかみどころがなく、昨日も今日も明日も大した区別のない灰色の時間がただずるずると惰性で流れてゆくばかりではないか。これは感傷に湿った漠然とした懐旧の思いなどといったものではない。単に即物的な色彩の対比なのだ。息づまるような過剰な輝きが一方にあり、くすんだ惰性の灰色が他方にある。ああいうきらびやかな興奮を味わうということはもう俺の人生には起こらないのだろうか。徹底的に遊ぶことと老人は言った。賭け将棋などという益体《やくたい》もない遊びに心底から夢中になれるという種類の人間に俺は密かに憧れているのだろうか。

香港の中国返還でカナダなどへ逃げ出していた料理人がようやく安心して戻りはじめているのでまた香港の中華料理が旨くなってきたなどと喋っている老人の話を少々突慳貪に遮って、

「どっちに転ぶかとさっき言ったでしょう」と言った。「どっちっていうのは、どっちとどっちなんですかね」と変な訊き方をした。

「やって後悔するか、やらないで後悔するかだろうなあ」と老人は即座に言った。

「じゃあどっちに転ぼうと後悔するのには変わりない」

「だが後悔の性質が違うね。それは天と地ほども違う。危ないというのはそこのところよ。あんたの身に合った方の後悔を選べば少なくともそのことだけでは後悔しない」

「そんな禅問答みたいなことを言われてもなあ。じゃあ、どっちが俺の身に合ってるのかね。やる方か、やらない方か。そもそも何をやるって言うの」

老人は黙ってしまった。北岡もついせきこんで問い詰めるようになってしまった自分自身の物言いに辟易して口を噤んだが、ここは少々の気まずさに耐えてでも話題を転じずに老人の答えを聞いてみたいと思った。

「俺の偽占いが気になるかね」

「なるね」

「じゃあ今日は大サービス、只で言うが、つまりは必死で遊ぶ気になるかどうかってことだろうなあ。必死って、必ず死ぬと書くんだよ。必死の遊びよ。そこまで行かないことには本物の遊びにはならない。そっちに入っていくのが一つの道。それを諦めて影の薄い人生をおくるのも一つの道。あとはあんたの決心次第……」最後の言葉は何やら節をつけて演歌でも唄うように言うので要するにおちょくられているのだろうと北岡は思い、もうこのあたりで引き返そうと思った。

「まあ、影の薄い男でいいよ俺は」

「そうかい」と馬鹿にしたように言い、一拍置いて、「だが決心するんなら今だぜ」と今度は不意に恫喝するような口調になる。そうした言葉一つ一つに翻弄されるのが何だか業腹で、

「いいんだ」と断ち切るように言った。こんなに飲んだのは久しぶりだった。気がつくとウィスキーのグラスを持つ老人の指は骨と皮ばかりのような小柄な軀の印象を裏切って妙

に太くがっしりしており、爪が黒ずんでいるうえに第一関節から先の部分だけが何か白カビにでも覆われたような気味の悪い色合いになっていて、それを眺めているうちに先ほどその指で横腹を突かれた男の口の端に浮かんでいた血の泡の薄い赤が改めて脳裡に蘇り、北岡の胃の腑にだんだん嫌なものがしこってきた。水割りのグラスの外側についた水滴がそのがっしりした指と指との間にじっとり滲み出しているのが鬱陶しい汚れのように目に映る。急に酔いが回ってくるようで、視界がきゅうっと狭まってあの元町の明るい街並みが望遠鏡を逆さにして覗いたときのようにかなた遠方に小さくくっきりと浮かんで、どういう記憶の混乱かそこを沢山の塩辛蜻蛉が飛び交っているようだった。

「いいかね。これからね、とんでもないことがやって来る」気がつくと老人が喋っていた。「今は日本人はみな何だか茫然としているけれど、最悪のところは何とか乗り切ったようだと高を括っているだろう。バブルがはじけて第二の敗戦とか何とか言っているけれど、いちばん悪い時期は過ぎたようなつもりになっているだろう」

舞いの一場面のようだと思ったさっきの出来事が結節だかつぼだかを突かれて息もできないような激痛を味わわされている男の立場に自分が重なるようにして蘇ってきた。北岡が始めた商売はどうにか潰れず持ち堪えていたがそれも屈辱感に耐えながら頭を下げたくもない相手に頭を下げ愛想笑いを浮かべつづけてきたからで、生来激しい攻撃衝動をずいぶん抑圧しながら生きているのだということは自分でもわかっていた。

「戦争が起こるよ。ものの見える人にはそれはもうわかっていることなんだ。地下鉄で毒ガスを撒いたりしたあの新興宗教の集団ね。あの浮浪者みたいな髭面をした教祖の男がいただろうが。あいつには全部見えていたんだよ。あいつが正しかったんだ。そりゃあね、一時的には持ち直すかもしれない。また性懲りもなく小さなバブルみたいなことさえ起きてこの国にはしゃいだ気分が戻ってくるかもしれない。だがそんなものは幻影よ。虚妄よ。おためごかしよ。もう後戻りはなし。帰り道の橋は落ちていてただひたすら前へ前へと進んでいくしかない。そしてその先にはとんでもないことが待っている。……」

　宵の口から北岡が聞きつづけ慣れかけていたぽつりぽつりという愛想の良い口調は影を潜め、べつだん激しているというわけではないが何かに憑かれてうわごとを言いつづけるような一本調子の喋り方に変わっていた。ひとことひとこと吐き棄てるように言葉を押し出す単調な喋り方には何か得体の知れぬ怨念が滲んでいて、唇の端の歪み具合は自嘲的な笑みのように見えないこともないがふと気がつくと老人のこめかみには青筋が立っている。北岡は何をつまらぬご託宣みたいなことを言いやがるという気持になり、途中から相槌を打つのもやめて自分勝手な想念を追いながら水割りを嘗めていた。どうせ行き着くところは動物の死骸と一緒くたになってとさっき老人は言ったのだった。こうして酒や水を流しこみ食い物を補給して何とか保《も》たせている自分の軀も、どうせあと何十年かすれば腐爛し溶解しきれいさっぱり消滅してしまっているのだと北岡は思い、それはそれで一種爽快な想念でないこともなかった。水割りのグラスを目の前にかざし、その横腹に当てた自分の親指をしげしげと見ながらこの指の肉も爪も骨も溶けて分解してゆくのだと思い、その目に見えないような粒子になったものを海を漂うプランクトンが食べているところを思い描くと何か救われるような気がする。

気がつくと老人は白けた顔で口を噤みそっぽを向いて煙草を吸っていた。さてそろそろ行くかなと北岡が呟いてカウンターの女を目で探すと姿が消えていていつの間にかバーにいるのは老人と北岡の二人だけになっていた。と、老人がさっさとカウンターの裏に回って小さな紙に何やら書きつけてそれを持ってくる。北岡が訝しげな顔をすると、「いや、何というか、ここは要するに俺のやってる店でね」と平然と言う。

その紙が勘定書きというわけで、見るとまあふつうのバー並みかそれより少々高い程度の金額が書かれているので北岡はべつだん文句を言う筋合いでもなかろうと思ってそれを払い、老人はそれを悪びれた様子もなく自分のポケットに入れたが、しかし老人が本当にそこのマスターなのかどうかは北岡には知りようのないことだった。

「どうだい、もう少し楽しいところに案内しようか」と老人が言った。

「今晩泊まっていかないかね。若い綺麗な中国人の女の子を紹介してやるぞ」

「いや、まあ今度にするよ」と北岡が言うと、それきり強いて言い張ろうとはせずふんと鼻先で笑って先に立って扉を開け、二人は階段をのろのろと上って道路に出た。雨は上がっていたが蒸し暑さはひときわ増しているようだった。その小路に並ぶバーの看板のネオンは灯っていたが、人通りは絶えていてそれぞれのバーの扉の奥からも嬌声一つ聞こえてこない。さあて、あちらの方にでも歩いていけばいいのかと北岡が酔いにかすむ目を凝らしていると、

「なあ」と背後から老人が言った。「あんた、嫌いな奴はいないのかい」

北岡の頭にその言葉が染みこむのに少々時間がかかった。嫌いな奴、とぼんやりと考え、何人かの顔と名前が脳裡をよぎる。嫌いな奴。山のようにいる。好きな奴。一人もいない。

「さあ、とくにいないな」

「そんなことはないだろう」と妙に力を籠めて断定するので、おやと思い振り返ってみると、その夜初めて見るような奇妙な表情を老人は浮かべていた。羞じらいと残忍な興奮が混じり合ったような。

「いや、ただ嫌いってだけじゃない。この世から消えてほしいっていうような奴がいるだろう。強欲な親兄弟とか、鬱陶しい上役とか、手を切りたくて切れない女とか……。誰だってそういうのを抱えているもんなんだ。あんたにだっているだろう、いなくなってくれたらどんなにいいかという人間の一人や二人。なあ、ちょいと手を貸してやろうか」

酔いが一時に冷めるような思いで老人の顔をまじまじと見直すと、老人は北岡の目をの

ぞきこんだまま甲を上にして指先を揃えた掌を自分の咽喉もとのところに持っていって、すいっと水平に手刀を切ってみせた。そのまま手を下ろさずに何とも言えない卑しい笑いを笑っている。急にあたりの気温が下がったようで、そのちりちりとそそけ立つような感覚とともに北岡の軀の底にもそこはかとない卑しさと残忍さがむっくりとうごめき、いくらでという言葉が一瞬口をついて出かかって辛うじて堪えた。

「インチキのお経を上げるところまで面倒を見てくれるのかい」冗談にしてしまおうとしてそう言ったが、自分の声がこわばっていることは北岡にもわかったし、だから老人の耳にもその緊張が響かなかったはずはない。女を取り持ってやると言われて軽くいなしたときと同様に老人はそれ以上押して来ようとはせず、だがその卑しいにやにや笑いを顔に張りつけたまま、何も言わずに心の底を見透かすような目で北岡の瞳をのぞきこんでいる。なぜかそのときは老人の目つきはやぶにらみには見えなかった。

「じゃまたな、爺さん」と呟き片手を振っていい加減な方角へ歩き出したが、老人がすいっと動かしてそのまま止めてみせた手刀がなぜか自分の首筋に飛んでくるような気がして、つい背中全体がこわばったようなぎくしゃくした歩き方になり、老人がまだこちらを見ているならばこのこわばり具合もはっきり見えてしまっているはずだと北岡は思った。先手先手と打たれたあげく、とうとう受けの手筋を見出せないまま寄せきられたか。曲がり角まで来たとき結局名前も聞かないまま終ったその老人があの甲高いしゃがれ声でけたたましく笑い出すのがずっと遠くから路上を伝って聞こえてきた。やはりじっと見ていたな、全部見透かされたなと北岡は思い、振り返ろうとする衝動を依怙地に抑えてそのまま早足で角を曲がった。

幽

かすか

川のそばに寝起きしていいのは朝な夕なに水の匂いを嗅げることだった。何日も雨が降りやまない蒸し暑い季節にでもなればひょっとしたらこれにどぶ水の悪臭などがそこはかとなく混じって辟易することもあるのかもしれないけれど、今はまだ松飾りも取れたばかりで来る日も来る日も寒々と冴えかえった晴天がつづき、乾いた空気の中にふと水の匂いが漂うのは世界がふと向こう側へ、境界の彼岸へ広がり出すようで何か晴れやかな心持ちになるものだった。それに一昔前ならいざ知らず今の江戸川は総じて水の管理が行き届いているからきっと梅雨時でもそんな胸の悪くなるような臭いが漂ってくることなどないのだろうと伽村《かむら》は思った。朝がた目覚めて寝室と決めている二階の部屋の窓を開けると酒気混じりの寝息の籠もった部屋の中に清新な水の匂いが流れこんできて、ああまたこうして一日が始まる、また一日生き延びられるという気分になる。もっとも、軀が衰えていた頃だったらきっとこんな匂いですら生臭く感じられたかもしれず、それにつけても自分の軀の存在を意識しないで平静に日々をおくれるようになったのは本当に有難いことだと改めて考えた。

これは前の職場で同僚だった男の家で、去年の暮れかたに道端でばったり再会してそのときなぜか唐突に、自分はずっと留守にするのでどうかご随意に使ってくださいと言い出し、伽村はその申し出に有難く甘えてもう何週間も住まわせてもらっているのだった。だが、ようやく厄介な病名が決まり入院することになってその職場を辞めてしまったのはもうあれは何年前になるのか、それ以来というもの難儀な手術を繰り返してこうしてようやく小康を得るまでずいぶんごたごたのつづいた数年だったのでそれ以前の知り合いなど何かもうすっかり別の世界に遠ざかってしまったような気がしていたもので、そんな縁遠い他人の留守宅にいきなり転がりこむことになったのは奇妙と言えば奇妙な成り行きだった。彼より少々年下のその永瀬という男は同僚とはいっても伽村とは部門も違い仕事の絡みも少なく、そう親しくないというよりそもそもほとんど言葉を交わしたことさえなかったのだからなぜ不意にこんな親身な申し出をしてくれたのかわからない。ただ伽村は勤めていた頃その永瀬の挙措や物言いをときたま傍で見る機会があって、他人と微妙に意見がすれ違うたびに佶屈《きっくつ》した厭人癖と心優しい羞じらいとがせめぎ合い、それを自分自身どうにも始末しかね困惑しているようでもありまたその困惑を密かに面白がっているようでもあるといった錯綜した表情を示すのに好感を抱いていないでもなかったので、そうした気持は永瀬にもそこはかとなく伝わっていたのかもしれなかった。

細い路地に面したその家の玄関を出て二つほど角を曲がるとすぐ江戸川の土手下の車道に突き当たる。大晦日の晩にふと思い立ってその車道に出てそこからさらに土手道にのぼってみると柴又帝釈天へ除夜の鐘でも突きにゆくのか案外多くの人出があって、暗く幅広い川に沿ってつづく細い土手道を顔のよく見えない人々が賑やかにさんざめきながら一つ方向にぞろぞろ歩いてゆくさまにはいつだか遠い昔に夢の中で見た光景のような趣があるようで、ああこうして人は死んでゆくのかもしれないという感想が不意に頭をよぎったものだった。小康状態と医者が言ったのは気休めだったのかもしれず、しかし医者の言葉の切れ端や医学書の一、二行の記述をきっかけにあれこれ不安がつのってその裏を読もうとし、さらに裏の裏を穿鑿しているうちに黒い不安は実体を欠いたまま化け物のように肥大してゆくだけで、そんな自分自身との間の心理戦に苛まれ厭というほど神経を摩り減らしたあげくのはて、ようやく伽村はもうなるようになれという境地に達していた。なるようになれといってもそれは自暴自棄とかやけっぱちというのとは少々違っていて、どうせ道が下り坂ならいっそのことといっさんに駆け下りてやれ、転がり落ちてやれといったような性急な絶望だの悲壮感だのとはまったく縁がなく、むしろせっかくのことなら周りの風景を心行くまで眺めながらゆっくりと歩を運び、そうしているうちに行き着くところまで、底の底まで静かに沈んでいけばよいというようなものだった。

ふと迷いこんでそのまま居ついてしまった猫のようにして伽村は永瀬の古家に棲みつい

て、不意に始まっていつ終るか見当のつかないあてどない休暇に似たものを彼なりに楽しんでいた、と言うのが悪ければ少なくとも楽しもうとつとめていた。四十代の半ばでもう隠居暮らしかと苦笑が浮かばないでもなかったものの、このまま治らないと決まればもうこれ以上軀に刃物を入れられるのは願い下げにしてただのどかにいちばん楽な姿勢で終りを待ちたいと思う。そうした半病人が息切れ状態の呼吸を平常に戻すための時間を過ごすにはここはいかにもふさわしい土地であることは間違いなかった。例の垢抜けない喜劇映画のシリーズですっかり有名になってしまったあの帝釈天のような騒々しい東京名所もさほど遠くはないがこの家の近所は遊興のために集まる連中には無縁の界隈で、ひっそりした古い町並みを伽村が路地から路地へとさまよっていても昼ひなかは人けもなく、もともと住人自体もあまり多くはないようで少なくとも子供が遊んでいる姿というものを見かけるということがまずない。こういうのは東京都内ではありながら一種の過疎村みたいなものなのではないかと思われた。

竹が二、三十本無造作に生えているほかは雑草がぼうぼうに生い茂っているばかりの狭苦しい庭があり、その竹林が背にしている塀の向こう側の右隣の家には上品そうな老夫婦がどうやら二人だけでひっそり暮らしているようでその愛想の良い婆さんの方とは家の出入りの際にときどき顔を合わせるので自然と会釈をするようになっていた。一方、左隣の家からは物音というものが立ったためしが絶えてなく空き家なのかとも思ったが注意していると郵便差しに新聞は投げこまれていてそれはちゃんと取り込まれているようだった。永瀬はここで一人で暮らしていたのだろうか、それとも家族はいたのだろうか、隣近所と付き合いはあったのだろうか。隣家の婆さんと世間話をするようにでもなったならそんなことを訊いてみようかとも思ったが永瀬と自分の関係を説明するのがいかにも面倒だとも思わないではなかった。しかし改めてよく考えてみれば伽村には説明することなど何も持ち合わせてはいないのだった。

二階の廊下の端から小さな板戸をくぐって家の外に出てそこから上に伸びている梯子段をのぼると近頃の家にはめっきり見かけなくなった物干し台がしつらえられていて、そこまでのぼれば二階の窓からは水の匂いが嗅げるだけで直接には見ることはできない川面を辛うじて見晴るかすことができる。或る宵のこと雲一つない空に懸かった満月の輝きに誘われた伽村はその物干し台に一升瓶を持ち出し胡座をかいて、しかしあまりの寒さに革のパーカを脱げないまま真夜中過ぎまでコップ酒を飲んでいたことがあった。観月の宴というほど大袈裟なものではないが月の光というのは不思議なものであの白々した光を浴びていると何か魂が自分の外へ抜け出してゆくような気持に導かれ、酒の酔いとはまことに相性が良い。遠くを眺めると広々とした水景が左手の上流から右手の下流まではるかに開けている。まず手前にはぽつりぽつりと街灯のともった土手道が細々とのび、その彼方には緑地のまま放っておかれている河原があり、さらにその向こう側に江戸川の水面が広がって、それはふだんなら夜の闇に沈みこんでいるのだけれどこれだけ月が明るいとよくよく目を凝らせば川波の立つさまが光り輝く細密な襞飾りのように浮かび上がってくる。一升瓶が半分ほども空になった頃、

「厭あねえ、こんなに明るくって」という細い声が酔いの分厚い膜を透して不意に伽村の耳に届いた。しばらくぼやっとしていたが立ち上がって物干し台の端から身を乗り出して見下ろすと、住人の顔を見たことがなかった左隣の家の二階の窓から女が身を乗り出しその白っぽい顔がこちらを見上げている。

「こんな満月だからなあ」自分でも馬鹿みたいだと思いながら何となく時間を稼ぐようなつもりで伽村が無意味なことを呟くと女はくすりと笑って、

「お月見ですかあ」と笑いかけてくるので、

「はあ、まあ」と曖昧に呟いてことさら体裁を取り繕うように改めて月を見上げてみる。

「風流ねえ。あたしは夜はやっぱり暗い方が好き。そりゃあこういうお月さまはきれいだけど、何だか気持が上ずってきちゃってさあ」女の物言いにはそれこそ少々上ずったところがあり、近頃あまり人と話す機会のなかった伽村はどう応じたものか途惑って、

「うん、でもまあ結構なことじゃないですか」と言い、「その上ずるってことのために人間はこうやって酒を飲んだりするわけでね」と付け加えた。

「あたしはいい加減外で飲んで帰ってきたところだからもう静かに寝たいのよ」

「俺ももう切り上げようと思ってたところだけど」と言った後一拍置いて、こんなところにずっと陣取っていたので女は窓越しに覗かれているように感じたのかもしれないと思い当たって伽村は少々慌てた。

「いやごめん、俺がこんなところに御輿を据えていると気になるでしょう」

「いえいえ、あたしはもう寝ますけど、人のお楽しみの邪魔はいたしません。どうぞごゆっくり」女の頭が中の暗がりに引っ込んで窓を閉めカーテンを引く音が聞こえた。

どうも妙な出会いだったのでもう少しちゃんとした挨拶をしたいと思い翌朝以降それとなく気をつけていたが何日経ってもその女を見かけることはなく、隣は相変わらず人の気配の絶えた空き家みたいな様子のままだった。しかし考えてみればこの家だって俺が一日に二、三度ひっそりと出入りする程度のことなのだからけっこう傍目には無人の空き家と見えているかもしれないぞと伽村は思った。こんなふうに生きているかぎり世間の人にとっては伽村は存在していないも同然だろう。東京の人口は一千何百万人になったのだったか、それも今は徐々に減りはじめているらしいけれどどこんなにたくさん人が集まっていてそのみんなが誰をとっても生きることにぎらぎら燃えて自分を指さし俺が俺がと言い張っているというわけのものではあるまい。東京もこういう端っこの方の川のきわまで行けば生きているかいないか定かでないような幽《かそけ》き姿をさらしている連中があまり他人の目に触れないように気をつけながら静かに住んでいるとしてもいっこう不思議ではない。

今の俺みたいにと伽村は考え、しかし俺自身にしたところで昭和元禄などと言われたあの狂躁の時代にはけっこうその狂躁の最前線みたいな場所でいつ過労死してもおかしくないような生活をしていたものだが、傍目にはどんなに面白おかしく踊っているように見えたとしても自分自身の実感で言えば野心の実現だの快楽の追求だのに貪欲だったことなど絶えてなく、子供の時も美大の学生だった頃も勤めはじめてからも、毎日を生きるのは一貫して幽《かそけ》き営みだったような気がしてならない。どうせ二、三年もすれば古びてしまう見かけ倒しの遊興施設を西麻布あたりに作って子供たちの金を吸い上げようとたくらむのも、「クリエーター」「コピーライター」「トレンドウォッチャー」「空間デザイナー」などと自称する滑稽な田舎者の有象無象をおだててそうしたたくらみを何とか物になりそうなプロジェクトにまとめ上げるのも、芸能界という伏魔殿のほんの外堀のあたりを覗いてその世界の外見の華やかさがどんな陰惨なからくりで支えられているかを見て吐き気を催すのも、傍目には阿波踊りのようでも当人にとっては面白おかしいことなど何一つなかった。そもそものはなし伽村の周りにいた同僚も俺が俺がとしゃしゃり出るような手合いはむしろ例外で、その大半は自分の影の薄さを耐えながら粛々と自分の仕事をこなしている人々で、この家の持ち主の永瀬もむろんそうした一人だったことは言うまでもない。バブルの頃の派手々々しいお祭り騒ぎの舞台裏で動いていたのは本当は伽村たちのような暗い静かな人々ばかりだったのだと思う。だから、ことさら病気をきっかけに熱が冷めたというわけではなく実は生きることに対して伽村が取ってきた消極的な態度は子供の頃から今に至るまで一貫して変わっていないのだ。

　とにかく小康状態までは戻したのだし、また仕事に戻ってみるかという気持が蠢かないでもない。ただここ数年の心労でもともと薄かった生命力がやはりすっかり衰え底をついてしまったのは事実で、花屋の鉢植えの前でしゃがみこんで咲きかけている小さな薔薇のつぼみなどに見とれているとそのままいつまでも見入っていられるような自分に改めて驚き、こんなていたらくでは仕事にも何もなりはしまい。もちろんあの大手の広告代理店には戻れもしまいしあんなふうに徹夜の残業の続く不規則な生活はそもそもこちらから願い下げにしたいが、もともと伽村は絵を描くのが好きで、ささやかなイラストやカット描きを注文に応じてこなす程度のことならやってみても悪くはないとも思い、また仕事を回してくれそうな知り合いの心当たりも多少はあった。ただそんなことに思いをめぐらすたびに今のところはそれほど金に困っているわけでもないのだしもうしばらくはこうして人々の生活を距離を置いて見るともなく見つめながらぼんやり暮らしていたいというところに結局考えは落ち着いた。

　しかしそんなふうな暮らしが可能になる住まいがこんなふうに天から降ってくるように不意に見つかったのは本当に幸運だったと言うほかない。「ここ数年の心労」と言ったことの中には病気以外に家庭のごたごたも含まれていて、入院前まで住んでいたマンションに元の女房はいま別の男と住んでおり、そこにはもう戻れるはずもなくいずれにせよそれはもともと彼女のマンションだったし家財道具も大半は彼女が買い揃えたものなのだから文句の言える筋合いのことではないわけだった。これは気取りでも何でもなく伽村は今となっては彼女に何の悪意も憎しみも抱いてはおらず、むしろ自分のような無愛想で情の薄い男ではなく彼女が真に必要としている伴侶をようやく見つけられたことを祝福してやりたい気持だった。ふとしたはずみでこんな生命力の薄い男と結婚してしまった彼女は、金を儲けたいでももっといい暮らしをしたいでも子供が欲しいでも何でもいいけれどとにかく何か陽の光に自然と軀が向かっていくような肯定的な欲望が俺に乏しいことにずっと飽き足りない思いをしていたに違いない。もともと明るい女だったのに俺と結婚してからは声を立てて笑い転げるようなこともなかったなあと伽村は思い返し気の毒な気持になることもあった。伽村の持ち物はまだ元のマンションにあってさすがに病人に向かって早く引き取りに来いとは言いづらいのだろう、いつまで預かっていてもいいわよとは言っていたが本音のところは伽村の仕事机やパソコンは場所ふさぎで鬱陶しいに違いない。服は捨ててくれ、本は売り払ってくれと言ってあるがいったいどうしただろうか。持ち物を引き取りに行ってやれば喜ぶだろうとは思い、折りにふれ気にかかってはいたがどうにもこうにも億劫で連絡を取る気になれなかった。もちろんこの家に電話はないが、そういうことだけでなくここで寝起きしていると何か女房だの会社だの世相の変遷だのといったかつての自分にとってはとても大事だったはずの諸々から何か分厚い膜で隔てられているようで何だかもうすべてがどうでもいいことのような気がする。

実際、妙な家だった。ぼんやりと暮らしたい者にとっては恰好の家、とひとことで言ってしまえばそういうことになるがその意味はこの家自体が何か始終ぼんやりとしていて、堅固で鮮明な輪郭を帯びていないということでもあった。もうここに居ついて何週間か経っているがそれでも伽村にはまだこの小さな家の間取りがもう一つよく呑みこめなかった。伽村の当初の理解のかぎりでは階下には台所や風呂場のほかに六畳の和室、二階にはやはり六畳の和室とそれと短い廊下を隔てた向かいに四畳半程度の小さな板張りの部屋、というようなことのはずで、伽村はその二階の和室に布団を敷いて寝ることにしていた。だが或る夜のこと夜半過ぎにふと目が覚めて小便に立ちまた階段をのぼって布団に戻ろうとしてふと目をやると、突き当たって壁になっていると思いこんでいたその二階の廊下がそこからさらに右に折れて奥に続いている。寝惚けた頭でおやそうだったかと得心した心持ちになり、薄暗い裸電球に照らされたその奥へ曲がってみた。と、数歩進んだ先に襖があってそれをからりと開いてみるとそこには八畳ほどの広さで床の間までついた和室があり、そうかあの小さな洋間の後ろがこんな部屋になっていたんだなとごく自然に納得して布団に戻りまたことりと寝こんでしまったのだが、翌朝起きてから朝の光の中で見てみると廊下はやはり突き当たったところが行き止まりで曲がり角などありはしない。

たとえばまた、その二階へのぼってゆく階段というのも或るときには玄関を入ってすぐ目の前にあり、また或るときには履物を脱いで上がり左手の廊下を進んで台所に突き当たる手前の便所の向かいにあるようで、伽村には今もってどういうことなのかよくわからず、しかしそういうことはそのつどありのままを受け入れればよいわけだからさして不都合なことでもない。また別のときには階段などどこにも見当たらぬ平屋になっているようで、そんなとき伽村はどうしよう、布団の上で眠れないぞと困惑しながら庭に面した階下の部屋でビールを飲んでいるうちに眠くなってごろりと倒れて肘枕で寝てしまい、朝になるとやはりいつも二階の部屋に敷きっぱなしにしている布団の中で目が覚めるというようなこともあった。まあ寝惚けただけだと言えなくもないが伽村にしてみれば当方の寝惚けた頭の状態をそのつど受け入れてそれに合わせて自在に姿を変えてくれる寛大な家という感じがした。それともやはり化かされるというような言葉を使うべきなのだろうか。

何がどうなのか定かではないということ。一人になるというのは要するにそういうことだった。これが妻でも誰でも生活の伴侶がいればその人の目に映ったものと自分の目に映ったものとを突き合わせて、定かでないものをこれはこうなのだと定かにすることも可能になる。二人の見たものが食い違えば当然どちらかが正しくどちらかが間違っているのだろうし、間違っていることが証明されてもなお自分の見たものは見たものなのだとそれに固執すれば精神の健康が疑われるといったことにもなろう。だが一人で生きているかぎり、ひとたび自分の目に見えてしまったものは誰によっても訂正されようがなくもうそれはそうなのだと孤独に納得するほかない。帰ってきて玄関を開け正面に階段があればそれはそうなのだし、また別のときには上がり框にのぼって左手奥に階段があればそれもそれでありのままの現実なのだった。たとえば入る家を間違えたのかもしれないと考えることもできるがそれを確かめるにはもう一度玄関を出て、表札はかかっていないから家の外観やあたりの家並みをじっくり見直してみるというようなことをしなければならず、しかしそれで何がわかるかどうかは別としてとにかくこの頃の伽村はいつも疲れておりとくに帰宅したとき疲労困憊しているのがつねでそんな面倒なことまでする気にはとうていなれず、何はともあれ冷蔵庫から缶ビールを出して半分ほど一気に飲んでひと息つくことになり、そしてひと息ついてしまえばもう階段のありかなどどうでもよくなってしまうのだった。それに何を確かめられようがいずれにせよそれを見るのも伽村の目なのだから、自分が見たものが自分が見たものだという堂々巡りにまたはなしは戻ってしまう。一人で暮らしていると言って悪ければ要するに伽村は今やこの家と一緒に、この家を伴侶として暮らしているわけだった。そして人間の伴侶がそうであるように、この家もまた日々とりとめもなく変容し異なった顔を見せ、決して一つの凝固した姿に収まらずにいるということなのかもしれない。家が寛大であるとも言えるが、そうだとすれば伽村の方もそれに劣らずこの家のそうしたぼんやりとしたとりとめのなさに寛大であることを求められていたということだろう。

去年の秋に退院した後とりあえず兄の家に転がりこんでそこから病院に検査に通っていたが、いくら親切にしてもらってもこの年齢になってからの居候の居心地はあまりよくはなく、暮れも近づくしさて正月をどこで迎えようかと迷っていた矢先、永瀬にばったり出喰わしたのだった。病院はサンシャインビルの脇にあったが池袋から目白の方へ少し戻ったあたりに山手線の線路の下をくぐる地下道があり、或る日検査の帰りにふとした気まぐれから伽村はそこを抜けて落合町の方まで歩いてみようと思い立った。あちこち壁が剝がれかけところどころ明かりも灯っているがそれでもかなり暗いその小便臭い地下道の、ちょうど真ん中あたりにさしかかったところで向こうから来た小柄な人影が伽村の方へ急にすたすたと近寄ってきて、やあと言った。顔と名前が結びつくのに一呼吸置かなければならなかったが思い出してみれば懐かしい顔だった。

皆さんはお元気？　まあまあですかねえ。伽村さんもすっかりお元気になられたようで。いやいやこんなに痩せちゃって。当たり障りのない世間話に終始してもよかったのにそのついでのようにふと、今ちょっと人の家に居候の身でね、居心地が悪くて、とこぼしてしまったのはよほどそのことが気にかかっていたからだろうか。やあそれはいいところでお会いしたなあ、俺、これからちょっと留守にして家が空っぽになるんで、留守番代わりと言っちゃあ失礼だけどうちに来てお住みになりませんかと永瀬がすぐ応じたのはそのときはあまり突拍子のないこととは思わなかった。どうかご随意に使ってくださいと永瀬は言い伽村の手に押しつけるようにして鍵を渡してよこし、地下道の壁の弱々しい蛍光灯の近くに伽村を引っ張っていって小さな紙切れをポケットから出し明かりにかざしながら葛飾にあるその自分の家へ行くための駅からの道順の図を描いてくれたのだった。そのとき俯いてボールペンで地図を描いている永瀬の横顔が蛍光灯の明かりに半逆光で浮かび上がるのを見つめながら、ひょっとしたらこの男も病気なのではと一瞬伽村は疑った。ただ永瀬が長いこと留守にして出かけるというその行き先がどこなのか、病院なのか外国なのか、そんなことを尋ねてみる気も起きないほど伽村の方も気が衰えていたということになる。ボールペンをぎゅっと握り締めた永瀬の細い指は骨張って異様に白く見えた。

「何か月でも、いやいつまでいてもいいですよ」

「いや、でも……」

「ほんとにいいんです。むしろこっちからお願いしたいくらいのもので」

「いや、そりゃあ僕の方は有難いんだけどね、悪いなあ」

「ちっとも悪くないんです」それから俯いて、ゆっくりと、「古い小さな家ですけどね。きっと伽村さんのお気に入ると思うな」

「いや、ほんとに有難い」形だけでも多少は家賃を、というようなことを言い出すべきではないかという考えがちらりと頭をよぎったが、薄暗いのではっきりと見えるわけではない俯き加減の永瀬の顔の表情には、しかしそれでもそんな話を持ち出すことを禁じるような何かが漂っていた。それから永瀬は目を落としたまま、

「どうも、こんな時代になっちゃって」と呟くように言った。問い返さなくても「こんな時代」がどんな時代のことなのか伽村にはよくわかるような気がして、

「神々の黄昏というのか……」と口の端を歪めながら曖昧に応じた。昔、六本木の大きなテナントビルのデザインの仕事で永瀬と一緒のチームにいたことがあり、そのときメインホールのエントランスにどんな音楽を流すかで激論になって、その頃流行っていた前衛ふうの環境音楽にしようというのが大多数の意見だったが永瀬はワーグナーがいいと言い張って譲らず、伽村一人がそれに賛成して二人でずいぶん頑張ったが結局大勢に押し切られ、ブライアン・イーノだかあるいは他の誰かの軽いテクノ・ポップだかになってしまったのだった。永瀬もすぐ思い出したようでふふっと笑い、

「人間もね」とさらに小さな、聞こえるか聞こえないかというような呟き声で言って、しかしすぐその呟きを打ち消そうとするかのようにこんこんと小さく咳こんだ。君、大丈夫かいと伽村が言おうとした瞬間その機先を制するようにして永瀬は不意に顔を上げ、じゃあと片手を上げたかと思うとひらりと身を翻してまたすたすたと足早に遠ざかっていった。その背中も伽村が覚えているのよりは少々屈まり気味になっているようだった。

伽村もゆるゆると歩き出して地下道を抜け、行き当たりばったりに道を選んで住宅街を

横切っていきながら、はて、つい成り行きで鍵を受け取ってしまったがどうしたものかと考えた。決断力が鈍っているのが病み上がりの人間特有の症状のようでどうにも考えが散らかって取り集められず、ここでもまたなるようになれという無関心の中に沈みこんでいきそうになったが、急なのぼりの石段にさしかかったとき、そう言えば永瀬は死んだともうずいぶん前に誰かから聞いたような気がしはじめて背中に冷たい水を浴びたようになった。のぼりつめて突き当たったところを右に下りればもう西武新宿線の中井かどこかの駅が遠くないはずだった。伽村は石段の途中に立ち尽くして誰がそんなことを言ったのだったか、病室に見舞いに来てくれた元の同僚の誰だろうかと訝りながら記憶の底を探ってみたが顔も名前も蘇ってこず、そのかわりについさっき懐かしく認めたはずの永瀬の顔立ちすら不意に曖昧に溶けはじめているのに狼狽した。全身麻酔の手術を受けるという体験にはやはり軀にも心にも何か特別のダメージを残すところがあり、コンピューターで言えばひとたびリセットのボタンを押してしまったようなものと言ったらいいのか、目立った記憶障害のようなものはないとしてもその前と後とで記憶を保持する複雑な回路に微細な断裂が無数に入ってしまうのはやはり否定しがたいようだ。覚えているものと忘れてしまったものという二分法だけで割り切れることでもこれはなくて、ずっと覚えており手術後の今も同じように記憶に残っている光景ではあっても何かその色合いとか肌触りとか温度とかに微妙なずれが生じてしまったようなもどかしさがあり、他界の出来事のような疎遠感が差し挟まって、永瀬のことにしても往時にこの同僚に対して覚えていた感情の質がそのままのかたちで今なお正確に蘇ってきているとはとうてい言いがたい。

『トリスタンとイゾルデ』のいちばん官能的な、あの寄せては返す無限旋律の部分、あれをエンドレスに繋いで僕は使いたいんだなとあのとき永瀬は言い出し、マーラーならまだしもなあ、ワーグナーじゃなあと誰かが応じたのに対して妙にいきり立って、流行りのマーラーか、『ベニスに死す』か、あんなもの問題にならねえよ、あんなの女子供向けの甘ったるい砂糖菓子だ、ここはやっぱりワーグナーの深さと激しさが必要なんだと言い張ったのだった。しかしねえ、うちのお客は最終的にはその女子供の皆さんたちなんだから。いやいや、だからこそです、だからこそ、軽いショックを与える必要がある。もちろんそれと意識するようなショックじゃないですよ、識閾下《しきいきか》の心理に働きかけて、快と不快が渾然一体となったような感覚を揺り動かす。……そのとき永瀬が何度も繰り返した「快と不快が渾然として」という言葉ははっきりと覚えていて、そういうのはやはりあの頃の時代の空気にそぐわなくて没になってしまったのだろう。快と不快が渾然一体か、そう言えば地下道でこの鍵を押しつけられたときのこっちの気分もそんなようなものだったかなと思い返しながら伽村は今こうして小岩の駅前界隈の怪しげなネオン街を歩き回り、その小さな黄色い鍵をポケットの中でひねくり回してみる。しかしあのとき石段の途中では本当にぎくりとして立ち尽くしてしまったものだった。永瀬さんが亡くなってねと誰かからちらりと聞いたような気がしてならないがこれもあるいは全身麻酔の後遺症の一つの偽の記憶にすぎないのだろうか。そもそも永瀬が死んでたとえ現世にどんな未練や執着が残ったにせよ、縁の薄いただの同僚だった俺のところへ化けて出る理由なんぞありはしないのだしと思い直してみる。右手にのせてまじまじと見てみてもやや古びた鍵の金属の触感と重さは本物でたしかに実在していたし、それを受け取るときに触れた永瀬のてのひらもやや冷たくじっとり湿った感じではあったが間違いなく生きている人のものだった。明日あたり会社に電話をかけてみようと決めて伽村はまた石段をのぼり出した。

しかしその電話は結局かけずに終り、翌日すぐ家を見に行った後、その次の日には身の回りの品だけスーツケースに詰めて何かにせき立てられるようにして越してきてしまったのだった。そりゃあ電話にすんなり永瀬が出て、どうですかなかなか住みやすそうでしょう、なんぞと普通に応じてくれるなら問題はないが、代わりの誰かから、永瀬さん？　いや、あの人はね……などという話を暗めの声で聞かされたらどうしよう。ちゃんとこうして鍵を受け取り地図まで描いてもらった俺の立場というものがないじゃないか。俺が住むための家がここにこうしてある、あとはなるようになれというのがここでも変わらぬ伽村の結論だったわけで、そしてそれは決して間違ってはいなかったように思う。引っ越しと言ってもスーツケース一つと段ボール箱二つほどをタクシーで運んだだけのことで、それ以上自分が何も持っていないのがおかしいほどだった。四十何年かの自分の人生で残ったものがこれだけかと思うといくぶんかの感慨がないわけではなかったが何を所有していても川の向こうまで持っていけるわけではないし、伽村が本当に何かを残してやりたかった唯一の血縁の人間はもう死んでしまっていた。

月見の晩から一週間ほども経った或る夕方のこと、伽村はサイクリングロードになっている土手道を横切ってその向こう側に下り、広い原っぱを突っ切って川べりのところまで出て、そこにしゃがんで煙草を吸っていた。隅田川などと違って江戸川がいいのは岸辺をコンクリートの護岸工事でがちがちに固めてしまうといったことをせず川の両側に広い緑地が広がってそれが公園になったり野球場になったり、あるいは単に変哲もない原っぱになって残ったりしていることだった。まあその点は荒川もそうだけれどややせせこましい感じがする。風景としてこれと似ているのはむしろ東京の別の端の多摩川だろうが田園のなごやかな広がりを背にしていて川の対岸の彼方へ向かって東京の未来がどこまでも伸び広がっていきそうな多摩川の楽天性に比べると、日が昇る東の側にあるはずの江戸川の方はもうそこがぎりぎりの端っこになっているとでもいった感じの何か暗いものを湛えていて、そこが伽村の気に入っていた。もちろん境界などと言っても向こう側の千葉の松戸市や埼玉県の三郷市だって結局こちら側とまったく同じような家並みが続いているだけのことなのだがと考えながら伽村が二本目の煙草に火をつけていると後ろから誰かが近づいてくる気配がした。しゃがんだまま振り返ると茶色の革ジャンを着た小柄な若い女が伽村に向かって歩いてくるところで、生真面目な顔でこちらを真っ直ぐ見つめているのが面はゆく、目を逸らすこともならずにいったい何かと訝っていたが、十メートルほどのところまで来て、

「あ、風流人のおじさんだ」と言ってにこりと柔らかく笑いかけてきたので、ああと思って緊張がほぐれた。

「お隣の……」

「いかがでしたか、お月見は」

「うん、翌日二日酔いで参った……」

「お月さまに酔ったのかも」

「かもしれない」

「今日は曇って駄目ね」

「曇り空も好きだよ、俺は」

へえ、と言って女は黙り、伽村のすぐ脇まで来て隣にしゃがみこんだ。煙草の箱を差し出すと一本抜いたので火を点けてやる。それからしばらく二人とも黙りこくって並んでしゃがみ川の流れるさまに目をやっていた。夕方になって空気がぬるんだせいか靄が出てきているようで、対岸の水と陸の境がやや朦朧としはじめている。さして長くはない髪を引詰めにして後ろで無造作にちょんまげのようにまとめているその女の剝き出しになったう

なじと細い首すじのあたりからゆらりとくゆり立つ若い女の艶めかしい香りが煙草の匂いに混じって漂ってきて鼻孔を刺激するようで、伽村は久しぶりに妙な気分になり、俺もまだ煩悩ってやつからまるっきり自由になったわけじゃないんだなと考えた。気持が上ずっちゃってと先夜この女が言った、これは要するにそれなのか。上ずるというのか浮き立つというのか、こういうのもたまには悪いものではなかった。ちらりと盗み見たところでは二十代の半ばくらいだろうか、細い小さな横顔の顎から咽喉もとにかけての線がとてもきれいで、革ジャンも脚にぴったりした細い黒いズボンもあっさりした何の飾り気もないものだが、煙草を挟んでいる指の爪にはかなり派手な赤いマニキュアを塗っている。

「あまりお目にかかりませんね」と伽村は言ってみた。

「ほんと」と女は受けて、「あたしも不規則な生活してるからなあ」と付け加えた。

名前を名乗ったりするのも変だろうと伽村は思い、また他に言うことも思いつかなかったのでそのまま黙って煙草を吸い終り、続いて女が吸殻を指ではじいて川に投げたので、また箱を差し出してみる。女は断る身振りで手を振って立ち上がり、またにこりと柔らかく笑った。小作りのうりざね顔で笑うと上唇がかすかにめくれ上がるようになる。水が流れてくる上流の方を目を細めるようにして見やりながら、

「ねえ、知ってる？　李白。昔の中国の詩人の。酔っぱらって舟に乗っていて、水に映った月を取ろうとして手を伸ばして、川に落ちて死んじゃったんですって」と言った。

「うん、李白ね。笑って答えず心自《おのずか》ら閑なり……」

「馬鹿よね」

「うん、心自ら閑なりだもんな」

「馬鹿な爺さん」

「でも、羨ましい」

女はそれには答えず、一拍置いて、「またね」と言った。上流の彼方を眺めやっていた遠いまなざしが不意にぐっと近くなって伽村の瞳に焦点が合うと、その切れ長の目元にはいつの間にか人懐っこい笑みが浮かんでいる。

「また」と伽村も頷いた。

水鳥が舞い下りてきて羽ばたきながら着水し、その水しぶきが長い航跡になって残る。女が去った後まで伽村の脳裡にその赤いマニキュアの細い白い指のイメージが揺らめきつづけ、それに自分の指を絡み合わせてみたらどうだろうというような気持も仄かに湧き、しかしそういうことになるための手続きを考えるとあまりにも億劫でとうてい駄目だった。かつての伽村ならそれでも何のかのと話題を探して話を続け女の生活の外堀を何とか乗り越えその内側へ入っていこうと試みたかもしれないが今はそんなことさえ億劫で、「またね」「また」で人と人とがすれ違ってゆくなら本当はそれがいちばんなのではないかという心境にもなっていた。それでも後ろ姿が見たくなって振り向いてみたがわずかの間にどこへ去ったのか女の姿はかき消すように見えなくなっていた。

退屈の極みのようでいて何やかんや毎日出歩く先に事欠かないのはわれながら不思議だった。逼塞している日々が続くとやはり人ごみが恋しくなり、或る午後伽村は思い立って電車と地下鉄を乗り継ぎ表参道まで出かけてみた。地下鉄の改札を抜けて階段をのぼり地上に出てぞろぞろと行き交う若者たちの雑踏を目にしたとたんにその日がたまたま土曜に当たっていることに気づいた。原宿から青山にかけての賑わいはやはり久しぶりに面白くて店々のウィンドウを冷やかしながらあたりの通行人よりいくらか遅い速度でぶらぶら歩いていった。そう言えば青山墓地の近くに好きな坂があって、勤め人だった頃は夏になって日が長くなり仕事が終ってもまだ真っ暗になっていないようなときには千駄ヶ谷から足を伸ばしてわざわざその坂を下りに行ったりしたものだ。伽村にとっては夏の光と結びついた坂だったが冬枯れの中で見るとどうだろうかという興味が湧いて青山通りを折れ、ひっそりした住宅街に入ってしばらく歩き、やがてその坂の上に立って四方の風景を見渡し何も変わっていないのを見て安堵した。こんな季節なのにセイタカアワダチソウやヤブカラシのようなしぶとい雑草は勝手ほうだいに繁茂していて、あたりの人家も無頓着な人たちばかりのようで放ったらかしになっており、途中で少し折れ曲がって続いてゆくその長い坂はどこか廃墟めいた風情をたたえている。自動車道路の向こう側に青山墓地の木立を見ながら伽村はゆっくりと坂を下りていき、盛り場はなるほど沢山の人々が行き交っていてこんな不況の中でも賑やかなさんざめきがあり笑いがあり、たぶん恋の鞘当ても金儲けのたくらみも出世の野心も渦巻いていてそれはそれで結構なことだがしかしあんなふうに生きて歩いている人々がいる一方、有史以来この土地で死んでいった人々もまた数多おり、その数はどんな盛り場の雑踏とも比べものにならないはずだと思った。墓地がつい目と鼻の先に見えているという意識に誘われたのだろうか、もし死者の姿が死んだ後までずっと目に見えつづけるとしたら生者一人の背後に何人、何十人の死者たちが列を作って並ぶことになるのだろうかといった想像が揺らめいたりもした。

坂を下りきってからいくぶん迂回気味に表参道の方へ戻っていった。疲れたので途中の喫茶店でコーヒーを飲んでからそろそろ帰るかと思いながら裏通りを一つ二つ曲がると、見るからに閑古鳥が鳴いていそうな古ぼけた、しかしどこか風格のある店構えの洋服の仕立屋の前に出た。そう言えば今日のようなふとしたはずみでこの店の前を通ったことが以前に何度もあり、そのつどいつか気持と金の余裕ができたら冷やかしてみてもいいなとちらりと考えたりしていたものだ。もう今日を逃せばその機会は永久に訪れまいと考えて伽村はぎいと軋むドアを押した。糊のきいた鮮やかな青色のワイシャツに細かな赤と紺の千鳥格子のネクタイを締めた上品な爺さんが出てきていらっしゃいませと丁寧に言い、要するにもののはずみというのはこういうことだなと面白がっているもう一人の自分を意識しつつ、スーツを作ってもらえるかなという言葉が気がついたときにはもう口から出ていた。いったい仕立て下ろしスーツなんぞを着こんでこの先いったいどこへ出る機会があるだろう。しかしオーダーメイドのスーツを注文するなどという生まれて初めての体験はなかなか面白く、爺さんと布地や型の相談をするのも突っ立っていると爺さんが周りをぐるぐる回ってあちこち寸法を取ってくれるのも愉しみながら、着るあてもない服だからこそこんな贅沢な気分になれるのだろうかと伽村は思った。テーラーを出て表参道に戻るともう日が落ちかけ街灯も車のヘッドランプもともりはじめていて、昼間よりもさらに人通りが多くなってきている街路の賑わいに身を紛れこませながら伽村はまた先ほどの死者の雑踏という考えに立ち戻っていった。

綿のように疲れて帰ってきた伽村はその晩庭に面した六畳間で一人で冷や酒を飲みながら、自分の好きな世界中のいくつかの場所が何か管のようなもので繋がっていて、次から次へと経巡ることができたらどんなに面白いだろうと酔った頭で考えた。むろん世界は広大で自分がささやかな旅行などをして掠めることができたのはそのほんの一部分にすぎないことはわかっているけれど、それでもインドネシアのロンボク島のあの宝石のような小さな浜辺で過ごした長い午後だの、パリのカルチエ・ラタンをさまよっていて魔法のような光に浮かび上がるコントルエスカルプ広場に不意に出てしまったときの驚きだの、胡同《フートン》と呼ばれる細い路地が迷路のように入り組んだ北京の旧外城界隈で夕餉の支度の匂いが漂ってきたとき感じた何とも知れぬ懐かしさだの、カナダのオンタリオ湖の美しい小島にトロントからフェリーで行って人けのない公園を寒さに震えながら闇雲に歩き回った冬の日だの、青果や魚や惣菜の店がひしめき合って半キロほども続く墨田区向島の橘銀座商店街だの、映画館が密集するブエノスアイレスのラヴァッジェ通りで映画を見て出てきて深夜になってもまだ賑やかな雑踏に身を紛れこませるときの昂揚感だの、そんなことが次から次へと思い出され、そこに身を置くことが心底快かった場所は他にもまだまだ沢山あってあの青山墓地を見渡せる坂ももちろんその一つだった。たとえて言えば心臓から送り出された血液が太い動脈から細い動脈へ、もっと細い動脈へ、さらにもっともっと細い毛の先ほどの細さの動脈へと流れてゆき、すると今度はそれが毛筋ほどのあまたの静脈からもっと太い静脈へ、さらにもっともっと太い静脈へ、そしてまた心臓に帰ってまた新たな活力を得て、また動脈へと勢いよく送り出されてゆく。何かこうした血管の網の目に似たものがこの世界全体に張りめぐらされていて、そこに欲望と想像力の血液の流れがゆるやかに経巡っており、俺自身もまたそれに身を委ねさえすればただゆるゆると流れていってそうした様々な場所に次々に出てしまう、もしそんなふうだったらどんなに面白いことだろう。そんな益体もない夢想を追いつづけずにいられないのも、地下鉄で青山まで出る程度のことでこんなに疲れるようでは飛行機に乗って外国に行くことなどもう途方もない大事業になってしまったなあとげっそりした気分になったせいかもしれなかった。

しかしまた翻って考え直してみれば酔った頭にそれら記憶の中の場所の数々がこんなふ

うに次から次へ蘇ってくるということそれ自体がすでにそうした網の目を経巡ることなのかもしれない。そうだ、と伽村は永瀬の家の台所にいくつもあったので勝手に使わせてもらっている備前焼のお猪口を傾けながら思った。どれもこれもこんなにはっきり思い出せる風景や出来事なのだから、もう実際にその場所へ行く必要などありはしないのだ。イタリアとの国境近くの南仏の町マントンの丘の上で不意に吹きつけてきた風に運ばれて漂ってきたライラックの花の香りが今でもあの時そのままの鮮烈さで蘇ってくる。何と不思議なことではないかと伽村は思う。べつだんかつて見た風景が今そのまま目に映じるわけではないし、香りが物理的にそのまま再生されて鼻孔をくすぐるわけでもない。しかし十五年前にあの丘から見下ろしたマントンの市街とその向こうに広がっている地中海の青さは物理的な映像以上の強い現実感とともに今伽村の心の中のスクリーンに投影されているようだし、ライラックの香りも今現に嗅いでいる様々な匂いをはるかに凌駕する強さで心の中に薫り立つようだ。なるほどそれは視覚的な鮮明さには乏しいイメージであるかもしれないが、あらゆる細部がくっきり見えるというのとは別の種類の強い現実感がそこには漲っている。ちょうど堅固な輪郭を持たず始終ぼんやりと揺れ動いているこの家がそれでも伽村にとって現実そのものであるように、記憶の中から蘇ってくる光や音や匂いは、たとえ細部が多少ぼやけてしまっていてもそんなこととは無関係に現実以上に現実的な手触りを備えている心象であるように思われた。だとすればもう現実と心象とを区別する必要などないと言ってしまってもよく、今日青山へ行ったのもテーラーでスーツを注文してきたのもひょっとしたらただ伽村の心の中だけで起こった出来事なのかもしれなかった。そして心の中で起こった出来事から実際にスーツが出来上がって届いてしまったりしたらどうだろう。何とも愉快なことではないだろうか。

気持が上ずるというのはこういうことだろうかと翌朝伽村は二日酔いの頭痛の中で思った。そうなるために人間は酒を飲んだりするのだと先達てはもっともらしく隣家の女に言ったのだったがこんなふうに時間がゆっくり流れるようになってしまえば本当はもう酒を飲む必要すらないのかもしれなかった。退屈の中で俺は上ずっているのだろうか。むしろ退屈それ自体が上ずっている、浮き立っていると言うべきか。しかしそれもまた流れゆく日々の中の一日にすぎなかった。

それから何日かは近所に日用品の買い物に出る程度で引き籠もって暮らしていたが或る夕方駅前の焼鳥屋で飲んだ後缶ビールのパックを下げてふらふらと歩いて帰ってくる途中、家の前の路地に出る手前のところでやはり帰宅の途中らしいその隣家の赤いマニキュアの女と一緒になった。やあ、あらといった挨拶を交わしてそれ以上は言うことも思いつかず、しかし何となく連れだって永瀬の家の前まで来たが、思い立って、

「ちょっと寄ってビールでも飲んでいきませんか」と誘ってみると、

「いいですねえ」と呟いて何のためらいもなくついてくる。だが伽村が女を玄関から上げ

ようとしていると女はついと家の横の庭の方に回ってしまった。仕方なく伽村がその後に従うとも う女はしゃがんで草むらの中を覗きこんでいる。

「可愛いわあ。ほら」と女が指さすのは白い花弁を五つきれいにめぐらせた小さな花の群生で、つい伽村は気づかずにいたがなるほど枯れ色一色のその狭い庭の中でそれは可憐そのものだった。伽村は「うん」と応じながらこの小さな花の幽《かそけ》きさまもこの家にいかにもふさわしいと思った。

「ツメクサ。もう咲いてるんだ」

「ツメクサっていうのか、これ」

伽村は女をそこに残して先に玄関から家に入って庭に面した六畳間のガラス戸を内側から開け、「どうぞ」と促すと女は立ち上がって縁側に横座りになり履物を脱ぎかけたが、「あ、ちょっと待って」と言ってそそくさと出て行った。まもなく今度は玄関の方から勝手に上がってきて、

「これ、お裾分け」と言って新聞紙に無造作にくるんだものを差し出した。「鰰《ハタハタ》の干物なんだけど、田舎からいっぱい送ってきちゃって」

「うん、鰰ね。好物なんだ。どうも有難う」

六畳間の座卓の前に座らせると女は珍しそうにあたりを見回している。

「ここ、わりと最近でしょう。越してきたの」

「去年の暮れかな」

「前、住んでた人はもういないの」

「彼はちょっと留守にしてて、まあ俺が留守番みたいなものかな」

「じゃあ、あたしとおんなじだわね」

　何が同じなのかわからなかったが伽村は他人の生活を穿鑿するのも面倒で、黙ってビールを注いでやった。女の田舎が秋田だというのを聞いて伽村は、昔会社で面白くないことがあったのでやや強引に休暇を取り、しかすることもないので思い立って東北の鄙びた小さな温泉をはしごして回ってみたときの思い出をぽつりぽつりと話していると女はけっこう面白そうに聞いている。そのうちに名字は言わずただ沙知子とだけ名乗ったその女が、

「あの鰊、ちょっと食べますか」と言い出して、勝手に台所に行って酒の肴を作り出し、それならばと酒もビールから日本酒に替えてやや本格的に飲みはじめることになった。気取ったところのない女でいきなり敬語抜きの会話になったのは伽村にしても愉しいことだった。

「もう、送ってくるっていうとこればっかりなのよね」

「旨いよこれ」

「あたしはもう飽きちゃったから、いっぱい食べてね」

「鰰って、塩漬けにして麹で飯の中に漬けこんで、鮨にしたりもするんだよな。あれも旨いよな」

「そうそう。ああ今晩も飲んじゃう。あたし、困るなあ」と言いながらもうたちまちお猪口に二杯ほどは干している。

「べつに何も困らないだろ」

「そうですねえ。困りませんよねえ」そしてまたくいと猪口を傾ける。

久しぶりに花のようなものが伽村の前に来たようだった。その日の沙知子は髪を後ろでまとめずにふわりと垂らしたままでいて、ちょうど肩に届くか届かないかという長さのその髪を時おり薬指一本で耳の後ろにかき上げて、飲むほどに徐々に桜色に染まってゆくそのかたちの良い両耳を剝き出しにした。

「何してる人なの、伽村さんは」

「何にもしてない。要するに失業者ってことかなあ。毎日ただあっちこっちを歩いてるだけだもんなあ」沙知子がくすりと笑ったので伽村も笑い出しながら、「そう言えば昔何かの雑誌で読んだんだけど、人間が歩くというのはね、一歩ごとに倒れていることなんだって。つまり人間って、一歩一歩転びながら前に進んでゆく動物なんだって」と何となく言ってみた。

「だって、転ばないでちゃんと歩いてるじゃない」

「転ばないんだけど、それは転ぶ前に辛うじて次の足を出して軀を支えてるから。転びかけて、でもその寸前で片足を出して踏みとどまる。しかし軀は勢いがついて前にのめってるからまた転びそうになる。もう一方の足を出してそれをまた支えると。そういうことの繰り返しで前に歩いていけるっていうわけ」言いつのりながら自分でもおかしくなってきたが沙知子は存外真面目な顔で聞いている。

「犬猫とかとは違うわけね」

「犬も猫も転びようがないわけだ。やっぱり四本足だもんな、安定してる。たとえ前足と後足をいっぺんに出してもそれでもあと一本ずつ残っているもんなあ。人間はなあ、哀れなもんだよ。一歩ごと転びながら生きてるんだから」

「健気にね」

「健気に、一生懸命に。なりふり構わずに。猫がゆっくり歩いているところなんて、ほんとに美しいだろ、優美なもんだろ。それにひきかえ、人間って何て不格好な生き物なのかなあと思う。一歩ごと倒れかけてじゃなきゃ、まともに前にも進めない」

「不格好って言えばそうよね。不格好な男って沢山いる。あたし、毎日男の裸を沢山見るから」

「へえ」と伽村が途惑っていると、

「あたしソープで働いてるからさ」と沙知子は屈託なく言う。

「ソープって、あのソープ？」

「うん、船橋の」

「へえ」

「伽村さんも今度お店に来てくださいな」反射的に口をついて出たようなその台詞には水商売の女が習慣にしている職業的な媚態が不意に滲み出したような感じで、沙知子もそれに気づいたのかちょっと照れたように、

「ううん、来ないで。恥ずかしいからさ」とすぐ言い直した。

「俺はなあ、この頃はもうあんまり、そういうのはなあ」そして訊かれたわけでもないのに伽村は何となく自分の病気の話をしてしまい、ついでにこの家に転がりこむことになった成り行きも語ってしまった。それだけ沙知子が聞き上手だったということになるだろうか。伽村はお喋りな女が嫌いでそう公言して顰蹙を買うこともあったが要するに彼は自分をひけらかすための芝居がかったお喋りが厭なだけで、それは相手が女だろうが男だろうが変わりはないことだった。人工的な言葉を繰り出すのが好きな女は黙りこむときもまたいかにも人工的で、それは結局自分の内側の身体的自然がどれほど貧しいかを告白することでしかなく哀れと言えば哀れだが、伽村の生きていた業界のどちらかと言えば美人と言っていいような連中にそうした貧しい女たちが多いのを伽村は常々不思議に思っていたものだった。沙知子にはそうしたつけつけした貧しさはまったくなく、何かを喋れば喋る

で、また黙っているならいるで、そこに一人の女がいることを花が咲いているような自然として伽村の前に示しているだけだった。とりたてて口が重いわけでも軽いわけでもないこの女は酒を愉しみながらただ頭に浮かぶことを浮かぶままに口にしているだけで、だから伽村の方でも何でも話すことができた。聞き上手ということが質問の仕方が巧いなどというのとはまったく別のことであるのは言うまでもない。気がつくと伽村は死んだ娘のことまで口にしていて、しかし忘却の中に封じこめているはずのそのことをついうっかりと意識にのぼらせるたびにいつでもこみ上げてくるあの胸をつくような悲嘆がどこにもないことに気づいた。しかしそれでもいくらか鼻の奥が熱く疼くようにはなって、それを紛らせるためにまたお猪口を口に持ってゆく。

目を上げるといつの間にか沙知子の顔がすぐ目の前にあり、両目とも固く瞑っているがその片方の目尻には涙が小さな玉になっていて、その一方で唇はつややかに濡れ輝いて伽村の唇を誘っているようだった。伽村は人指し指を伸ばして沙知子の唇にそっと触れてみた。さわる。さわるというのは何と不思議なことかと思う。別に女にというだけのことではなく、何かにさわるということ自体を伽村は久しく忘れていたようだった。沙知子の唇はしっとりと湿っていて下唇を押し下げてみるとその内側のさらに濡れた粘膜がのぞき伽村の人指し指が小さな真っ白な歯に当たって唾液がからんだ。こんなに温かくこんなに濡れていてもこの女も死人なのだ、亡者なのだという考えが不意に閃きそれはただちに確信となって伽村のうちに根を下ろした。あの青山の雑踏がまた頭に浮かび、もう数えきれないほどの人々が死んでいるのだと改めて思った。歩きざま自体も醜いうえに金で買える女を抱こうとして不格好な裸をさらしたりもする人間どもも無数に死んだ、しかしそればかりでなく獣たちも無数に死んだ、この江戸川と西の多摩川の間に挟まれた土地を首都に定めてコンクリートで固めて以来無数の植物が死にそれに養われていた無数の虫たちが死んだ、そしてその虫たちを餌にしていた無数の鳥たちも死に獣たちも死んだ、そうしてそんなふうに死んだ数限りない者たちの魂が寄り集まって名前も出自も欠いた不定形の塊となる。そしてそれがまた一つ一つ小さくちぎれて落ち、人のかたちになってあたかも未だ生きている者のように仮初めの名前を自分に与え、冬枯れの風景の中を歩き細い路地をたどり川風に吹かれながらしゃがみこんで煙草を吹かしていたりするのかもしれなかった。あるいは船橋のソープで生身の男たちのさもしい欲望を宥めすかすわざをなりわいとしていたり青山の裏通りに引き籠もってほそぼそと洋服の仕立屋をやっていたりするのかもしれなかった。そして伽村自身もそうした者の一人だとすれば伽村がものを考えたり路地を歩いたりしているのも本当は伽村がしているのではないわけだった。伽村の心も軀も伽村が所有しているわけではなく結局伽村という名前の者はどこにもいないわけだった。結局、わたしという者はいないのだと伽村は思った。そしてそれはすべらかな白い頰や首すじに酔いでほんのりと血の気がさしているこの美しい女にしても同じことのはずだった。

しかしまた沙知子の唇に自分の唇を押し当ててみると指先で触れたときには感じとれなかった仄かなぬくみがあって、たとえこの女が死人でも亡者でも自分にとってこんなにはっきりと存在しているならば生きている男が生きている女に接吻しているのと何の違いもあるわけではないとも伽村は思った。

「抱きたい」と掠れた声で伽村は言った。

「ほんとかな」と沙知子はこれもまた掠れた聞こえるか聞こえないかというほどの声で呟き、うっすら目を開いてみせるとそこには何もかも見透かすような潤んだ笑みが浮かんでいる。

「ほんとさ」しかしそれは図星で、沙知子のそのうっすら開いた瞳を覗きこみ揺らぐような思いに耐えながらもそれ以上にこの女を裸に剝いてやろうといったような動物的な衝動が軀の奥底から盛り上がってくることはないようだった。互いの目を覗き合っているうちにいつの間にか沙知子の瞳の笑みが伽村の瞳にそのまま移ったようで、唇が離れるともう共犯者同士の親しみのようなものが湧いていて、ひょっとしたら俺はこの女が本当に好きになるかもしれないぞと伽村は思った。沙知子は伽村を軽く突き放すようにしてごろりと畳に転がって、

「ああ酔っちゃった。気持いい」と小さく言った。伽村は冷めてしまった銚子にじかに口をつけてごくりと大きく一口含み、立ってガラス戸を開けるとはだしのまま庭に下りてみ

た。片足が土に着いた瞬間酔いが一時に発するようでぐらりと軀が揺れたが、夜気がすぐ頭を冷やしてくれてさっきのツメクサの群生の前にしゃがみこんだときにはもう思考もはっきりして軀は屈んでいても心は空に向かって竹のように真っ直ぐに立っていた。雲が重く垂れこめて星一つ見えない暗い夜だったがいつの間にか川水が庭のきわまでひたひたと満ち伽村の足首を浸してきているようで、水位はだんだん高くなりこのまま倒れこんでしまえばそれで苦痛もなく土に帰っていけると思った。ツメクサの花を一輪ちぎって鼻の前に持ってきてみたが何の匂いも感じられず、それからことりと意識が絶え、目が覚めると六畳間の畳の上に大の字になっていてもう日は高かった。はだしの足の裏が土で汚れている。沙知子の姿はない。

癒されえない。いつもそう思いつめながら伽村は生きてきた。だがいったい何が、あるいは誰が癒されえないというのか。「癒されえない」ということ。単にそれがあるだけだと伽村はこの頃しきりと思う。「わたし」が「癒されえない」のではない。誰が「癒されえない」のでもない。わたしはわたしではないのだから。わたしの身体はわたしにとっていつも他人でしかないのだから。たとえば沙知子のあのうっすら開いた瞳に浮かんでいる潤むような笑みに感応してぐらりと揺らぐものが伽村のうちにある。こみ上げてくる仄かな欲情がかき立てる咽喉が詰まるような息苦しさもある。だがこの欲情は「わたし」のものではない、誰のものでもないのだと伽村は思った。「わたし」とはただ名前も出自も欠いた不定形の塊から一つ一つ小さくちぎれて落ち、人のかたちになっただけのものにすぎないのだから。たとえばそれは坂を下ってゆく影のようなものだ。あの土曜の昼下がりに青山墓地の傍らの坂を下っていった自分の後ろ姿が遠い影となって視界を掠めてゆくようだった。この世界には死者たちが満ちている。不在の者たちが、不在の者の影たちが満ちていると伽村は思った。それは「わたし」自身の中にと言うのと同じことなのだろうかと性懲りもなく伽村は考え、そう言っても構わないだろうとも思った。

その日から伽村は何かから解放されてずっと自由になったようだった。たとえば或る朝夜明け方に目覚め立ち上がって窓を開けてみるとまだあたりが薄明薄暗のたゆたいに沈みこんでいる中爽やかな朝の風が吹き渡ってきて、それを顔に受けたとたんに伽村は自分が不意にもう何に対する未練もなくなっていることがわかった。風に頰をなぶられそれが運んでくる水の匂いを嗅いでいるうちに伽村自身もこの風と似たものになりおおせているようで、伽村はその二階の窓から身を乗り出し風に軀を委ねてみた。ひとたび地上近くまで落ちていった伽村の軀は庭の雑草に触れるか触れないかというところで重い空気の層に支えられて辛うじて止まり、それからふわりと風に乗って舞い上がり江戸川の河原の方へ流れていった。軀が空気に乗ったというよりもむしろもはや軀と呼べるほどの実体はなくなってしまって、川の上空に来ればもう風の流れからも身を引き離して四方どこにでも漂っていけるようだった。どこへ行ったものだろうか。上流へ、源へと遡っていくか、それとも水の流れに逆らわず下流へ、海へと向かうか。自分をぎりぎり絞り上げるようにして起源をめざし自分の生の根拠を探り当てようとするか、それとも心地良い弛緩に身を委ね、そこですべてが死にまたすべてが生まれ変わる母なる海へ自分を解き放ってゆくか。たぶんそれは誰しもがいつか直面しなければならない乾坤一擲の二者択一なのではないだろうか。伽村の選択はもちろん最初から決まっていて彼はそのまま流れに沿って江戸川を下っていった。水が流れるのと同じ速さでゆるゆると下ってゆくうちに、しかし空気に溶けてゆくことの愉楽とは矛盾しない大きな哀しみが湧いてきて大声で泣き出したくなったがもう声を出すための声帯も涙が流れ出す目もなくなっている。

江戸川はゆるやかに蛇行しながら流れてゆき京葉道路の高架橋を越えたあたりで二股に分かれている。伽村は右の方の流れに沿って少し進んでからもう川から離れることにして、昇ってきた太陽を背にして光の射してゆく彼方へ向かって、つまり西へ向かって漂っていった。細い水路のような新中川を越え、それよりずっと幅広い荒川を横切ってさらにゆくと東雲、有明、晴海、月島と隅田河口の埋め立て地が連なっている一帯に出る。そのあたりでだんだん高度が低くなり道路を走る車が一台一台見分けられるようになって、伽村はまた地上に戻ってゆくようだった。ひとたび棄てたあの厄介で融通のきかない「わたし」の身体の中に帰ってきてまた地上の悲嘆を引き受けるのかと考え、そう考えたときにはもう溜め息をつくための肺も口も取り戻しつつあるようだった。築地の場外市場の賑わいが真下に見え、それがどんどん近づいてきてそれ以上もう何も考える暇もないうちにすでに伽村はゴム長にゴムの前掛けを締めて歩き回っている威勢のよいお兄さんたちの間に降り立っていた。また人間の軀の輪郭を取り戻していることは真冬の朝の冷気に震え上がったのでわかり、思わず自分が素っ裸なのではないかと慌てて両手で軀を撫で回してみると一応それらしいセーターにジーンズなどというものを身に着けているのは不思議と言うべきか当然と言うべきか。せっかく来たのだからと思い市場を冷やかして多少の食糧を仕込んで有楽町の駅まで歩き、肉の重さに縛られているというのは何と鬱陶しいことだろうと思いながらJRとバスを乗り継いで帰宅した。家に帰り着いたときには今度こそ本当に疲弊しきっていて丸一昼夜ほどもこんこんと眠りこけてしまったものだった。

解放されるというのは自分で自分に課した抑圧を解くということでもあり、意識の表面に浮かび上がってきそうになるたびに慌てて棒で突いて深みに沈めようと懸命になるといったことを繰り返していた或る記憶の荷と伽村は徐々に馴れ親しむようになっていった。娘の死は伽村が入院中でしかもかなり病状が悪かった頃の出来事で、記憶などと言っても実のところ何が起きたかをめぐって伽村が知っているのは結局は妻から聞いた話の範囲に限られていた。葬式にさえ出られなかった伽村に代わってすべてを処理したのは妻とその実家の人々で、伽村などより彼女の方がはるかに辛かったはずだというのは頭ではよくわかっていることだったが、それでも下校途中に交差点で大型トラックの後輪に巻きこまれた娘の死が、ちょうどその頃仕事が忙しくなり帰宅の遅い日々の続いていた妻の責任だったかのような批難がましい思いを伽村は拭い去ることができず、その遅い帰宅も今では一緒に暮らしているその男と会うようになっていたからではないかという何の根拠もない疑いに長いこと苦しめられつづけることになった。憔悴しきってげっそりと痩せてしまった妻に向かってもちろんそんな理不尽な言いがかりをひとことたりとも口の端にのぼらせたわけではないが、敏感な女のことだから病院のベッドに縛りつけられて病的な猜疑心を亢進させていた夫の感情の暗部を多かれ少なかれ察していたに違いない。結局、離婚の真の原因はこの悲痛な喪失をめぐって二人の苦しみがすれ違いつづけたからなのだといま伽村は思う。娘は小学校に入学したばかりで、真横から押し潰され捩じれたようになって戻ってきた真新しい小さな赤いランドセルを病院のベッドで手にしたときには何時間も涙が流れて止まらなかった。

今になってみればこの永瀬の家に越してきた当初朝な夕なに窓を開けると漂ってくる水の匂いにあれほど心を動かされたのはそれが哀しみの匂いに似たものだったからだということがよくわかる。哀しみとは苦い味がするわけでも濃い色がついているわけでもなくさしあたってはただ水のように仄かに匂うだけのものなのだ。娘のことは考えないように考えないようにと努めつづけていてそれに一応成功したようであってもやはり抑圧をかいくぐって滲み出すものはあり、いや抑圧しようと努めるほどに悲哀はかえってますます深く伽村の無意識に執拗に根を下ろし、そこで重くしこり、そこからひるがえってこの世の空気の中に一挙に広がり出して、家並みを越えて伝わってくる仄かだがなまなましい川の水の匂いになって伽村のもとに戻ってきたのだろう。もちろん今でも朝起きて窓を開ければ真冬の寒気を透して水の匂いが鼻をつき、それはそれでそれなりに爽やかでないわけではない。しかしいずれにせよこの匂いから逃れられないことはたしかでそれならそれでその救いのなさを正面から引き受けるしかないとようやく腹を括る気になったということかもしれなかった。

決して癒されえないというのはたとえばそういうことだった。だが六歳の少女の意識が無になる直前に味わったであろう全身が砕かれる激痛を思い事故がなければ彼女が手に入れられたであろう豊かな人生の時間を思い、さらにまた六年間の短い生涯の間に娘が見せた可憐な表情の数々を思い出すとき伽村の胸に突き上げてくる鋭く深い哀しみは、その「癒されえないということ」のほんのささやかな一部分でしかないと永瀬の家に暮らしているうちに伽村はだんだん感じるようになっていった。娘の死をめぐる伽村の悲嘆はたとえそれがどれほど激しいものであれ結局わたくしごとでしかなく、一方「癒されえない」という決定的な感覚はわたくしごとを越えた匿名の痛みであり、その痛みが痛まれる——といったおかしな言いかたをするしかないのだ、「わたし」がその痛みを感じるわけではもはやないのだから——場所なのであって、そこにひとたび身を置いてしまえば伽村の愛着したもの、伽村の記憶しているもの、伽村の懐かしむもの、伽村の渇望するものなどもはや大した意味を持たなくなってゆくようだった。それでも目覚め際に見る短い夢の切端の中で娘を抱き締めたときの感触が腕と胸に蘇り抱き上げたときの軽さが蘇り伽村の頬や鼻をこする髪の毛の匂いが蘇って、目に涙を溢れさせながら覚醒する朝が続き、ああこれを引きずっているかぎりやっぱり俺は空気に溶けてしまうことはできないな、風と一緒に流れてゆくわけには行かないなと思ったものだった。もう忘れてしまいたいと念じそれに成功したような気がしていた頃に比べると、封じこめたはずの悲嘆が不意に戻ってきたようで狼狽したが、しかしそれはやはり解放のしるしの一つだったのだろうと思う。受け入れがたい苦痛を受け入れるだけの余裕が伽村の心と軀にようやく生まれ、哀しみを浄化するためにどうしても必要だった馴れ親しみの過程が遅ればせながらやっと訪れたということだったのだろうと思う。その証拠にそんなふうに啜り泣きながら目覚める朝はだんだん間遠になってゆき、娘の記憶は遠ざかっていったわけではないがしかしあの子もきっと浄らかな空気のようなものになりおおせたのだろうと安心して考えることが少しずつできるようになっていった。

　そんな伽村を、この家はただ無関心に棲まわせていた。庇っているのでも護っているのでもなくただ冷淡に棲まわせているだけだった。なるほどいい加減酒の入った伽村が酔った目で周囲を見回してみると階下の六畳間で飲んでいたはずなのに気づいてみればいつか夜半に二階の廊下を曲がった奥に行き当たったあの床の間つきの広い部屋になぜかいて、開いた窓の向こうには永瀬の家の狭い庭ではなく梔子《くちなし》色の懐かしい光にきらめく夕暮の海が広がって静かな潮騒が聞こえているといったこともあった。これはあのインドネシアの小島の気だるい浜辺だろうか、それとも父がドイツに赴任していた頃に家族で遊びに行ったというが幼児だった伽村には何一つ記憶が残っていない地中海のマヨルカ島の海景が蘇ってきたのだろうか。だがそんなことも家が伽村をからかっているわけではなくただここがそんなふうにとりとめなく伸び縮みする空間だというだけのことのようだった。それではこんなふうにしてこれは、この世は、こうしたすべては終ってゆくのかと思い、それならばあの沙知子がまた傍らに来て夕闇が下りるにつれて梔子色にだんだんと鉛のような重い翳りが増してゆくこの海景を一緒に眺めてくれればいいのにとも思わないでもなかったが、それも虫の良すぎる考えなのだろう。しかし酒が切れて部屋を出て階段を下り台所に寄ってから元の階下の六畳間に戻ってみればそこはまた東京のはずれの侘住まいで、ガラス戸を開けてみると凍えるような風が吹きつけもうすっかり闇に閉ざされた小さな庭の奥では竹がざわざわと鳴っていて、どうも終りというものもそう簡単に訪れてはくれないようだった。それにしてもこうしたものをはたして家と呼んでいいものだろうか。

いったい家とは何なのだろう。あれは小学校に上がる前だったか近所の女の子と仲良しだった時期があってその妹だの友達だのをまじえて裏庭でのおままごと遊びに付き合ったものだった。おままごとではたとえば玄関の傘立てから持ち出してきた大人用の大きな傘を一つ広げて何かに立てかけてみる、と、その傘に囲われた円形の内部がたちまち誰それさんちの家庭になってしまうわけだった。小学校に入ったあたりから女の子の遊びをするのが気恥ずかしくなり一年遅れて同じ学校に入ってきたその少女とも何となく照れて疎遠になってしまったものだが、お父さんお母さんなどと呼び合っていたその子と大人になったら本当に結婚するのだと一時期は思いつめたものだった。それにしてもしかし、家とは要するにあの傘のことではないのかと伽村はもっと大きくなってから折りにふれ考えることがあった。家とは雨風や寒さから人を守ってくれる防壁のことであるよりはむしろ、ここまでは外の世界、ここを越えればもう内側というその象徴的な境界そのもののことなのではないだろうか。ではその傘とはいったい何なのか。

これが開拓民の作ったアメリカ合衆国などであれば大樹のようにどっしりと聳えて枝を広げその下に妻子を抱えこむようにして庇護するのは父親の役割ということになるのだろうが、伽村にとってはこの傘に当たるのはやはり女だった。家庭を守るのが女というような今どき評判の悪い性分担主義に今さらのように与したいわけではないし、男たるもの遊牧狩猟民として外に出て放浪し他の土地を征服したいなどという雄の政治欲があるわけでもない。ただとりとめもなく間取りを変える家に身を置いていても伽村には外から切り離された安全な内に保護されているという実感はあまりなく、やはり生活を共にする女が傍らにいなければ家は家にならないような気がしてならなかった。それは家ではなくやはり仮寝の宿でありキャンプのテントでしかないようだった。女が傘を広げてその内に迎え入れてくれないかぎり男の生はいつまでも仮初めのものでしかないのだと伽村は思った。ただ今さらそうした女を見つけてきて暖かな家庭を築いてみたいなどという欲望はもはや伽村にはさらさらなく、家らしからぬ家に居つくともなく居ついて、決して根を下ろすということのないままただ内と外とのあわいを行き来している今の暮らしは伽村にとってこれ以上は望むべくもない至上の境地と言ってよかった。そんな日々に満ち足りていられるのもやはり伽村がもう半ばほどは向こう側に行きかけているからなのだろうか。もっとももし仮初めと言うのなら家庭があろうがなかろうがこのうつし世での身過ぎなど本当のところはことごとく仮初めのものにすぎないのではないだろうか。

幽明境《さかい》を異にするなどと言うが、たぶんこの家はその幽と明との間の境界そのものなのだろう。今の伽村は時には明るい側に身を置き彼方の暝《くら》い淵をこわごわと覗きこんで立ち竦むこともあり、時にはその幽冥界の方にふと突き抜けてそこから現世の光景を珍しそうに振り返ることもありというような具合で生きているようだった。そういうのを生きているとは言わないだろうか。そう言えば葛原妙子の詠んだ「他界より眺めてあらばしづかなる的となるべきゆふぐれの水」という思わず溜め息をつかずにいられないほど美しい歌もあった。

それにしても「幽《かそけき》」というのも不思議な形の文字だと伽村は思った。漢和辞典を引いてみると「山」は火をかたどり、その中に置かれた「𢆶」は黒さを表わし、火にくすんで黒くなること、ひいては「昏い」「微《かす》か」を意味するなどと書いてあるが、伽村がこの左右対称のかたちの漢字を見て思うのは鏡だった。真ん中に立つ鏡の両側に「幺」と「幺」とが二人のひとのように立ち尽くしている。一人は実体だが鏡面を隔てたその向こう側に見えるもう一人はただ光が戯れているだけの虚像にすぎず、しかしどちらが実体でどちらがその反映なのかは誰にもわからない。幽明境《さかい》を分かつ鏡面のこちら側と向こう側に、どちらがどちらとも見分けのつかないそっくりそのままの分身二人がただ自信なさげに揺らめいているばかりだ。たぶんその二人はお互いの瞳の中を覗き合い彼ら自身もまた二人とも深い当惑の中で立ち尽くしているのかもしれない。それで言えばこの永瀬の家がその「幽」の字の外郭をなす「山」という囲いなのだろうか。

すべてが幽《かすか》なもの、幽《かそけ》きものとなってゆくと伽村は思った。生がどこまでも幽《かそけ》くなり、かぼそくなり、他界から振り返って見たとき黄昏の光に照り映えて浮かび上がっている幽《あえか》な水溜まりのようなものとなってゆく。大気中に植物のひげ根やかぼそい蔓が伸び広がり、視界が繊弱な網目模様で埋め尽くされだんだん暗くなってゆくようだった。その暗さの奥を絶え入りそうな鳥の声の細みがわたって生きていることの無意味さがいよいよ研ぎ澄まされてゆくようだった。俺はだんだんかぼそいものに惹かれるようになってゆくと伽村は思った。そう言えば沙知子もいかにも骨が細く、生臭い性の売り買いの現場で軀を張って生きているというにしてはどこもかしこも華奢なつくりの女だった。沙知子の唇にあった仄かな温もりの記憶が始終伽村の唇の上に蘇り、しどけない寛ぎとともに酒の相手をしてくれるあの女に頼んで俺の頭上に傘を開いてもらおうか、もう一度踏ん張って家らしい家を作り直し、そこに身を落ち着けようと努めてみようかといった思いが伽村のうちで揺れることもなくはなかったが、しかしあの女もまた幽明のあわいを行き来している幽き《かそけ》ものの一人だという直感は消えなかった。

そのうちに週二回京成線の駅の前の小路に立つ朝市《あさいち》で魚を見繕っていた伽村がふと横を見るとその当の女とまた顔を合わせることになった。擦り切れたジーンズにサンダルをつっかけ手に提げたスーパーのポリ袋から長葱の束をはみ出させてにこにこしている沙知子はあまり幽明の境を漂っているようではなく、地に足を着けて生を享受している若い娘としか見えなかったが、そんなことを言えば鰯を五尾まとめて買うからと言って何十円かを負けさせようとしている伽村の方だって同じことだったかもしれない。

「こないだは……」と呟いてちょっと舌を出してみせる仕草が愛らしい。

「鰰、旨かったなあ。どうも有難う」

「お酒、強いんですね」

「だって途中で寝ちゃったもんな。強いどころか……。あなたはあの晩何時ごろ帰ったの」

「あたしも潰れちゃったのよね。いつ帰ったのかなあ」

「また飲むか」

「いいですねえ」そう言うと沙知子はくすりと笑って、「転びながら歩いてお散歩ですか」と伽村をからかい、ちょっと首をかしげて科をつくってからくるりと背を向けて去っていった。


そんなことがあるとやはりどこか浮き立つような気分にならざるをえないけれど、その浮き立ったものが生臭い肉の渇きのようなものへ結びついてゆくということにはならず、それは自分でも意外なほどそうで、そう言えばこの頃はもう獣の肉を食べたいという気持にもあまりならなくなっていた。食がこれもまた文字通り細くなってきていて、飯を炊くほかはたとえばこうして買ってきた鯛の皮をくるりと剝いて三枚に下ろし、刺身に作って生姜醬油で食う。あとは小松菜やほうれん草のおひたしを少々。とにかく一応は食べていかねばならぬと自分に言い聞かせてそんな惣菜とも言えぬ惣菜は作ってみるが、その程度のもの以上には軀が欲していないらしく、しかしかと言って甚だしく体重が減って衰弱するということもなくたしかにここ数年でかなり痩せたが体型も体調もそれなりに安定して、ひょっとしたら病気もこのまま再発せず切り抜けられるのかもしれなかった。このところ病院行きをさぼっていたのは検査で万が一転移でも発見されたらどんなにか気が滅入るだろうと想像するとそれだけで疲れてしまったからであり、またとりあえず異状なしと診断されて仮初めの安堵を覚えるというのを毎月々々繰り返して生きてゆくというのもそれはそれで意気阻喪させる余生のように思われたからでもある。実のところはもうどちらでも大した変わりはないような気がして、もうこのますべてが植物の繁茂に呑みこまれてゆけばいいというのが正直な気持だった。

こうして終ってゆく、キヅタの蔓が絡みつきセイタカアワダチソウが繁殖してどこもかしこも廃墟になってゆく。しかしそれにしても何という安らぎ。廃墟ほど豪奢なものもないと伽村は思った。しかもそれがこの国の今の姿そのものなのだった。十七世紀、十八世紀頃の英国には人工廃墟というものがあって貴族が自分の邸宅の庭園にあたかもたいそうな時代を経て崩れ落ちかけているかのように最初から見える建築を四阿《あずまや》としてしつらえ、過ぎ去った繁栄期の記憶の重さに撓《たわ》みきった人造の風景を眺めながら架空の郷愁にひたって悦に入るといった美的趣味が流行したことがあったというが、この頃《ごろ》の東京のどんよりした風景の中を歩いているとまるでそんなふうないくつもの廃墟をしつらえた広大な庭園をさまよっているような気分になってくる。神々の没落であれ人間の没落であれこれはこれで悪いものではないようだった。

何もすることがなくても伽村には飽きるということがなかった。それでもどうしても時間を持て余してやるせないという気持のときは地図を眺めていると半日かそこらはすぐにつぶれた。馴れ親しんだ街や旅行したことのある土地の地図を眺めて記憶の中の風景を蘇らせるのもむろん愉しいことだったが、他方また、行ったことのない土地の地図をためつすがめつして異国の都市の賑やかな繁華街だのひっそりした裏街だのを散歩したり、かと思えば日本の辺鄙な山奥のくねくねと続く鉄道の廃線跡を辿ったりというのも恰好の暇つぶしになった。永瀬の家にはテレビもあったので一、二度つけてみたこともあったが、躁病患者の学芸会のようなものが繰り広げられていてこんな時代になっても阿波踊りの真似事がまだ続いているかと呆れはててそれきりもう二度とふたたびスウィッチを押す気にはなれなかった。小説本はまだしもましだったがそれでも何を手にしても数ページも読むとたちまち飽きて投げてしまう。絵空事にはどうにも興味が続かなかった。むしろ風が吹きすぎる竹林のざわめきに耳を澄ましその上に広がる冴えた冬の青空に見とれたりしていればいつまで経っても退屈しない。

それにしても人間とは始末の悪い生き物だ。或る雨の午後伽村は傘をさして江戸川の土手道に出て川上に向かってゆっくりと歩いていた。しとしとなどとは形容しがたい荒々しい冬の雨がここ数日来降りやまず、川も水位が増して流れがかなり早くなっていた。冷たい大きな雨粒が痛いほどに傘を叩いて、一キロ半ほど先の方で川を横切っている常磐線の鉄橋を電車が渡っていってもその音は荒い雨音にかき消されてここまでは伝わってこない。こんな冷たいどしゃぶりの中を散歩に出ようなどという物好きはいないようで人影一つ見えないその道をとぼとぼ歩いてゆくにつけても伽村にはここを家族連れがぞろぞろと歩いていたあの大晦日の晩の光景が懐かしく思い出された。雨粒のすだれ越しに目を遠くに投げると黄色いアノラックの上下で身を固めた男だか女だかがはるか前方に見え、犬の綱を引いて走っていたがたちまち土手を下りてしまったようだった。

川の方から強い風が吹きつけて傘が手からもぎ取られそうになる。傘が吹き飛んで天空高く舞い上がり鳥と見紛う小さな一点になるといった映像が咄嗟に頭に閃き、そんなふうになったところを見てみたいといった気持に誘われてふと手を弛めてしまう。傘は吹き飛んだが伽村が心に描いたような美しい飛翔を行うことはなく、ただ糸の切れた凧のように左手の自動車道へぶざまに転がり落ちていっただけだった。それを拾い上げにゆくのも大儀で伽村はそのまま傘なしで歩きつづけ、あの大晦日の晩の人の群れもその一人一人は結構こんな荒寥とした思いで歩いていたのかもしれないぞとふと考えた。手をつないだ恋人同士にしても、きゃっきゃとはしゃぐ子供たちをまとわりつかせた夫婦者にしても、本当のところは結局一人一人孤独に、雨が降っていなくても心の中では雨にうたれてとぼとぼと歩を運んでいたのではないだろうか。もう二月も末で、時節にふさわしい氷雨が伽村を叩いてたちまち全身をずぶ濡れにしたが、今この瞬間も目には見えないけれども同じようにずぶ濡れになって歩いている男だか女だかが伽村の前にも後ろにも、右にも左にもいるようだった。そんな者たちが細い土手道にひしめき合い川上へ向かって歩きつづけているのを感じ自分がその中にいるのを知って伽村は、傘を失い濡れそぼってたちまち軀の芯まで凍えきってしまったが気持はむしろ暖かくなった。たとえどれほど濡れようが濡れるのが何だ、濡れて何が悪いと開き直ってしまえばむしろ傘がない方が視野が広くなって風景がよく見えるようになるし、自分の軀が水に溶け出しどこまでも伸び広がって世界を浸してゆくようでいっそ爽快だった。傘をさしている人間は結局自分の足元しか見えていない。

家というのもそれかと伽村は思った。そうだ、傘などない方が俺にふさわしいのだ。家が傘だとすれば、そして傘が家だとすれば、家らしい家を持たない今の俺は傘など持たずに雨にうたれたままでいる方がずっといいのだ。今住んでいる、あるいは住まわせてもらっている永瀬の家も仮住まいのテントのようなものだという考えがまた蘇ってきて、逆に言えばあの家での行住坐臥も寒雨にうたれ、顔が冥《くら》く翳り誰の目にも見えない人々に囲まれながら土手を歩きつづけるのとあまり変わるところがないはずだと思い、しかしそれはいっそ爽やかで自分が自分であるというのは結局そういうことなのだとも思う。矢切の渡しのあたりまではまだまだ距離がありそうで歩きつづけながら伽村はややげんなりしてきたが、しかしその一方で自分が自分であるという思いを嚙みしめながら凍えている今この瞬間に紛れもない幸福を感じた。

やがて雨を集めて流れがいよいよ速くなっている川から目を逸らし、土手道の反対側、つまり歩いてゆく伽村の左側へふと視線をめぐらせてみるとこちらは家々の屋根が連なる葛飾の住宅街のはずなのになぜか人家など影もなくただひたすら枯《か》れ芒《すすき》の原が広がり、それが見渡すかぎりどこまでもどこまでも続いていた。遠くでひとすじ細い煙が上がっていたがそれも垂れこめた雲の重い色にたちまち紛れて、雨の降りしきる芒の原はこちらもまた伽村の右側の水景とそっくりのゆったり流れる幅広い川面のようにも見えた。こんなふうにここ何百年かの近代の出来事がすべて嘘ということになり、東京などというものが存在しない時代の光景が現われてもそれは今の伽村の幸福に何も影響を与えなかった。では、こうして俺は土手を下り雨足が白くしぶく枯れ芒の中を分け入っていくことになるのか。それが俺の定めならそれもいいだろう。あの煙がひとすじ立ちのぼるあたりに人の住処を訪ねて一椀の粥でも乞い、そこからまたこの身一つで新たな暮らしのすがたを探ってゆくという途はもちろんありえよう。それとも辛抱して目を瞑ったままこの土手を歩きつづけるか。そうしているうちにやがてまた平成の世の葛飾の市街が眼前に戻って来るのか。しかし芒の原は相変わらず広がって、放《ほう》れ、放れ、心を放れと伽村を誘っているようだった。これはいったい何か。なるほど幻覚、幻視という言葉もあってその意味は伽村もよく知っている。しかし安普請の建て売りが隙間なくごたごたと立ち並んでいる見慣れた景色と比べてこの芒の原っぱの方が現実性が稀薄だなどといったいなぜ言えるのか。何が実在か、何が幻かを決める基準などはどこにもなく、相変わらず伽村にとってはそこに見えるものがそこにあるものだった。

そのとき背後からエンジン音の轟きが聞こえ、振り返ってみると派手な赤白に塗り分けたモトクロス用のオフロード・バイクがタイヤの左右に水しぶきをはね飛ばしながらこちらに向かって突っ走ってくるところだった。伽村が横に寄って道を空けると、これも派手々々しい真っ赤な革のつなぎを着た男の跨るそのオートバイは泥のはねを上げないようにという心遣いだろうか、速度をぐっと落としながら伽村の脇をゆるりと抜け、とたんにまた一気に回転数を上げて雨音をかき消す轟音とともに走り去った。そのすり抜ける際にライダーの泥まみれの黒いブーツがペダルを蹴るところが一瞬の映像となって瞳に焼きついた。この雨の中をあんなスピードを出してスリップして転びはしまいかと他人事ながら気になって目で追っていると、急にその速度が落ち五十メートルほど先のところで道とはすかいになるようなかたちで停車して片足を地面につき、真っ赤なヘルメットを被った頭が何かを問いかけるようにこちらを振り向いた。ひょっとしたらあれは女かもしれない。頭全体をすっぽり覆うフル・フェイスのヘルメットの遮光フードの奥の顔はまったく見えない。停まったまま大きな音を立ててエンジンの空吹かしを繰り返した後、ライダーは諦めたようにまた前を向き、足が地面を蹴って泥しぶきを撥ね上げながらオートバイはまた走り出し、最初は少々左右にふらついたがたちまち体勢を立て直して遠ざかっていった。その姿が豆粒ほどになったところで不意にバイクは土手道を右側に飛び出し、坂を川岸の方に下っていったようだがそのあたりはゆるいカーブになっているので、伽村のいるところからはもう目で追いきれない。実際、何を問いかけられようともちろん伽村には何の返答も持ち合わせていなかった。

俺を連れていこうとしたのか。もしそうならあいつは今回もまた失敗したなと伽村は思った。葛飾の街はまた変哲もない葛飾の街に戻っていた。伽村は土手道をそのまま歩きつづけ柴又帝釈天に出て、しかし参道に並ぶみやげもの屋を冷やかす元気もなくタクシーを拾って早々に引き上げてきた。少々風邪を引きこんだようで咽喉の痛みと悪寒が抜けずその後何日か寝込むことになった。雨に濡れながら歩くのはたしかに爽快ではあるけれど、その爽快さは人間が自分の身体とともに生きるほかないということの鬱陶しさと表裏一体のものだった。やはりあまり軀に負担を強いるようなことは慎んだ方がいいようだと伽村は反省したが、ただし微熱で頭がぼんやりしているのをいいことに終日布団の中でうとうととまどろんでいるのもこれはこれで快楽でないわけではなかった。

そうこうしているうちに、以前青山のあの古ぼけたテーラーでつい注文してしまい、仮縫いにもちゃんと出かけて仕立て上がるのを楽しみにしていたあのグレーのツイードのスーツがようやく出来上がって届けられてきた。おう、やっと出来たか、とこれもまた例の上ずった気分というやつをかき立ててくれる種の一つになりはしたが、しかし最初からわかっていたようにそれを着て行くべきところなどどこも思い当たらないことに改めて情けなさがつのってくる。たまにはネクタイでも締めてホテルのバーにでも出かけてみようかなどとも思わないでもないけれど、誰かを誘うことを思うとそれも億劫でならない。とはいえようやく雨も上がり冬らしく潔い晴天の日が続いていることでもあり、せっかく作ったのだからと思いそのスーツを着こんで散歩に出て近所の殺風景な街並みを歩いていると、べつだん誰に見られるからというようなことがなくてもやはり新しい服を身に着けるというのはなかなか気分の良いものだった。

外に出て仕事で人と会うといったことでもあればむろん髭も剃り髪も梳かし然るべき服を着なければならないが、この頃の伽村の生活では本当はもう無精ひげを伸ばしっぱなしでも下着を替えなくても別に構いはしないはずだった。実際、待ち合わせの約束というもののない伽村はもう腕時計というものも滅多に身に着けなくなっていた。しかしそれにしてもお洒落というのは他人のためだけにするものだろうか。人に見られる機会さえなければ浮浪者のような身なりをしていても気にならないものだろうか。こんなふうな幽《かそけ》きさまになっても伽村がまだ毎朝ちゃんと髭を剃り、歯を磨き、けっこうまめに洗濯をしたり廊下に雑巾を掛けたりしているのは、単にそれまでの生活習慣が抜けないからということもあろうが、しかしそれよりもやはりそんなふうに最小限の身だしなみに気を使うのが自分に身体があって病気には罹りながらもそれがまだ辛うじて機能していることに対する礼儀であるように思われたからだった。やはりある程度は自分と自分の身体に敬意を払いながら生きていたいと伽村は思い、最小限のお洒落はその敬意の表現のようなものだったわけで、新しいスーツを着ることで味わう軽い昂揚もまたそうした尊敬の念の証しの一つにほかならなかった。身だしなみとは結局、自分自身の身体に対する礼儀のことなのだ。

伽村は日が暮れる頃になって戻ってきて、しかしそのまま家の中には入らずに庭に回り、竹林の下に立っていったいこの安らぎは何なのだろうと訝りながら植物の発散する気にまみれていた。生命の気配が旺盛に沸き立つ春の訪れはまだ遠いがそれでもツメクサの花の群生だのヒメシバやカヤツリグサの叢だの竹の葉がさやさや鳴る音だのが伽村の中に静かに入ってきて彼の心の底にこごっていた毒の残滓を吸収し分解し尽くしてくれるようだった。

そのうちに伽村は、せっかく下ろしたての服でお洒落をしてみたのだしもし沙知子が家にいればどこかに夕食に連れ出してもいいと思い立ち、隣家の玄関に回って呼び鈴を押してみた。家の中でベルが鳴るのがかすかに聞こえたがどうやら沙知子は留守のようだった。ノブを回して引いてみるとドアはあっさり開き、伽村がその隙間から身を滑りこませた。沙知子の家に上がりこんでしまったのはやや犯罪めいた振舞い、いや犯罪そのものだったのかもしれないが、伽村にしてみればドアに鍵がかかっていなかったこと自体が誘い以外の何ものでもないように感じられた。伽村が今住んでいる永瀬の家に劣らず生活臭の乏しい住まいで、何もかもがきれいに片づいているわけではなく台所には食事の後らしい皿や茶碗が流しに重ねてあったりしたものの総じて物が少なくがらんとした印象で、人が住んでいるという気配があまり感じられない。しかしその流しの赤い小さな箸を見たとたん中年男が一人暮らしの若い女の住まいに忍びこんでしまったことの疚しさが急にそくそくと身に迫ってきて、早々に退散しようかとも思ったがまた何となく図々しく居直る気にもなり、つい階段を上がっていって二階の部屋の襖をからりと開けてしまった。

伽村の家の二階の部屋に似た和室で、古びた鏡台が一つあるほかは家具もない。今は締め切りにしているらしい重い遮光カーテンの隙間から窓越しに見上げてみると伽村の家の物干し台が視野に入り、あの晩沙知子はここから声をかけたのだとわかった。しかしやはり気が咎めてそのまま踵を返しまた階段を下りて、廊下の突き当たりの板戸を開ければそこは伽村の家の六畳間でガラス戸の向こうにもいつもの庭の眺めがあり、やはり幽界と顕界との境はどこでもかしこでも曖昧になってきていることが知れた。座卓の前に腰を下ろして上着を脱ぎ、ネクタイを弛めているととんとんと階段を下りてくる音がして沙知子が下りてくる。

「厭あねえ。あたしの家に入ったでしょう」と言って戸口から睨むようにする沙知子は今日は白い短いスカートを穿いていて素足の腿の白さが目に眩しい。伽村が予想した通り言葉のうわっつらとは裏腹に口調に尖ったものはなく、行き過ぎた子供の悪戯をたしなめているような柔らかな声の響きに伽村はそれでもやはり安堵した。

「知らないよ」

「嘘つき」そう言えば伽村の靴はまだ沙知子の家の玄関に脱ぎっぱなしになっているのだから言い逃れようはないわけだった。

「だって、じゃあ君は何なんだ。君だってそうやっていつの間にかうちにいるじゃないか」と言い返し、ということは君もやっぱりあわいを行き来している人だったんだなという言葉は呑みこむことにする。

「あたしはいいの」と呟いて沙知子の目元が温かくほころんだ。

「それじゃあ僕だっていいだろ」

「あのねえ、あたしは女よお」

「どういう意味だよ」

「うるさいわねえ」

　どこかに出ようかと言ったが家で飲もうと言い出したのは沙知子の方で、あたしが何か作ってもいいからさという気の置けない物言いを聞いているとどうやらそれこそおままごとの同棲生活みたいな気配になってきたなと伽村は思ってやや当惑した。豆腐だの卵だのしめじだの鮭の切り身だの、冷蔵庫の中の余り物を器用に組み合わせて沙知子は手早く酒の肴を作り、また酒宴になったが先達てここで一緒に飲んだ晩と違うのは今日は皓々と輝く月天心の十五夜であることだった。

「明るすぎて厭ねって言ってたなあ、いつだか俺が物干し場にいた夜」

「淋しそうでしたねえ、あの時はお一人で」

「今日は月のかわりに君を見ながら飲むかな」

「へえ、そんなお世辞を言う人だとはね」

「お世辞じゃないよ」

「でも、お月さまも出ているのよ、ちゃんと」

「たまにはそっちも見たりしてさ」

実際、たまにガラス戸の外を見上げると月はあくまで涼しく輝きそこには時間の停まった世界が広がっているようだった。しかしそう思っていると薄い雲がすうっと流れてやはりすべては流転の中にあることがわかり、それとともに浮き立つようなというあの上機嫌がまたゆるゆると湧いてくる。そこで目を沙知子に戻すとこの微笑みや柔らかな声は間違いなく時間の中にあり一瞬一瞬絶えず揺れ動いていて、その時間の中に伽村も一緒にいた。こうしてついと手を伸ばせばこの美しい女に触れられるのだと思うとやはり月と孤独に向かい合っているよりはこちらの方がいいようだった。

結局、夜が更けてから二人で物干し台に出ることになった。片手に一升瓶を下げた伽村が先に上がりもう一方の手を伸ばして沙知子を引っ張り上げる。沙知子には革のパーカを貸してやり、伽村自身は沙知子に何のかのとからかわれながら新しいスーツの上下にネクタイまできっちりと締め、そのさまは真夜中にぼろぼろの物干し場に出て満月と向かい合うために盛装したとでもいった具合で、その状況の頓珍漢さ加減は大いに伽村の好尚に投じるものがあった。考えてみれば昔は伽村も業界が業界だけにアルマーニだのフェレだのアニエスb.オムだのをわさわさと持っていたのだった。けっこう大枚をはたいて買いこんだあのスーツやジャケットやコートの山はもう捨てられてしまっただろうか、それともまだ妻のマンションのクローゼットに眠っているのだろうか。いずれにせよもうどうでもいいことで、文字通り別の世界の出来事だった。このやや古風な型に仕立てられた三つ釦《ボタン》のスーツが今の俺にはいちばん似合う。

「寒いでしょう、それじゃあ」

「大丈夫。君は?」

「これあったかいわあ」

「兎は何してるのかな」と月に遠いまなざしを投げながら伽村は言った。

「お月さまの兎? お餅つきでしょう」

「でももう正月も過ぎたしなあ」

「じゃあ、来年のお正月に備えて今は休んで寝てるのかも。でも、月のあの斑模様って、ほんとに誰かが住んでるみたいに見えるわよねえ」

「うん。水を汲んでる人がいるっていう民話もあるんだよ、外国には」

「へえ」

「あとは女が機織りをしているとか、いろいろあるみたい」

しかし沙知子は目を落としてあたりを見回していて、「こんなに明るいと濃い影ができる」と言った。

「うん」

たしかに月光はまばゆいほどだった。ものを置けばそこに影が生まれる。沙知子が身動きすればそこに影が踊る。冬の夜だった。

「君は厭なんだよな、こういう月の明るい夜は」

「ううん、今日はいいの。伽村さんと一緒だからさ」

それこそお世辞だろうと伽村は考えたが口には出さなかった。一方伽村の方はと言えばたしかにあの晩の孤独な月見は淋しかったけれどそれでは沙知子と一緒の今が淋しくないかと言えば決してそんなことはなかった。一人だろうと二人だろうと何人でいようとこの世のきわで幽《かすか》に身を持て余していることの淋しさはいささかも減じはしない。では、君を見つめていたいと伽村が言いあなたといると月夜が愉しいと沙知子が言うのはどちらもお世辞にすぎないのだろうか。だとすればこんなふうに生のきわのきわ、果ての果てまで逢着してそれでもなおそこで出会った人とおざなりの挨拶を交わすことしかできないというのはそれこそまさしく淋しさの極みと言うべきではないだろうか。だが、いやそんなことはないと伽村は思い直した。人と人とはきっとこんなふうにしか一緒にいられないのだ。「またね」「また」ですれ違ってゆくのが常態であるような人間同士がたとえほんのひととき隣りとこんなふうに一緒に並んで遠慮しいしいそうっと軀を触れ合っていられるというのは実はそれだけで大変なことなのではないか。そうであってみれば爾余のすべてはどうでもいい、互いに向かって口にし合う言葉などお世辞や挨拶の類でいっこうに構わない。しかしそのうちに沙知子がぽつりと呟いたのは形式的な社交辞令といったものとはほど遠い言葉だった。

「去年の暮れに流産しちゃってさあ……」

「えっ」

「あたしは産むつもりだった。相手が結婚してくれてもくれなくても。ソープはやめて、田舎へ帰って子供を産んで、と思っていたのにな」

「永瀬君が……父親？　ここに住んでた……」これは沙知子をびっくりさせたようだった。

「えっ？　違う違う、この家にいたあなたのお友達とは時たますれ違ったことがあるだけ。そうじゃなくて……。うん、父親はどうでもいいんだ、どうせ一緒に暮らせるような人じゃなかったたし。でもとにかく赤ちゃんは産むつもりだったの。産みたかったの。そのつもりだったのになあ」

「疲れてたのかなあ。あの頃、ストレスが多くてさ……」

「うん」

「まあ、いいんだけどね。もう立ち直ったし」目に涙が溢れていた。

「うん」と繰り返すしか能のない自分が伽村は情けなかった。こんなふうに目に涙を溜めて月を見上げている女に男はいったい何を言えるだろう。しかしさっき伽村が今日は君の顔を見つめていたいと言ったのは文字通り本心からの言葉でお世辞でも社交辞令でもありはしなかった。つい一瞬前まではただ隣り合って軽く触れていただけの沙知子の軀が気づいてみれば不意に伽村の腕の中にあり、月光に照らされて青白く輝いているその顔が潤んだ目で伽村を見上げていた。いつだかと同じように目尻に涙の玉を残してその瞳がひとたび閉じられてしまえば分厚い革のパーカでくるみこまれているにもかかわらず沙知子の軀からは生臭い女の精気がむうっと香り立ち伽村を包むようで、病気の前と比べればずいぶん生命力の衰えてしまった自分にははたして指一本触れてもはじけるようなこのなまなましい女を押しひしぐのに十分なほど猛々しい雄の精が残っているだろうかという疑いが湧いた。勃つか勃たないかといった即物的なこと以前にむしろこんな濃い雌の性に立ち向かいそれと拮抗しうるほどの雄の気を自分の軀が発散できるだろうかと思うとおぼつかない心持ちにならざるをえない。しかし一瞬濃く立ちのぼった雌の匂いは次の瞬間いきなり鎮

「可哀そうに」

まって、思いがけずむしろ植物的と言った方がいいような優しい静謐となって彼女は伽村の胸の中にいた。むしろ伽村が沙知子の胸の中にいたのだろうか。

　これもやはり繁茂する植物の気に呑みこまれ浄化されるのと同じようなことなのだろうか。だがこうして沙知子を抱いてかすかに開いた口からかぐわしい息の匂いを嗅いでいることはたとえば朝起きて果物のジュースを一口含むとその爽やかな味が口中いっぱいに広がり粘膜の味蕾を刺激してまだ眠りの中に半ばどんよりと漬かっている軀を一時に目覚めさせてくれる、ちょうどそんな作用を伽村に及ぼすようで、たしかに酒の酔いも手伝ってけうとい疲労のようなものが訪れてきてはいたがしかしそれでもここ数年間絶えてなかった或る爽快な覚醒もまた同時に感じないわけではなかった。どこもかしこも廃墟となり崩落した建物にも人や動物の死骸にも蔓が絡みつき雑草が芽吹いて繁り、何もかもが植物に埋め尽くされてゆく、腐った葉に呑みこまれ取りこまれ浄化されてゆく、それはそれでまあいいこととしよう。だがそんなふうに終ってゆくとして、それではそんな中でなお俺がこの女の胸元から漂ってくる匂いに心がかき乱されるということはそのときいったい何を意味するのか。幽に属しようが明に属しようがこのくゆり立つ女の軀は今ここにあり、植物のような優しさで俺を慰撫しながら、しかし俺の中の何かを刺激し爽やかに揺り動かしてその覚醒を誘っていると伽村は思った。

「抱きたい」いつかの晩と同じことをまた伽村は言い、しかし今度は沙知子は作りものの媚態で軽くいなしたりはせず黙って立ち上がり伽村の手を引いた。

二階の部屋に敷いた布団にくるまってかぼそく交わった後沙知子は伽村が危惧したようにそのままうっと消えたりはせず伽村の軀に手足を絡みつかせたままことりと眠りに落ちたが、伽村は長いこと寝つけずにカーテンの隙間から洩れ入ってくる月光に仄かに照らされたその寝顔をしばらく見つめていた。不格好な男の一人ということか。このところ生きていることのリズムが遅くなっていてそれで今まで見えなかったものがだんだんと見えるようになってきたように思う。人と人とがすれ違う。ただすれ違う。かすかな手振りで挨拶を交わすこともあれば目を合わせもせずぶっきらぼうにすれ違うこともあるだろう。そしてほんの時たまこんなふうにもっとも深いところで軀を触れ合わせ互いに互いを癒し合うということが起きて、不意をうたれたような気持になる。それが生きるということなのだろうか。それなら俺はまだ生きるということの内側にいるのだろうか。この美しい女もまた生きるということの内側にまだとどまっているのだろうか。沙知子は手も足も小さくてまるで壊れやすい巧緻なつくりの青磁の壺か何かのようだと思った。知らないうちに眠りに落ちていて目覚めるともう日は高く沙知子の姿はない。

それでも日々は流れていった。相変わらず伽村はとりとめのない街歩きで日々の時間を費消していたがこの頃よく感じるのは何かいたるところで光や影が徐々に寄り集まり様々なかたちにしこってゆくようだということだった。この家もたしかにそうしたかたちの一つだった。それともいっそこの界隈一帯の家並みの全体がそうなのだろうか。青山通りに立ち並ぶビルやそのあたりの盛り場をぞろぞろ歩いている人々もことごとくそうなのかもしれない。そんなことを言えば伽村が久しぶりに雄になって固く張りつめさせた男根を優しい粘膜の星雲の中に迎え入れ弾けさせてくれた沙知子の軀もそうしたかたちの一つなのかもしれなかった。もちろんそんなふうに思いなしてしまうかぎり伽村の生は幽《くら》い側に突き抜けていってしまわざるをえず、そんなことになれば病気が治るかどうかということとは無関係にとにかくもう伽村という名前を持つ一人のかけがえのない個人として立ち上がり世界に向かって自己を主張するといった振舞いは諦めざるをえまい。伽村自身もまた光と影がしこった透明な織物になり匿名の幽霊になって東京のきわを流れる江戸川の上空を漂いつづけるよりほかないということになろう。結局俺の人生は、誰か或るたった一人の人、沙知子なら沙知子、何某なら何某でもいいがとにかく或るかけがえのない名前を持ったその特定の人をいのちのかぎりに愛慕するということをせずに終ったということなのだろうかと考えると漠とした哀しみが湧いてきて、もしそうだとしたらこんなに淋しいこともない。俺はいったいどんな名前を呟きながら川を渡るのだろうと伽村は訝った。とにもかくにも何年かは一緒に暮らしたあの元の妻の名前にしてもむろん忘れたわけではないがもう自分から進んであえて思い出してみたいとは思わない。しかし淋しいというのは何か特別のことではなく生の常態そのものではないだろうか。

沙知子にはその後どこでも行き合わないので二、三度夕方や夜更けに呼び鈴を鳴らしてみたが留守のようだった。いきなり伽村の家の二階から下りてきてくれるといったことでもまた起こるだろうか。ひょっとしたらあの晩言っていたように仕事をやめて国に帰ってしまったのかもしれないし、それともやはり伽村が最初に直覚した通り沙知子もまた実はとうに死んでしまっている人なのかもしれない。沙知子が流産したとき死んでしまったのははたして胎児だけだったのだろうか。それにこの頃だんだんわかってきたのは反対側の隣家の品の良い婆さんもどうやらそのくちのようで伽村の顔を見れば愛想良く会釈をしてよこすけれどまだ依然として喋るところを聞いたことはひとこともなく、そうこうしているうちにふと伽村のまなざしが逸れたとたんにぼうっと半透明になってしまうようだった。老夫婦の亭主の方は気配だけはあっても相変わらず姿を見せずにいたが或る夜伽村が二階の窓から外を見ていると隣家の庭をその亭主の方であるらしい和服姿の老人が両手を前に出しおずおずと手探りしながらのようにおぼつかない足取りでそぞろ歩いていて、伽村が夜目を凝らしたかぎりではどうやら首から上がないように見えた。

或る日のこと伽村が帰宅して着替えのために二階に上がっていくと思いがけず二階の廊下からさらにその上の階へと今まで見たことのなかった階段が続いている。一階から二階へのものよりもずっと幅も狭くなっているその踏み板のぎしぎしと軋む古びた階段をのぼっていってみると三階というのか屋根裏というのか天井の低い埃まみれの洋間に出て、窓際の椅子に永瀬が腰掛けて汚れたガラス越しに外を見ていた。少々驚いたがむろんこれは永瀬の家なのだからいつ帰ってくるのも彼の自由なのだった。

「やあ」と伽村が言っても永瀬はこちらにかすかに首を回してちょっと片手を上げただけで、その顔は去年の暮れに池袋の地下道で会ったときよりもさらにいっそう蒼白さを増したようだった。

「帰ってきたんだね」と伽村が言うと、永瀬は伽村の気がかりを敏感に感じ取って安心させるように、

「いやいや、そうじゃない。ちょっと立ち寄っただけで。伽村さんはいつまでいてくださってもいいいんです。そう言ったでしょう」

「うん」とだけ伽村は言って永瀬の向かいに腰を下ろした。高価そうな茶色の革張りの、しかし白い埃が薄雪のように積もった応接セットが窓辺にあって、しかしそれは人が使うためと言うよりも要らなくなった家具が物置に仕舞いこまれ置き去りになっているという感じだった。

「ここは住み心地がいいなあ」

「そうでしょう」

「本当にいつまでもいたいくらいのもんだ」

「どうぞどうぞ。何度も言いますが」

「しかしそうも行かないよ」

「僕もここに住んでいたかったな」

「戻って来りゃあいいじゃないか」と伽村が言うと永瀬の顔の淋しそうな表情がいっそうの翳りを増し、ちょっと微笑んだが何も言わなかった。伽村は久しぶりに永瀬の顔を見て改めて懐かしさがこみ上げてくるのを感じ、

「どうだい、飲もうか」と言ってみた。

「いや、あまり長居もできないし」

「沙知子さんという人……」永瀬が途惑った顔をしているので、「隣の家の……」と付け加えた。

「ああ、可愛い人ですよね。一人暮らしみたいで」

「そう。何となく知り合った」

「いいですね」

「うん」

「いつだか青山の方へいらしたでしょう」

「知ってたの」

「ええ。僕があなたを呼んだわけじゃないんですけどね。伽村さんは墓地の脇の坂まではいらしたけれど、墓地までは足を伸ばしてはくださらなかったでしょう。だからまだまだ

だなあと思いましたねえ」永瀬の声に詠嘆が籠もったが残念に思うというよりむしろ羨ましさの勝った呟きのようだった。

「まだまだか」

「だから、いつまでもってことですかねえ」

「変なもんだよな」

永瀬はそれには答えず、また窓の外に目をやって、

「この高さからだと川の水面が見えますね」と話を転じた。

「江戸川はいいね。広々とゆったり流れていて。自然が残っていて」と伽村は受け、「馬鹿な爺さん、か」というのはひとりごとのような呟きになった。

「え」

「いや、その沙知子さんがそう言った。水に映った月を取ろうとして溺れ死んだ老人の話」

「風流じゃないですか」

「風流人のおじさんってね。そうも言ってたな」

「ずいぶん親しくなったみたいですね」

「いや、まあ、ちょっと挨拶してすれ違う程度だけどね」

「でも良かったな、伽村さんがここを気に入って腰を落ち着けてくれて。安心しました

よ」

「うん」

「もう僕は帰って来ませんから」

「帰って来いよ」

「あれ、覚えてます？　ほらワーグナーかテクノ・ポップかって、さんざんやり合ったじゃないですか」

「結局押し切られちゃってな」

「あのビル、今どうなってるか知ってますか。いくら家賃を下げても全然テナントがつかなくて、取り壊されてホテルに建て替えられることになったんだけど、バブルがはじけてその会社も倒産しちゃってさ。取り壊された後、整地もされずにただ塀で囲われて駐車場にもならず、もう何年もそのまま放っぽらかしですよ」

「いいねえ、俺、この頃そういうの好きなんだ」

「俺も好きだけど、何だか馬鹿々しいねえ。いったい俺たちってどういう人生だったんだ」

「いいじゃないの。俺はいろいろと面白かったな」

「面白いったって、後には結局何にも残らないじゃないの」

「いいよ、残らなくたって。残らない方がいい。その方がすがすがしいよ」

「伽村さんは風流人だからな」

「あんたもだろ」

　永瀬は淋しく笑って黙っていた。この男もずいぶん髪が薄くなったなという考えが閃き、そのとたんに今までどうも定かには映像が結ばずにいた会社時代の永瀬の風貌が、視覚を越えた手ざわり、肌ざわりのようなものとして不意に蘇ってくるようだった。もともとこういう妙に依怙地で吐き捨てるような調子で喋る男で、その吐き捨てるようなひとことが結局事柄の核心を突いていたりするので何とはなしに疎まれることが多かった。実のところこの男の髪が昔はどうだったかはべつだん覚えているわけではない。しかしあの地下道で会ったつい数か月前よりいっそう薄くなったような気がしてならない。窓から入ってくる光がだんだん弱くなって部屋の中も暗くなりもう永瀬の顔も見分けにくいほどになっていたがこの部屋に電灯があるのかどうか、あってもどこにスウィッチがあるかは当然わからなかったから伽村はそのまま座っていた。永瀬が黙りこくってしまったので、「しかし、ほんとにな、ワーグナーにしとけば良かったのにな。そうすればきっと今頃はそこそこテナントも入っていて、新しいビルなのに取り壊されるなんて馬鹿々々しいことにはならなかったかもな」などととりとめなく言って話の接ぎ穂を探してみたが、もう永瀬は伽村に横顔を向けてじっと窓の外を見つめたままだった。しばらくして、「じゃ、俺、もう行かなくちゃ」と呟くように言った。「もう来ませんから」

今度は伽村も黙っていた。気づいたときには永瀬の姿はもうなかった。伽村は立ち上がって永瀬が座っていた少し湿った肘掛け椅子に移り、そこから永瀬がしていたように窓の外にまなざしを投げた。たしかに鈍い刃のように白く光る川面がそこからは見えた。あの流れの上空に浮かんで川下に下っていった未明の出来事はほんの何週間か前のことにすぎないのだと思い当たって軽い驚きを覚えずにいられなかった。もう自分にとっては時間は流れないのかと伽村は思った。しかしぎしぎしと軋む踏み板を踏んで階段を下りながら、みんないなくなってしまうのかという淋しさがさすがにこみ上げてきて鼻の奥がつんと熱くなり、どこでもいいから電車に乗ってどこかへ出ようと思った。

その淋しさの中で不意に蘇ってきた思い出がある。涙を溜めた目で伽村をじっと見つめてその目を逸らそうとしない若い女と喫茶店のテーブルを挟んで向かい合っていたとき、別に会社の近くにあったわけでもないその喫茶店に永瀬がいきなり入ってきたことがあった。結局妻には知られないままに終ったその女との仲がいちばんこじれていた時期のことで、その日の伽村はあまり親しくはないが目が合えば会釈くらいはしなければならない同僚の顔を見たい気分ではなかった。それに会社の取引先の絡みなので永瀬だってその女の顔ぐらいは見知っているはずだった。永瀬は一瞥して何かを察したはずだがそのままくるりと振り返って出てゆくほど鈍感な男ではなく、遠い席にさりげなくついてお茶を飲み不自然ではない程度の時間を過ごした後に気づかぬ素振りのままそそくさと立ち去っていったものだ。伽村はすぐに忘れてしまい、というか縁遠い同僚との不本意な遭遇のことなどいつまでも気にしているようなゆとりのない状況にいたわけで、その後の永瀬との付き合いに引け目が残ることもまったくなかったのだが、ひょっとしたら伽村自身よりはむしろ伽村の私生活の一場面に思いがけず踏みこんでしまったことにあの人間嫌いの男の方が密かな負い目を感じつづけていたのではないだろうか。この家に伽村を住まわせてくれるといった唐突な好意の淵源も案外そんなところにあったのではないだろうか。永瀬の吐き捨てるような物言いは繊細すぎる神経を隠すためなのだということはずっと前から伽村にはわかっていた。

しかしそう言えば、あの頃は死ぬの生きるのと大騒ぎだったくせに現金なもので伽村の病気がわかったとたんいきなり何の音沙汰もなくなったあの女はあれからいったいどうなったのだろう。今度生まれ変わったらきっとあなたと一緒になどという愚劣なことを自己陶酔の皮膜でぬるぬるする大袈裟な口調で言いつのるような女に、ちょっと可愛い顔をしているというだけのことで手を出したのは伽村の身の不明というもので、もともと伽村にしてみれば何度か寝てみて単にわきがの臭い女だという感想が残っただけだった。どんな低能な女でも男が内に隠しているそういう心の温度を敏感に察してしまうのが女というものだった。そういう疎ましい生き物とのごたごたと縁が切れてこうして心静かに暮らしていられるのはどんなに幸福なことかと伽村は改めて思った。あの女の名前などはむろんもう覚えていない。

雌を押しひしいだり刺し貫いたりしてみたいという気持は薄れたがそれに比べて酒を飲む快楽の方がずっと後まで引きずるようなのは意外だった。酒の酔いというのは風邪の微熱の中でうつらうつらしたりするのと同じように本来のところ自分に軀があること、軀を持って生きていることを愉しむためにあるわけで、駅前の焼鳥屋で熱燗のお銚子を傾けゆるゆると重くなってゆく自分の軀の熱をいつくしんでいるうちは、もうこれっきり決定的に重力からすっぱり断ち切れて川面の上に漂い出すなどということは起こらないのではないかと思われた。生き物が身体というものの疎ましい重みを持ってこの世にあるほかないことの哀れさをゆるゆると思い出させてくれるのも、その哀れさを宥めすかしてそれなりに快くないわけではない甘い諦めに変えてくれるのも酒だった。しかしそれならばこんなふうにしてゆるゆると酒を飲みつづけながら自分の軀に薄く薄く歳をとらせてゆくといったこともできるのだろうか。兄弟も友達も元の妻も何かすっかり別の世界の住人になってしまったような気がするのに、行きつけの焼鳥屋が出来ればカウンターの向こうの真っ赤におこった炭の上で毎晩ひたすら串をひっくり返しているそこの無口な主人とも笑顔を交わすようになり、またときどき隣り合うことのある客とも顔馴染みになって天気の話くらいはするようになるわけで、ああこんなふうに俺は歳をとっていけるのかもしれないとたまさかは思わぬでもない。

けれどももし幻想というのならそれこそが幻想であるのは明らかだった。まだ四十代でも老いというならもう伽村は老いの中にいてそれ以上のどんな老後の生がありうるとも思えなかった。というか、それよりむしろ年齢という概念そのものと不意に無縁になってしまったという方がふさわしいかもしれず、もちろん伽村は若いという歳ではとっくになくなっていたが老いという言葉の意味も理解できなくなってしまっていて、そのことを少々残念に思わないでもなかった。一つ一つ年齢を重ねて成長したり衰弱したりしてゆくのが人間だというのならその一年一年という観念それ自体がもう伽村には過ぎた贅沢になってしまっているようだった。もし伽村に生臭い煩悩がまだ残っているとすればその第一のものはもし許されるものなら老いというものを知ってみたかったという熱っぽい欲望だったかもしれない。

別の日に伽村はまた江戸川べりに来て立ち尽くし、下流方向に吹き抜けてゆく強風に顔をさらして耳を立てびゅうびゅう鳴る風の唸りの合間々々にとぎれとぎれに伝わってくるヨシキリの甲高い鳴き声を聞いていた。はしけを曳いた川舟が長々しいエンジン音を立てて行き過ぎてゆくと足元に川波がひたひたと寄せてきて、はだしの上につっかけてきたサンダルが水をかぶりそうになる。伽村はいつかここで出会った沙知子が川上の方を見やっていたときの遠いまなざしを思い出し、何とはなしにそのまなざしを模倣するようにして水の流れてくる方向を眺めていた。

そのとき回らぬ舌で一生懸命に喋っている幼児の声が伽村の背後の川下の方からかすかに伝わってきたので振り向いてそちらに目をやると、土手道から坂をくだって川原に下り、水べりに向かって歩いてくる途中の子供連れの白っぽい女の姿が遠くに見え、顔は定かには見分けられないがそれがどうも沙知子のように思われてならない。いや沙知子の子供はこの世の光を見ることもなく闇から闇へと流れてしまったのだからあの母子が沙知子とその娘であろうはずもないか。だがあの髪の長さと軀の細さにはたしかに見覚えがある。子供の手を引く世間の母親がよく誇示しているこの子はあたしが産んだのよ、あたしのものよ、もうこれであたしの人生は無意味なものじゃない、もう誰にも後ろ指は指させないといったふてぶてしい自信が凝り固まったようなあの鈍感さとはまったく無縁の、むしろその五つかそこらの幼児に輪をかけたような不安定な頼りなさの印象をその人影は帯びていて、それが伽村の知っている沙知子に重なり合う。あの子供が沙知子の流産した胎児の成長した姿でないとすればむしろあれははかなく死んでしまった伽村自身の娘なのではないだろうか。沙知子は始まったばかりの人生の喜びをいきなり奪い去られたあの娘の手を引いて、たぶん伽村やその別れた妻に代わってささやかな償いをしてくれているのではないだろうか。甲高い女の子の声が「おしっこー」と叫び、沙知子かもしれない女が何か言い、それに「えー」などと不満そうに応じる声があり、多少の押し問答の末に幼女は女を引き離して水べりまで一気に走り、さらにそこから川中に伸びている砂嘴の先端まで行ってスカートの下の下着を下ろすとくるりと振り返りお尻を川の流れの方に向けて葦の茂みの中にしゃがみこんだようだった。

　しゃがんだ女の子の細い白い腿の間から洩れる液体がこうして川水に混じりこみそうして言ってみればこのうつし世そのものの下流に向けて放散してゆくわけだった。薄まりながらこの世界の全体に広がってゆくわけだった。その幼女の方へ向かって手を後ろに組んでゆっくりと近寄ってゆく女の髪と白いスカートが風にひるがえる。顔をこちらに向けているような気もするが相変わらず定かには見えない。ひとしきりごうと風が吹きつけて一瞬静まったときに遠くの少女のお尻の下に散ってゆく可愛い小さな飛沫の音が耳に伝わってくるような気がしたがもちろん空耳だろう。

　要するに進むか退くかなのだと伽村は思った。たぶん今ちょうどきわどい釣り合いのところにいて、もし水がおのずから低きにつくようにして、川に立つ波のうねりに逆らわず身を委ねてゆくようにしてあの母子の方へ寄っていけば絶望だの悲壮感だのとは縁のないまま静かな薄暗がりに沈みこんでゆくことになるわけでそれはそれで悪いわけもなかった。それとも土俵際の徳俵に辛うじて足をかけ何とか寄り切られまいともう一つ踏ん張ってみようか。くるりと身をひるがえして川べりから遠ざかり土手道を越え都心の方へ戻ってゆき、つまりは黄塵の巷にもう一度身を置いて、俗にまみれ埃にまみれ何事かをもう一つか二つやり遂げようと奮闘してみることにしようか。残りの時間が多少とも繰り延べられるだけとはいえもちろんそれはそれで面白いと言えば面白い時間潰しになるには決まっている。心を決めるならぎりぎり今が最後の分かれ道かという気もしたがだからといって激しい焦燥が胸を嚙むということももはやない。川風に頬をなぶらせているうちにさらに夕闇が濃くなってもう水べりでかぼそい腿を可愛くわななかせている女の子の姿は闇に溶けこんで消え沙知子らしき人影もぼうっと白く霞む幽《あえか》な染みのようにしか見えなくなっている。カーテンの隙間から差す月影に仄見えた沙知子の小さな乳首はやさしい桜色をしていたなと伽村は懐かしく思い出した。また一声高くヨシキリが鳴いた。

ひたひたと

堤防に沿って伸びる遊歩道の、運河に面した手すりのところでいっとき寒々と滞っていた影がまたつと動いて、それはことによったらわたしであったかもしれず、そのわたしかもしれないものの輪郭はいつの間にか子どもの姿になっていた。子どもの影は町へ下りてゆく石段の方へ戻りかけたがふと誰かに呼ばれたように感じて背後を振り返り、手すりのかなた、まだうっすら残っている夕映えに仄かに輝く川面の向こうに、空低く三日月が懸かっているのを見て溜め息をつき、疲れたな、本当に疲れたと思う。だが疲れたなという吐息はやはり中年男のもので、人を疎んじながら、憎みながら生きるのにはもう疲れた、もういい加減終りにしてもいい頃合いだろうという呟きが声にならないまま息に乗って唇から洩れ、それですっかり気落ちしたようにうなだれて足元に目を落とすと、自分が汚れた素足を突っ込んでいるのはそれでもやはり小学生の履くような小さな空色の運動靴だった。

影とも見え子どもとも見えたものは気を取り直したようにまたくるりと向き直って石段

をひたひたと降り、細い路地を辿って自動車の行き交う音が響いてくる方角をめざして歩き出すが、街灯の明かりを頼りに一つ曲がり二つ曲がりするうちに賑わいの気配はむしろしだいに遠ざかってゆくようだった。子どもは歩いていった。疲労に足を引きずりながらではあってもそれはやはりどこか軽やかに弾む子どもの足取りだった。

どうしよう、いつの間にかこんなに暗くなってしまったとあたりを見回しながら、子どもはぽんと一つ石を蹴る。でもそれにしても、ついさっきまで一緒に走り回っていたはずの友達は、いったいどこに行ってしまったんだろう。ひょっとしたら僕らはいつの間にかかくれんぼでも始めていたんだろうか。あの堤防の上でみんないっせいに走って散って、思い思いの隠れ場所に潜んで息を殺していたのに、僕一人だけついうっかりそれを忘れてすたすた歩き出し、段々を降りてきてしまったのだろうか。もう初冬と言ってもよい十一月末の寒気と夕闇があたりに水のように広がり出して子どもの影を浸し、あのブロック塀の蔭、あのポリバケツの後ろ、あの草叢の中、あの電信柱の裏にひょっとして誰かが隠れているのではないか、トンちゃんは、隆史君は、サッチンは、ヒデアキはとつい小声で呼びかけてしまいそうになるけれど、そんな唇をじっと噛み締めると寒さのせいか心細さのせいか、唇がふるふると細かく震えて、それを抑えようとしていっそう強く、痛いほどに、下唇に血が滲むほどに歯を食いしばる。

ここはいったいどこだろう。どうしてこんなところまで来たんだろう。自転車に乗って来たんだろうか。じゃあそれはどこに乗り棄てたんだろうか。家は遠いんだろうか。夕飯までに帰れるんだろうか。子どもの影がそんなことをひっそり呟いている。

誰かの気配を背後に感じて、振り返ってみるといったいどこから現われたのか、葱の数本はみ出した袋を下げた買い物帰りらしい小柄なお婆さんが数メートルほど後ろを子どもの影と同じ方向に歩いている。ちょうど四辻のところに差し掛かっていたので立ち止まってそのお婆さんが近づくのを待ち、

「あの……」と声を掛けてみると、無表情な顔を訝しそうに上げてこちらを見上げる。一瞬のためらいの後に我知らずのようにして口から飛び出したのは、

「ちょっとお尋ねしますが、このあたり、埋立て地なんですかね」という言葉だった。そのとき子どもはすでに子どもではなくなって、内心の心細さを分別臭い顔の後ろに押し隠した中年男がそこにいた。見ず知らずの相手の警戒心を解こうという配慮のつもりか、男は取材のような、調査のような職業的な抑揚をわざと言葉に滲ませて、「江戸時代には海だったんでしょう」とも言ってみる。

「でしょうねえ。そうだと思いますよ」と、足を止めたお婆さんは案外気さくに答えてくれて、「だんだん埋立てていったんでしょうねえ。あたしがこの土地に引越してきたときは、あの土手の後ろだってまだ川の続きが流れていてねえ……」そう言いながら、横手の道が真っ直ぐ五十メートルほど行ったところで小高い土手に突き当たっているあたりを指

さして見せる。

「ここに越して来られたのは、それ、いつ頃のことですかね」と、男の声もくだけた世間話の口調になり、私事に立ち入って少々図々しいかなと思いながらも尋ねてみた。

「二十六年、いえ、七年でしたかねえ……」

昭和の、ということかと一瞬の途惑いの後思いながら榎田《えのきだ》は、そうだ男はそういう名前なのだった、「ははあ、そうですか、あのあたりまでねえ……」と受け、「その頃と比べると、この界隈、やっぱりずいぶん変わったでしょうねえ」と水を向ける。

「そりゃあそうですよ。昔はそれはそれは賑やかでねえ……」と、お婆さんはその時分の光景を頭の中に蘇らせてみているのか、あたりを見回す仕草をかすかにしかけてすぐやめる。地味で上品な身なりのそのお婆さんが顔を上げたとき、左目の端から頬骨にかけてかすかな傷痕があるのに榎田は気づいた。

「そうでしょうね。遊郭の……」

そうだ、このあたり、木場から少々足を伸ばした洲崎の一帯はかつては遊郭の町だったのだと、榎田は自分がほとんど反射的に口に出してしまった言葉で初めて思い出したような気持になり、やはりずいぶん遠くまで来てしまったのだ、東京のきわの海べりの一郭まで漂い出してしまったのだとぼんやり思う。

「そう、遊郭……。もう道なりにずうっと店が並んでましてねえ。日が暮れても昼間みたいな明るさで」

「ネオンサインなんかも……」

「ええ、ネオンはね、入り口の、洲崎橋を渡ったところに〈洲崎パラダイス〉って大きく……」

「ああ、そうなんですってね」

「あっちの、木場の方から来て、交番のあるとこですよ。今はあそこの川も埋め立てられて暗渠になっちゃいましたわね。そこから入って来ると、この辺までずうっと賑やかでねえ、もういろんな店が、たくさん……」

「女の人たちが並んで、客を引いて」

「そうですよ、厚化粧のお姐さんたちがそりゃあたくさんいてね」

仕事帰りに一杯引っ掛け、酒の勢いで繰りこんできた男たちがぞろぞろと行き交い、明るく照明されたその数多の遊郭の店先をいちいち覗きこみながら女の品定めをしているさまを榎田は想像し、あちこち歯の抜けたように草ぼうぼうの原っぱが点在しているほかは古ぼけた家がごたごた並んでいるばかりの今の洲崎の淋しい光景にそれを重ね合わせてみる。裸電球が眩しく灯った店先に春をひさぐ女たちが立ち並び、ねえ、ちょっとちょっと、そこの男前のお兄さん、遊んでってよ、上がってってよと嬌声を上げ、男たちの気を引こうと一生懸命になっている。深夜零時を過ぎていっせいに街の灯が消えてしまう前に、何とかその一夜の客を捕まえなければならないから。

「遊郭の跡っていうのは、今でも残っているんですかね」と榎田は訊いてみた。

「さあ、どうかねえ……。あっちの方の、飲み屋さんが何軒か並んでる通りの先の方にはちょっとそんなような、当時の建物が少しは残ってたかしらねえ」

「あっちですか」と榎田はお婆さんと一緒になって首を回し、背伸びをするような具合になって夕闇を透かし見た。

「でもねえ、もうずいぶん昔のことだから……」と言いながらお婆さんは、赤の他人に問われてつい話しこんでしまった自分を羞じらうように首をかしげ、買い物袋を反対側の手に持ち替えてもう歩き出そうとしている。そうか、夕餉の惣菜の材料を買って帰るところを呼び留めてしまったのだ、悪かったなと榎田は思い当たり、

「あ、すみません、お引き留めしちゃって」

「いえいえ、どうも……」と小腰を屈めてお婆さんが離れてゆくのを榎田は見送り、その姿が二つめの街灯の先で闇の中に溶けこんでしまうのを見ながら、ああもうすっかり夜になってしまったと思った。

洲崎に来たのは初めてではない。あれはもう四、五年前のことになるか、このあたりを汗まみれで歩き回った真夏の午後の、遠くの風景がゆらゆらと霞んでいるような蒸暑い空気の感触と重い写真機材を入れたバッグのベルトの肩に食い入るような痛みが蘇ってき

た。ミノルタCLE二台、二十八ミリ、四十ミリ、九十ミリのレンズ、さらにカラー用にフジプロフェッショナルGS645S、そういったあたりが榎田のいつもの装備だが、その全部をショルダーバッグに入れるとこれは相当の重量になる。たしかあれは「昔の色町――その脂粉の香り」とか何とかいった、例によって例のごとき安直な雑誌企画に乗って、品川だの白山だの玉の井だのといったかつての遊郭街を歩いて写真を撮る仕事を引き受けたのだった。この界隈も半日かけて歩き回ったのだが、期待に反して昔日の面影などまったく残っておらず、うらぶれた下町ふうのしもた屋を何枚かと、江戸の頃は庶民の水遊びの行楽地でしたなどというあたりさわりのないことが書いてある区の建てた石碑を一、二枚、そんな程度の撮影でお茶を濁したのだった。あれはもうずいぶん昔のことのような気がする。

お婆さんの言っていた「当時の建物」もたぶんあの真夏の午後の取材の折りに一度くらい見ているような気がしてきたが、とにかくその「飲み屋さん」の通りまで行ってみようと思い、榎田は横丁を折れて歩いていった。路地は曲がりくねって何か平仮名の「を」の字を思わせるような不思議な形に入り組んでいて、しばらく行くうちにもうどちらがどちらなのかわからなくなってしまう。さっき行き過ぎた四辻に別の方角からまた不意に出てしまったような気がちらりとして、しかし並んでいる家々に特徴がないのでそうともはっきり言いきれない。方角を見失っていくつも角を曲がってゆくうちに、いくぶん広い道にいきなり出た。その道を左に折れるとすぐにまた突き当たって、そこは小高いコンクリートの土手になっている。右方を眺めると道は真っ直ぐに続いて、はるか遠くには車のヘッドライトが激しく往来している大通りと交差しているのがちらりと見える。榎田は左に曲がって土手の前に出た。実際、どの方向に向かってもしばらく歩いていけばすぐに土手に行き当たる街だった。この堤の向こう側は運河が流れているのだろうか、あるいはまた、かつては川でもさっきのお婆さんが言ったようなもう疾うに埋め立てられてしまった土地で、ただ寂れた街並みの続きが広がっているだけなのだろうか。

どん詰まりの袋小路になったこの道の両側には「**運送」だの「**電機」だの「**箔押し・プレス機」だの、さらにこれは少々奇妙だが「切手・コイン**商会」だのといった看板を掲げた小さな建物が並んでいるが、そのすべてがどうやらずいぶん以前から廃屋になっているようで、締め切りになった扉はペンキが剝げガラスにも罅《ひび》が入っている。半ば生気を失った洲崎の街の中でもどうやらこの一郭は本当にすっかり死んでしまっている気配だった。土手の斜面の真ん中に「とまれみよ」とだけ書かれた錆びた標識がいくぶん傾いて立っている。いったいこれはどういう連中に向けて立てられた標識なのだろう。そもそも「とまれみよ」とはいったいどういう意味なのか。

この土手の上もさっきのような遊歩道にでもなっているのだろうか、どこかから登れるようになっているのだろうかと訝しみつつ瞳を凝らすと、土手の端っこの方に木製の、さあこれは階段と言うよりやや頑丈な作りの梯子と言った方がいいようなものがしつらえられているのが目に入った。人の家の敷地か何かだろうかと少々ためらったが、結局榎田はそれをえっちらおっちらよじ登り、幅の狭い堤の上に出て、すぐ下が運河になっているのを確かめた。振り返って、暗い道が真っ直ぐに伸びて彼方の自動車通りまで続いているのを目で追った。その道路面よりも振り返って見る運河の水位の方がずっと高い。

ひとたび堤の上まで登ってみると榎田の影はまた薄くなり、わたしとも彼とも誰ともつかぬものになってそこにひっそり佇《たたず》んでいるのはまた小さな子どもだった。運河の水には岸近くに白い紙が一枚浮かんでいて、水に洗われてゆらゆら揺れつづけている。水はずいぶん汚れているだろうに紙の白さは四角の形に切り取られ輝くように際立って、宵闇の底にひっそり静まり返っている。さあどうしよう、どうやって帰ろうと子どもは思いながら、何か字が印刷されていたり書かれていたりしていたとしても運河の波に洗い流されもう一枚の白い繊維の広がりと化してしまったその一葉の紙の漂うさまをじっと見つめ、と、やや大きな波をかぶってそれが折れ返って二つに畳まれ、揺らめきながら水中に沈んでゆくまでをじっと見守った。

突然、暗闇を切り裂くような甲高い鳥の鳴き声とバサバサという激しい羽ばたきの音が聞こえ、子どもは跳び上がる。真っ暗に静まりかえっていたのでまったく気づかなかったけれど、今しがたよじ登ってきた梯子段の脇の建物の、外に面したところに異様に広い鳥用のケージが置いてあり、というか建物の外壁に金網が嵌めこまれ、その奥がケージになっていて、大型の白いインコが七羽か八羽ほどもわさわさと身じろぎしている。中が真っ暗で鳥たちも静かにしていたので、先ほどはつい真横を通り過ぎてもまったく気づかなかったのだ。なぜか今鳥たちは妙に苛立っていて、一羽が鳴くとその声に興奮したようにまた別のが金切り声を上げ、そんなふうにひとしきり騒ぎがあって、それが収まるのを見計らって子どもが近づこうとするとそれに怯えた一羽がまた高い叫びを上げるといったありさまで、いつまで経っても静まらない。とこうするうちに階上からもグルル……という咽喉に絡んだ鳴き声が降ってくるのに気づいて子どもはいささかたじろいでしまう。見上げてみると、二階部分もそれと同じくらい大きなケージになっていて、こちらの方には鳩が、これもやはり十羽ほど止まり木に軀を寄せ合い、不安そうに翼をざわつかせている。運河のきわでこんなにたくさん鳥を飼って暮らしているなんて、いったいどんな家なんだろうと子どもは訝る。

けれどもそのとき頭に閃いたのは、あ、こいつらお腹が空いているんだ、咽喉が渇いているんだ、僕はうっかりして餌もやらずに遊びに出てしまったんだという自責の思いだった。いったいなんでこんなこと忘れていたんだろう、ここが僕の家じゃないか、ここに帰ろうとしてずっと歩いてきたんじゃないかと少年は思い、安堵と拍子抜けがないまぜになったような温かい気持が込み上げてきて、一瞬頭を占めた後味の悪い後ろめたさと罪障感をたちまち押し流してくれた。子どもはインコたちに、ごめんな、放っておいてごめんなと金網越しに話しかけていた。鳥に餌をやるのを忘れるなよとだけぼそりと言い残してお父さんが出ていってしまったのは、さあもう何日前のことになるだろう。一昨日も昨日も、お父さんはもう帰ってきたか帰ってきたかと一生懸命念じるような思いとともに学校から家までどきどきしながら歩き通して、鍵を開け家に足を踏み入れてみても誰の気配もないままだった。激しい落胆で両脚からぐったり力が抜けるような気がしたものだ。今日もまたコンビニでおにぎりでも買ってきて、一人ぽっちの夕飯をとらなければならないのか。

鳥にちゃんと餌と水をやるのを忘れて家を出てきてしまったのは本当に馬鹿だった。子どもは大急ぎで堤の方から横に回って木戸を開け、埃っぽい家の中に入ったが、そのとたん、廊下の奥の襖を閉めきった六畳間から女の人の、何だかただごとでない細い高い叫びがきれぎれに聞こえてきたので凍りついたように動けなくなってしまう。お父さんだ。お父さんが家に帰ってきて今あの部屋にいる。でも誰か女の人と一緒で、それが誰だかは知らないけれどただ一つたしかなことはずっと以前にふいと家を出て行ってしまったお母さんではありえないということ。僕は今あの部屋に入ることはできない。入ってはならない。あの襖の向こうにあるのは見てはいけない光景なのだし、今ここにいてもうすでに耳に入ってしまっているあの裏返った妙な声や荒い息遣いも本当は僕が聞いてはいけないものなのだ。

子どもはばたんと叩きつけるように木戸を閉めて外へ飛び出し、細い堤を軀の平衡をとりながら足早に歩き出した。ほっそりした首筋を気丈に反らし嗚咽をこらえながら闇雲に歩いてゆく。お父さんは狡いよ。狡いし卑怯だ。僕を放っぽらかしにして何日も家を空けて、帰ってきたと思ったら僕の知らない女を家に連れこんで、僕とお父さんの家にこっそり引き入れて、僕が知らないふりをしなければならないことに、目にも耳にも入らないふりをしなければならないことに、二人して夢中になっている。インコも鳩も、僕が近寄ったのに驚いて騒いでいたんじゃなかったんだ。お父さんたちがしていることに怯えて、あの女が誰憚らず洩らしている恥知らずなきんきん声を怖がって、あんなにバサバサと羽ばたきをしていたんだ。空色の運動靴はたちまち泥だらけになってしまい、その後はもうやけくそになったように水溜まりに足を思いきり突っこんで泥をわざとバシャバシャ撥ね散らかしながら子どもはひたすら歩いていった。

でもそれにしても、と子どもは思う。いったいどういうわけで僕のあそこがこんなにむずむずするんだろう。子どもは半ズボンのポケットに突っ込んだ片手の指でポケットの裏地越しに自分の小さなペニスに触れながら、なんでこんなに鉛筆みたいに尖ってしまったんだろう、こんなこと初めてだと脅えるように考えた。なんでこんなに息が苦しいんだろう、頰が熱いんだろう。僕は病気なんだろうか。

たぶんここを真っ直ぐ行けばこの細い運河が荒川放水路に合流するあたりに出るはずで、遊歩道になっている先ほどの広い土手道も、その付近までは続いているだろう。あの遊歩道へと曲がってゆくことさえできればすべてはまた元に戻るはずだった。けれども十分ほども歩いてゆくと堤はそこでいきなり途切れ、鉄条網を張りめぐらせた鉄道の操車場に遮られていて、もうその先には進めない。子どもは仕方なく、コンクリートの斜面を下って運河のきわまで出て、その狭いへりを歩いてゆくほかないと思った。恐る恐る足先で探るようにして斜面に足を踏み出してみる。と、そこはびっしょり濡れているうえ苔か何かでぬるぬるになっていて、うっかり足を滑らせるとそのまま運河の中に転げ落ちてしまわないともかぎらない。子どもはその泥まみれの斜面に手と尻をつきながら少しずつ慎重に軀を下ろしてゆき、ずいぶん長い時間をかけてようやく運河の岸べりに降り立った。大きく一つ息をつき、咽喉もとに込み上げてきていた涙のかたまりを嚥み下し、また闇雲に歩き出す。水のきわの細い縁を伝って歩いてゆく。ズボンの尻までぐしょぐしょになってしまったのがいかにも気持が悪い。

もうすっかり暗くなり、このあたりは人が通る道ではないので街灯が立ち並んでいるわけでもなく、明るみと言ってはずっと遠くに光の点となってぽつんと見えている小さな電灯だけだ。けれどもその電灯の光が暗い運河の水面に細長く伸ばしている照り映えが何とも美しく、それをめざしてひたすら歩いているうちに子どもの気持は少しずつ落ち着いてきた。あたりはとにかく真っ暗で、足元に注意深く瞳を凝らせばかすかに明るんでいるさざ波の揺れのおかげで水面と岸の境目が辛うじて見分けられるけれど、足を下ろす場所をほんの少しでも間違えばたちまち濁った深い水の中に落ちてしまうだろう。声を上げても誰の耳にも届きそうもないこんな場所で十一月の冷たい水に落ちたら、きっとそのまま溺れて死体さえ発見されずに終るかもしれない。子どもは一生懸命に歩いていった。幸いなことに辛うじて足をのせる幅しかなかった細い岸べりは歩いてゆくうちにしだいに広くなり、それにつれていつまでたっても辿り着けないような気がしていた電灯の明るみが思いがけず急速に近づいてきた。

電灯は「貸しボート」とマジックインキの下手な字で書きなぐったベニヤ板の看板を照らし出している裸電球で、その電球一つが灯っているだけなのに急にあたりが明るくなったようだった。そこだけ舞台照明でも当たっているような具合にぽかっと楕円のかたちに光が広がって、朽ちかけたようなベンチが二つ、そしてこれもやはりうっかり足をのせると踏み抜きそうな傷んだ板を繋ぎ合わせた危なっかしい桟橋が運河に斜めに突き出している。「貸しボート」などというがボートなど一艘も繋留されていないその短い桟橋の突端の、照明の明るみからはみ出しかけた薄暗がりの中に沈みこむようにして、女が一人、ひっそりとしゃがみこんでいる。こちらに背を向け暗い水面にまなざしを投げている。榎田がやあと声を掛けると、女は大儀そうに首を回しこちらをちらりと見て、ゆっくり立ち上

がりながら、

「遅かったのねえ。どのくらい人を待たせたら気が済むの」と尖った声で言った。

黒っぽいコートを着たその小柄な女が吸っていた煙草を運河に投げこんだとき、手首の裏側の白さが妙にくっきりと榎田の目に焼きついた。女はこちらに二、三歩寄って立ち止まり、後ろで結った長い髪に右手で触れてぶるっと一つ大きく揺らしながら恨みがましい目を榎田に向けた。榎田はいくぶんこわごわと桟橋の上に足を踏み出し、女が左手に持っていた煙草の箱を取って一本抜きながら女の前をすり抜けて、腐りかけた板をぎしぎしと踏んで桟橋の突端まで行った。さっきまで女のいた場所に今度は榎田がしゃがみこみ、運河の向こう岸に遠い目を投げる。

「ご飯も食べずに出てきたのに……。もう何時になると思ってるの」と背後から女が言う。

「悪い」

「お腹空いた……」

「寿司でも食いに行くか」

「そんなお金あるの」

榎田はいつの間にか力こぶの盛り上がった上腕にほっそり締まった腰をした若い男になっていたが、疲れたな、躯の芯まで疲れきったなという思いは中年男のものとまったく変わらないようだった。

「マッチあるか」

女はまたしゃがみ直し自分も一本抜いて口にくわえ、マッチを擦って二人の煙草に火をつける。

「おい、コートの裾、汚れるぞ」

「いいのよ、こんなもの。安物だし、もう擦りきれかけてるし。ああ、新しいのが欲しいなあ。カシミアかなんかのさあ……」そんな女のお喋りなどまったく耳に入っていないように榎田は、

「参ったな」とぼそりと言った。そんな独りごとともつかぬ呟きを聞きとがめてたちまち女は、

「何よ」と鋭く応じる。

「参った」

「何が参ったの」

「すっかり煮詰まっちまったな」

「もう……。あんたってそんなんばっかりやん」少女時代にしばらく大阪で暮らしたことのある女の口からはときたま妙なアクセントの関西弁が飛び出す。

「しょうがないだろ。いつまでたっても仕事も見つからないしな」

「だって、あんた、本気になって見つけようっていう気がないから」

「あるよ。あるんだけどな……」埋立て工事がひと通り完成して、榎田たち土砂運びのトラック運転手の大部分が整理されてしまった。佃島の向こうでまた埋立てが始まるという噂もないことはないが当てにはならない。

「だけど、何よ」

「うるせえなあ。どうにもならねえんだよ」

「あんたさあ、男でしょ」

「くだらねえこと言うな、馬鹿」

　そう言いながらナミさんがいきり立つだろうと横目でちらりと見ていたが、強ばりかけたナミさんの表情はしかし次の瞬間ふと和らいで、むしろかすかにほころび、榎田と肩を並べてしゃがんでいる軀をぐっと寄せるようにしてきたのには榎田は少々驚いた。ナミさんは本当はもう三十まであまり後がないという歳恰好だが、目までにっこりほころんだときの笑顔は邪気がないので二十代の初めに見えなくもない。左目の端から頰骨にかけて化粧では隠しようのないざっくりした傷痕があるのがいかにも惜しいうりざね顔の美人で、しかし本当に惜しいのはむしろ、人前では顔の左側を見せないようにしよう、影の中に置いておこうという行住坐臥の無意識の気遣いのせいで年ごとに深まっていった、心の翳りの方だったかもしれない。まだはたち前の小娘だった頃、ついうかうかと巻きこまれた刃傷沙汰の結果なのだというが、一部始終を尋ねたことはないしナミさんの方からも話そうとしない。ともあれ口のききかたは突っかかるようでもナミさんは見かけほど情の強《こわ》い女ではなかった。自分にはもったいないような女だということは榎田にもよくわかっていた。

「そりゃあ、馬鹿よ。馬鹿な女よね。こんなかいしょなしの男にいつまでも引っ掛かってさあ……」

「……うん」

「ねえ、何とかしてよ。あたしにいつまでもこんなことさせといて」

「うん」

「うん、うんじゃないでしょうが。いったいどうするつもり。あたし、そのうち誰かと一緒に逃げちゃうかもしれないよ」

榎田は顔を上げてナミさんの目を覗きこんだ。口調こそ冗談めかしていたが、さっきまでその目に浮かんでいた笑みはもう消えている。

「何だ。どういう意味だよ」たとえいくら笑顔が無邪気だろうともったいないほど優しい良い女だろうと、顔にこんなナイフ傷を負うには負うだけの理由があるはずだった。ナミさんは男なしではいられない女だったし榎田もそのことは重々承知の上で一緒にいるわけだった。

「たとえばさ、あたしのところに通ってきてくれる男前のお客さんだっているってこと」

「誰だ、そいつ」

「うるさいわね。とくに誰とかってわけじゃないわよ」

「金持ちか。チップはずんでくれるのか」

「たとえばっていう話じゃない」

「そいつにコート買ってもらえ」

「馬鹿」と断ち切るように言ってナミさんは立ち上がり、榎田から顔をそむけ、河口の方を見晴るかすようにしながら煙草の煙をふうっと長く吐き出した。榎田も立ち上がり、二口、三口吸っただけの煙草を運河に投げ棄ててナミさんの匂いやかな首筋に背後から唇を寄せてゆく。ナミさんは「寒い」と小声で言って肩をすくめたが、榎田が抱き締めたナミさんの軀は厚手のウールのコート越しなのにとても温かで、この温かみがそれでもまだ俺にはある、これだけはまだ残っていると思い、誰にも渡すものかとも思って歯を食いしばった。コートの襟の隙間から覗いている真っ白な首筋に唇を押し当てるとナミさんはかすかに背を震わせて、こちらにぐったりと軀を預けてくる。前に回した両手を上にずり上げて乳房の柔らかな脹らみを押さえてみた。ナミさんはその榎田の手の甲の上に自分のてのひらを重ね、そのまましばらくじっとしていたが、やがてくるりと振り向いて榎田にしがみついてきた。甘い口臭の女だった。榎田はナミさんと接吻するたびいつも頭がくらくらする。

「馬鹿」と唇を離さないまま唾液で粘つく声でもう一度ナミさんは言った。どんなに取り澄ましても身に染みついた汚れの気が皮膚から仄かに滲み出しているようで、その何とも言えぬ色っぽさが榎田の軀の底の熱を煽り立てる。

「仕事を見つけるから」と榎田は言った。

「本当に?」

「うん」

「嬉しい」

「もうあの店、やめろ」

と、突然ナミさんは榎田の胸をどんと突き放した。

「やめろったって、やめてどうするの。二人の人間がどうやって食べてくの。あたしなんかこんな五年前の古ぼけたオーバー引っ張り出して着て、恥かいてさ。何言うとるの恰好ばっかりつけて。けったくそ悪い。やめられるもんならあたしだってやめたいよ。何さ、今夜の夕飯代さえ持ってないくせに。今日だって飲みに行こうって誘われたのに断って……」まくし立てていた声が急に弱くなり、気まずそうな顔になって曖昧に口を噤んでしまう。

「誰に誘われた」

「誰って……お店の娘《こ》よ」

「嘘つけ」

「嘘じゃないわよ」

「おまえ、男が出来たな」

「男なんて山ほどいるわよ。毎日毎日、薄汚い男たちに乗っかられてさ、臭い息のにおい嗅がされてさ、それであんただっておまんま食べられてるんじゃない。ほんとにさあ、何とかしてほしいよ。トラック運転するしか能がない男がさ、何を偉そうに……」

榎田はかっとなってナミさんの頰にビンタを張り、その思いがけず大きく響いたぴしゃりという音で引っ込みがつかないような気分になって、「勝手にしな」と吐き棄てながらくるりと踵を返した。そそくさと桟橋を伝って岸べりに戻り、貸しボート屋の待合所の裏手の石段を登ってゆく。石段の途中で「男とどこへでも飲みに行け、馬鹿野郎」と振り向きもせずに怒鳴ったが返事はなかった。堤の上に出るとそこは柵で囲われ灌木の茂みが整備され、小さな公園のような空間になっている。

榎田は街灯の下に亻《たたず》んでナミさんが後を追って石段を登ってくるのを待っていた。いつまで経っても足音が聞こえないので、こっちから折れて迎えに行くかとも思いしばらく迷ったが、挙げ句に、さっき自分で口走った勝手にしやがれという棄てゼリフが改めて心の中に戻ってきてそこにどっかりと居座った。榎田は自分にふんぎりをつけるように大きくチッと舌打ちして、深呼吸しながらゆっくりと歩き出した。今しがた運河の岸から登ってきたごろた石を積み上げたような歩きにくい石段の向かいに、街の方へ降りてゆくもう一つの階段、こちらの方は手すり付きで、途中で直角に折れている立派なコンクリート製の階段が伸びている。一歩一歩足を踏み締めるようにそこを下り、またふたたび住宅街の間を縫う細道の迷路に入りこんでだんだん歩を速めてゆく。

どうしよう、どうしようと声にならない呟きを洩らしながらひたひたと歩を運ぶよるべない子どもに戻ったようでもあり、その一方でこれじゃあ絵にならねえな、つまらねえ街だなとぼやきながら重いショルダーを下げて徘徊する中年男もまたどこからともなく現われてくる。変哲もない左右の家々を見回しながら歩きつづけ、どんな家にも影の部分があるものだ、一歩中に入ってみれば他人には思いも寄らぬ影が落ちているものだと榎田は考え、遠くにちらりと見えた大通りの賑わいをめざすべきかどうかとふと迷う。古ぼけた町家だろうが贅沢な家具やらシステムキッチンやらを誇示しているどんなに小洒落た近代的なマンションだろうが、人が住んで何ほどかの歳月の流れた場所は必ず影を帯びるものだ。冷蔵庫の後ろか、便所の隅か、ソファの下か、いや明るく照明されたリビングのまんま中か、それがどこかは知らない。知らないけれどそれが家の名に値するほどの家ならば必ずそのどこかしらに汚れた影が涌いてくるものだ。それが人に乗り移ってしたくもないことをさせたりするものだ。そんな禍々しい影から逃れようと街路に出て、こうしてあたりを見回しながら歩いてゆくとき、人はいつしか自分自身が影になっていて、間抜けなことにそれにいつまで経っても気づかない。

　どうにもこうにも重い疲労が軀に積もって一歩一歩が泥に足を取られているような気分になり、ちょうど目の前に現われた小さな横丁を覗きこんでみると、すぐ突き当たりになっているその袋小路の一角に「酒」という小さな看板が見えた。榎田はのれんを分けてその店にうっそりと入っていった。常連客ばかりが四、五人静かに飲んでいる曲尺《かねじゃく》の形のカウンターの端に座を占めて、燗をしてもらったお銚子を次々に空けてゆく。他の客とは何やら分厚い膜で隔てられたような具合で、声が聞こえないわけではないが彼らが交わしている話の内容が榎田にはどうにもよく理解できなかった。それとも理解しようとする気がないというだけのことなのか。

「お客さん、この辺の会社の人？」と、カウンターの中で一人で立ち働いている、鉢巻きを締めたまだ若い店主が手を休めずに訊いてくる。

「いや。ちょっと、取材というか、撮影ね。このバッグの中、全部カメラだから」

「撮影って、何撮るんです」

「まあ、街ですよ。風景写真。洲崎のね」

「だって面白くも何ともないじゃないすか、こんなとこ」

「そうでもないよ。遊郭のあった街ってね」

「だって〈洲崎パラダイス〉なんてさ、俺の爺ちゃんの頃の話だよ」

「古き良き時代の、優雅な東京か」

「そんなもの、もうどこにもありゃあしない」

「まあ、その痕跡を訪ねてってわけでね」

「痕跡なんて残ってますかね」

「ありますよ。そりゃあある。だって時間っていうのはね、流れないんです。時間が流れるなんてよく言うけどさ、あれは全部、嘘なの。時間っていうのはね、ことごとくその場にとどまっているんです。残留してる。人間の記憶なんていうものはね、その場に現にあるもののことなの。思い出じゃないんだ。イメージでもない。実際に、現実に、今ここにあるもの。それが記憶。だから死ぬ直前の人間って、自分の生涯を始めから終りまで早回しで全部見ちゃうって言うじゃない。それ、べつだん臨終の瞬間じゃなくてもさ、本当はいつだってあるものなんだ。そこにね。つい目の前にね。ただふだんは人間誰でも、仕事だ何だって日常生活、あれこれくだらないことで忙しいから、それに目を留める暇というか、気持の余裕がないだけなんだよ。全部、今ここにある。子どもの頃の俺も、女のことで生きるの死ぬのって言ってた若い頃の俺も、こういうくだらねえ仕事で場末を歩き回ってる俺も、全部いちどきに今ここにいる。ただ、いつもはそれにヴェールがかかって見えないようになってるだけなんだよ。いよいよ死ぬってときに、そういう全部が一挙に露出するわけだろう。潮が引いて、ふだんは隠れてる暗礁が黒々と露出してくる。現実っていうのは、結局そういうもんでしょう。俺は三流カメラマンだけどさ、写真を撮るっていうのはさ、時間を撮るってことなのよ。だって画面に全部写っちゃうんだから。色街をさまよう男どもの薄汚れた欲望もさ、身を売ってかつかつ生きてた女たちの怨みつらみもさ。そういうのが全部現われる。死ぬ間際にさ……」

いつの間にか榎田は酔いで重たるくなった軀を持て余しながらまた細い路地をくねくね歩いていた。もう真夜中を過ぎて空気が恐ろしく冷たい。場末なんて言わなきゃよかったと言葉が口から出たとたんに後悔したが、飲み屋の主人は別に気分を害したふうではなかった。ただ、わけのわからないことを喋りまくる酔っ払いを相手にするのが億劫になったようで何となく向こうに行ってしまい、それから後はあまり構わずに放っておいてくれたのは有難いことだった。

建ってまださほど時日を経ていないと覚しい巨大な〈シルバーセンター〉の前に出る。夜の闇の侵蝕に抵抗するかのように強いライトで煌々と照明された真っ白の外壁が何やら聳え立つ巨大な立棺を思わせる、その妙につるつるしたビルの前を通り過ぎると、すぐ隣には〈らくらく健康ランド〉という看板を掲げたわけのわからぬ施設があり、こちらは背の低い古ぼけた二階建てで、風雨にさらされてあちこちに大きな染みの浮いた灰色のコンクリート壁が痛々しい。その前庭の脇のがらんとした駐車場の金網に沿い、酒が入っておぼつかなくなった足取りでふらふら歩いてゆくうちに榎田はいつの間にか幼い子どもの手を引いていて、ああこんな息子が俺にはいたのか、俺の血がこのちっぽけな軀と魂に受け継がれてゆくのかという熱い思いが不意に襲ってきた嵐のように腹の底から込み上げてくる。

「お父さん、これ、何」と子どもが言う。

「〈らくらく健康ランド〉だって」

「らくらく……」

「お風呂屋さんかなあ。銭湯かなあ」

「僕、お風呂好きだよ」

「うん。眠くなっちゃったろ」

「眠い。でも大丈夫」

もうちょっと、もうちょっとだよと口に出しかけて、しかしもうちょっとでどこに行き着くんだ、俺は、俺たちはさて、どうするんだったか、どこに帰っていけばいいんだったかと榎田は途方に暮れていた。

じっとり汗ばんだ熱い幼いてのひらを握り締め、この小さな手に繋がっているこのものもまた、やや遅れぎみに、でも一生懸命に俺についてくるこの軀もまた、ひょっとして影が凝集したものだったらどうしようと不安になる。いやいやそんなことあるものか、こんな熱い体温を持った健気な生き物が影なんかであるものか。遠くからかすかに伝わってくる自動車の排気音に耳を澄ませ、家と家との境の狭い路地をひっそり抜けながら、こっちだ、こっちに違いない、とにかくあの自動車通りに出さえすれば何とかなると榎田は考えた。けれども路地の道筋はまたしても「を」の字のようなもどかしい形へと流れこみ、真っ直ぐ行くと突き当たり、右に折れてくねくね行くとまた突き当たりといった具合で、いっこうに埒が明かない。どうやらこのうつし世はひと一人通るのがやっとというような狭苦しい間隙ばかりから成り立っているようだった。間隙から間隙へと抜けてゆくのが榎田の生そのものの姿のようだった。

生であり性でもあるのだと榎田は思った。それぞれそこに棲まう住人たちにふさわしい汚れた影を繁殖させた家と家とがひしめき合っている、そんな密集した場末の家並みの間を一筋抜けてゆく狭い間道があり、おぼつかない足取りでそれを少しずつ探り当てながら俺は足音を殺して歩いてゆく。そしてまさしくこんなふうに、間隙から間隙へと伝って歩いてゆくように俺は女たちの軀の襞をまさぐってきたのだと榎田は思い、胸苦しい欲望が稀薄なおくびのように咽喉もとから込み上げてくるのを感じた。もし東京という都市が一人の女だとしたら、放恣に軀を投げ出したてだれ女の熟れきった軀そのものだとしたら、運河に囲まれたこのあたりの土地一帯は、その女体の股ぐらの、もじゃもじゃと陰毛が生い茂った甘美な肉襞そのものなのかもしれなかった。うとましい麝香の馥りを放って男を引き寄せようとするぬめった女陰の翳りなのかもしれなかった。榎田は単にその襞と襞との間に閉じこめられ、どうしても抜け出せなくなっているだけなのかもしれなかった。もしそうだとしたら、何のことはない、さっき飲み屋の亭主に向かってつい場末などという軽蔑的な言葉を使ってしまったけれど、そしてたしかにこの界隈が東京の端の端、東京の辺境が今にも海に落ちかかろうとするそのぎりぎりのへりのところに位置していることは間違いないけれど、でも同時にこの土地は、巨大な女体の負の中心でもあるわけだ。ここにすべてが集まり、ここからすべてが出てゆく秘められた、しかしもっとも重要な間隙そのものでもあるわけだ。

気がつくと不意にまた「とまれみよ」の標識の立っているあの死に絶えたような一郭に出てしまっている。榎田は迷うことなく真っ直ぐにあの堤に立てかけた梯子段の前まで行き、子どもが後に続く気配を感じて「おい、気をつけろよ」と声を掛けながらその段々をよじ登っていった。すぐ間近に迫っている鳥のケージの金網の網目にはびっしり水滴が溜まって、ところどころでぽたりぽたりと滴っている。ケージの内部は真っ暗に静まり返っていて、どうやらインコも鳩もぐっすり眠りこんでいるようだった。堤の上に出てしまうともう運河に目をやる余裕もなく気が急いて、横に回って木戸を開け、家の中に入っていった。襖を開け放したままの廊下の奥の和室には薄茶色のカーディガンを着たナミさんが洗濯物を畳んでいて、けれども榎田が靴を脱いで上がっていってもいっこうに目を上げようとしない。榎田は暗い電球の灯ったその和室にずかずか入ってゆき、救われたという思いでナミさんの傍らにどっかと腰を下ろして、

「俺ら、何だか新婚夫婦みたいだな」と努めて明るい無責任な調子で言ってみた。と、ナミさんは初めて榎田の顔に目をやって、

「もう……。何を呑気なこと言って」となじるように応じたが、その口調は柔らかくてほとんど優しいと言ってもいいほどだった。

「おまえもなあ、こんなかいしょなしの男に引っ掛かっちゃってなあ」と榎田の方も笑いを含んだ声で言いながらナミさんの手首を取ってくいと引き、唇を合わせようとする。けれども、

「駄目……。やめて」となぜか哀しそうに言ってナミさんは妙に頑なに抗った。無理やり腰に手をかけ引き寄せて耳たぶに歯を押し当てても、ナミさんはどこか内臓の痛みをこらえてでもいるように相変わらず軀を固くしたままだった。「やめて」と低いけれどきっぱりした声でナミさんが繰り返すのを意に介さず、榎田は内から突き上げてくるものに急き立てられるように、ボタンも外さぬままカーディガンを下から捲くり上げて脱がそうとすると、ナミさんは思いのほか強い力で榎田の手を撥ねのけようとする。

「何だよ。おまえ今、あれか」

ナミさんは首を振って、しばらくじっと首筋をこわばらせていたが、不意にくるっと背

を向け横になって軀を丸めてしまった。そのまま、何を言っても貝のように押し黙って返事をしてくれない。俺と寝たくないのかというもどかしさが軽い憤りに転じ、榎田は力まかせに肩を摑んでこちらを向かせ、無理やりナミさんのスカートを剝ぎ取って、そうしながら自分自身の粗暴さにそそのかされたように頭に血が昇り、抑えが利かなくなりかける自分を感じた。と、その瞬間「厭だあ、破けちゃう……」とナミさんは急に柔らかく呟いてふっと力を抜いた。諦めたような羞じらうような笑みが唇の端にほんのり浮かんだかと思うと、その後はむしろ一挙に蕩けたようになって、自分の方から榎田の軀に手を伸ばしてきた。

インコたちがギャアギャアと高い声を上げ羽ばたきを繰り返しているのが聞こえたが気にならなかった。うら哀しいような思いとともに激しくきわまった後、萎えたペニスがゆっくりと押し出されてゆくのに任せ、汗まみれの四肢を絡み合わせたままけだるい法悦の中でじっとして、自分とナミさんの息遣いが少しずつ平静に戻ってゆくのを榎田は待った。汗が冷えるにつれて寒くてたまらなくなってくる。押し入れから毛布を出し、擦り切れた畳の上にじかに寝転がって息をついている素裸のナミさんの上に掛け、煙草に火を点けてひと息大きく吸いこんで、自分も素裸のままそのナミさんの温かい軀の傍らに滑りこむ。ふうっと煙を吐き出してからナミさんの首筋に顔を寄せると甘い馥りが鼻孔をくすぐって頭の中が痺れたようになる。そのとき榎田から顔をそむけたまま、

「あたし、病気かもしれない」とナミさんがぽつりと言った。

「病気って、どんな」

ナミさんはなかなか言おうとしなかった。しかし、「え、何だ、どうしたんだよ」と両肩に手を掛けて冗談めかして揺さぶっているうちに、ナミさんの顔からふと表情が消えて能面のようになり、

「……あのね。あそこにね、赤いポツポツができて」と掠れ声の早口で言う。

「あそこって、あそこか」

「うん、気がつかなかった？　あの、入り口のとこ……。だんだん大きくなってきてさあ、痛くはないんだけど、二、三日前から膿みたいなのが……」

「何だあ、おまえ、ちょっと見せてみろ」榎田はいきなり冷水を浴びせられたような気持になり、ナミさんの肩に手を掛けて引き起こすつもりがつい手荒に組み伏せるような仕儀になった。ナミさんの方も頭に来たように乱暴に榎田の手を撥ねつけ、また壁の方を向いて軀を丸め、何やら呟いたが声がくぐもって聞き取れない。

「え、何て言ったんだ」

「だからさあ」キッと振り向き榎田の目を真っ直ぐに見つめて、「だから言ったじゃない、やめてって。どうしてもやりたがったのはあんたじゃない」それから軀に毛布を巻きつけまた不貞腐れたように壁に頭を向けてしまう。

「医者に行ったのか」ナミさんは子どもがイヤイヤをするように首を振った。

「ちょっと見せてみろ」

「厭」

「おまえ、医者行かなくちゃ」

「厭。怖いから」

「おまえなあ、ナマでやっちまった後になってよ……」

「ふん……。気になる?」ゆっくり振り返りながらそう言ったナミさんの唇の端がわずかに吊り上がっているのを見て、ぞおっとそそけだつような感触が榎田の背中から下腹あたりまで広がった。こいつ、俺をからかってるのか。いや、嘘をついてはいないな。とにかくこいつの顔をナイフで切りつけた男がいたわけだ。そんなことがあったのも一度だけとはかぎるまい。

「気になるって……当たり前だろ」

「あんたも結局自分だけが可愛いのね」

「……そんなに俺が憎いか」

「そんなあ。好きよ。あんたのこと好き」とナミさんは言い、唇の端がさらに上がって笑みとしか見えないものになった。「あんたしかいないもん、あたしには」

俺にも、おまえしかいない。そして俺はおまえを憎んでいる。俺たちはいつまでも一緒にいるだろう。それがナミさんの腫れ物から滲んだ膿のにおいなのか、吐き気をそそる甘ずっぱい異臭が畳の上にねっとりと淀んでいるのにようやくそのとき榎田は気づく。

いつの間に身支度をしたのか、わたしはまた堤の上に出て歩いていた。ずいぶん時間が経ったのだからもう夜明けが近いのではないかとも思うが闇は相変わらず深い。わたしは歩きつづけた。さっきまでは不安とよるべなさで思わず知らず唇が震え目が潤んでしまうようだったのに、何だかもうずっと歩いていけばいいような気がして眠気も感じなくなっていた。背後からわたしを呼ぶ声がしたようにふと感じて振り返ってみたが誰もおらず、運河の向こう岸には埋立て地のガスコンビナートにぽつんぽつんと明かりが灯って、ただ さざ波が岸壁に打ち寄せる静かな音が響いているだけだった。

わたしはまた子どもに戻っているのだろうか。いやわたしはやはり榎田という名の中年男で、ただ子どもの頃の記憶が蘇ってきただけのようだった。たぶん幼稚園に上がってもいない年齢だったと思うのだが、よく晴れた真昼の午後になぜか親も友達も周囲におらずたった一人で砂場で遊んでいてふと誰かから呼びかけられたような気がして振り向くと、真昼のはずなのに満天の星空で、きらめく星々の一つ一つが自分を見下ろして何かを語りかけてきて、そしてそのすべてが自分めがけていきなり落ちかかってくるように見えたのだった。それに続いて自分がどうしたのかはまったく覚えておらず、大声で泣きながら家まで駆けて帰ったようにも思うし、墜落してくる星々を受けとめてそのまますうっと意識が絶えて、気がつくと家の奥まった座敷で布団に寝かされていてその後幾日も高熱が続いたような記憶もある。そのどちらの記憶もまったく別々のときの出来事なのかもしれないが、とにかく晴れわたった空を見上げたつもりなのに明るく輝く星々でびっしりと埋め尽くされた夜空がいきなりのしかかってくるようだったことの恐怖は、幻とも空想ともとうてい思われないなまなましい記憶となって残り、それは大人になってからも折りに触れ蘇ってきては、榎田の意識を刺激しつづけたものだ。たとえばこの仕事を続けるべきかどうか、この女と結婚すべきかどうかといった決定的な人生の決断を下すことを迫られるような場面で、なぜかわからないがそのつど必ずこの真昼に見た星々の光景が蘇ってきたものだ。

それではわたしは、と中年男でもあり精悍な青年でもありいたいけな子どもでもある薄い影のようなものはひっそりと思った。それではわたしは、その真昼の星々に導かれて正しい決断を下しつづけてきたのだろうか。それともそのつど間違った途ばかりを選びつづけた挙げ句の果て、結局のところ東京のいちばんはずれのこんな土地に、どこへ向かって進んでも道路より高くなったコンクリートの土手に行き着いてしまうようなこんな一郭に、まるで引き寄せられたように行き着いてしまったという、そういうことか。「とまれみよ」。ではあの標識の意味はそういうことだったのか。漆黒の闇に鎖された土手道のはるか前方には電灯が一つぽつんと灯っていて、それはあの「貸しボート」の看板のところのものかもしれなかったが、今度は歩きつづけていつまで経ってもいっこうに近づこうとはせず、むしろ逆に少しずつ少しずつ遠ざかってゆくように見えてならない。

崩れる。崩れてゆく。ひたひたと潮が満ち、運河の水位が徐々に上がって、それとともにゆるやかに崩れてゆく、自分が静かに壊れてゆくとわたしは思った。では、死とはこういうことだったのか。もう名前はいらない、わたしは榎田ではない、わたしはわたしでさえないと思い、しかしその思いはもう言葉のかたちをとることもなく、かつて自分をわたしと呼んでいたもの、人からは榎田と呼ばれていたものはいたいけな子どもとなり幼児となりひたすら眠りこけるばかりの胎児となって、さらに小さくなりもっともっと小さくなって、受精した卵子となりその卵子からは精子が別れ、結局はただ単にひっそりした影になりそれはますます薄くなり淡くなって、かぎりなく大きな闇のなかに音もなく溶けこんでいった。

花腐《くた》し

どうしてそんなに濡れるの、肩も背中もずぶ濡れじゃないのとずいぶん昔にほんの二年ほど一緒に暮らしていた女がよく言ったものだった。変なひとねえ、ずっと傘をさしてたのにさあ、いったいどうしてこんなにぐしょぐしょになるのよ、傘のさしかた知らないの。そんな言葉をたてつづけに投げつけながら、栩谷《くたに》が脱いで放り出した背広やシャツを拾い上げ、わざわざ鼻を近づけてみてはうとましいにおいからほんの少し顔をそむけるといった仕草の輪郭をかすかになぞり、眉間にはかすかな縦皺が寄る。いやあねえ、これ、クリーニングから戻ってきたばかりなのに。批難がましくなじるというよりもむしろ呆れたようにそう呟いて栩谷の衣類をハンガーに掛け、自分もそそくさと着替えはじめたりする女の外出着の方はたしかにわずかな飛沫に湿っている程度で、二人並んでそれぞれ傘をさして帰ってきて、しかも栩谷のは大きな男物の傘だったのに、栩谷の背広だけが背中いちめん色が変わるほど濡れそぼっているのは奇妙といえば奇妙なことだった。女はそんな言葉ほどに気持が尖っているわけではなく、またわざとらしく顔をそむけてみせたりはするものの雨水に栩谷の汗が混ざり合ったにおいを決して嫌っているわけでもなくて、いやそれどころかそんなとき肩に手を掛けて引き寄せると頬を紅潮させてわざわざ栩谷の腋の下に顔を埋めてくる。

栩谷は配管が剝き出しになった安普請のホテルの半地下の駐車場の軒下で雨宿りしていたが、鉛色の梅雨空をふと見上げた拍子に、その祥子という女が畳の上に広げた栩谷の背広にタオルを当てて水気を取っていた癇性な手つきがいきなり蘇ってきた。一拍置くようにして、あの女をめぐる思い出はなぜ雨と結びついているのだろうと訝しむ思いが胸の中で波立った。祥子が死んでもう十何年になるだろうか。歌舞伎町の喧騒から逃れてコマ劇場の脇を回りホテル街を抜けて大久保の方へ向かう途中、いっとき上がりかけていた雨脚がまた繁くなってきて、地面よりいちだん低くなった手近なラブホテルの駐車場の片隅に駆けこみ、車と車の間の狭い隙間に佇《たたず》んで、急に暗くなってきた空をぼんやりと仰いでいるところだった。あんたは傘のさしかたも知らないのねえという祥子の呆れたような声がまた耳元に響き、そうだ、見よう見真似で人並みになろうと懸命にやって来たつもりで、結局俺は傘のさしかたも箸の持ちかたも覚えずにこんな歳まで来てしまったのかもしれない、こんなどんづまりに行き着いてしまったのかもしれないと栩谷は思う。

もう俺には急ぎの用は何もない、ここでいつまで雨空を仰いでいようと誰からも文句は出ないわけだ。そんなことに妙に新鮮な解放感を覚えている自分に気づいて栩谷は少々驚かないでもない。何だか、ひどくさっぱりしちまったようじゃないか。結局、この十何年の時間は全部無に帰して、祥子と暮らしていた頃からもう一度やり直すようなものか。だからしばらく忘れていた祥子の顔がこうしていきなり蘇ってきたのだろうか。十数年の時間を越えて久しぶりに蘇ってきた祥子は畳に正座して前屈みになり栩谷の背広をタオルで押さえていて、髪は湿りこめかみにはかすかな雨滴だか汗だかが滲み、剝き出しになった膝小僧が白く光りその肌の照りが男の指を艶っぽく誘っているようで、だが同時にそこには何か病んだ魚を思わせるいたましさのようなものが漂ってもいる。祥子と暮らしたのは二年かそこらだったが、結局栩谷はその後どんな女とも結婚も同棲もせずに四十代の半ばを越えてしまった。双六のフリダシニモドルでまたあの頃に連れ戻されたようなものかと栩谷は思い、互いの腰に手を回した相合傘の少年少女がけろりとした顔で行き過ぎてゆく街路に淀むどこか埃っぽい湿った空気を胸いっぱい吸いこんでみた。そう言えば二人ともべろべろに酔っ払った晩に、もののはずみのように初めて祥子と抱き合ったのもこのあたりのホテルのどれかだった。この界隈もあの頃と比べるとすっかり様変わりして、洒落たプラスチック細工のような建物ばかりが立ち並び、ほんの布切れのような短いスカートの下からむっちりした太股を見せつけている、どうも日本人とは見えないアジア人の女性たちが何事か携帯電話で熱心に喋りながら通り過ぎてゆく。

生暖かな大粒の雨がいっとき激しく降りそれからまた雨脚が弛んだのを見計らって、また降り出しそうだがこんなところでいつまでもぼんやりしているわけにもいかないしと思い、またどうせ俺は傘をさしていてもたちまちぐしょ濡れになるような男なのだしとも思って、栩谷はホテルの駐車場の庇から出てまた早足に歩き出した。職安通りを渡り、安売り屋の「ドン・キホーテ」の角から大久保の細径に折れていったあたりで急に夕闇が下りてきた。昨日来たときは少々迷って行きつ戻りつ同じところをぐるぐる回ったりしたが、今日は目印にしておいた朝鮮焼肉屋の先を折れ、その後間違えずに幾つか角を曲がってめざす木造アパートに思いのほか苦労もなく辿り着くことができた。それでも曲がるたびにいよいよ道が細くなるようで、込み入った迷路の奥に踏みこんでゆくような心細い思いがつきまとう。ずいぶん日が長くなったと感じていたが暗くなりはじめると早いなと栩谷は思った。

途中でくの字に曲がった狭い路地の突き当たりにある今にも崩れ落ちそうな二階建ての建物だった。隣接した空き地がまだ草も茂らずなまなましい色の土砂が剝き出しになっているのはきっと同じようなぼろぼろの建物がここにも建っていて、それがつい最近取り壊されたばかりなのではないだろうか。この跡に何かを建てるのか、当面は駐車場にでもしておくのか、不況の行く末やら土地の価格の下がり具合やらを秤にかけながら地主は今思案投げ首の最中なのかもしれない。その空き地に勝手に入って横からアパートを見上げてみると、どの窓も裸なのに二階のいちばん奥の窓だけカーテンがかかっていて、そこが目当ての部屋なのだが、栩谷がしばらく見守っていても何の気配も感じられなかった。明かりは灯っていないが、しかし今はまだ暗くなりかけたばかりだからそれは無人であることを必ずしも意味しない。栩谷は表に戻ってその昭和三十年代にでも建ったとおぼしいすっかりペンキも剝げた建物の、ガラス戸が開けっぱなしになっている玄関を抜け、入ってすぐの右側にあるこれももう朽ちかけた木製の状差し棚を見渡した。「AVビデオ宅配します」だのピザや寿司の出前の案内だのスーパーの特売のチラシだのがわさわさと投げこまれている中、「伊関」という小さな下手な字で書き殴った名札をセロハンテープで貼り付けている上段のいちばん端のボックスだけが空っぽになっていて、昨夜栩谷が投げこんでおいた、明日の夕方頃にまた来るから待っていてほしいという伝言も持ち去られていることを確かめた。とにかくこちらの意思は一応伝わることだけは伝わっているわけだ、図々しく行くか。アパートというより下宿屋といった雰囲気の、両側に小部屋のたてこんだ古い作りの建物で、木賃宿などという古い言葉がふと頭を掠めないでもない。むっと鼻をつく饐えたワックスの黴臭いにおいに辟易しながら、あたりに人の気配のまったくない短い廊下を抜け、踏み段に足を乗せるたびにぎしぎしと鳴る狭い階段を無遠慮に昇ってゆく。足音を忍ばせようとしても無駄なのは昨日わかったので、むしろ逆にあえて横柄で傍若無人な足取りで段々を踏み締めてゆく。

意外に広く取ってある階段の踊り場には、何の飾りもない殺風景な建物には似つかわしくない上半身全体が映りそうな丈の長い古ぼけた鏡が掛かっていて、一瞬、その前に足を止めて自分の顔を覗きこみ、脇の小窓から入ってくる弱い光の照り映えに、不精鬚こそ伸びているものの生活が根こそぎ崩壊しかけているにしては案外健康そうな中年男が自分を見返しているのを見て、栩谷は少々当惑した。二、三日前までは俺はもっと目の下がたるんで、げっそりした暗い顔をしていたはずだ。もうフリダシニモドルでいいと俺は腹を括ったのだろうか。階段の踊り場というのもこんなときには自分自身の未来の幽霊とでもふっとすれ違いそうな、宙に浮いた、何とも中途半端な妙ちきりんな場所ではある。

左右に三室ずつ並ぶ二階の廊下は、人の気配がないのはもとよりもううち棄てられてずいぶん経つという荒廃した空気が漂っている。そのいちばん奥までいって、窓にカーテンの掛かっていたあの角の部屋の前に立ってしばらく中の様子を窺っていた。ドアの下の隙間から光が洩れてもいないし、栩谷が息を殺してしばらく耳を澄ましていても中から何の音も聞こえてこない。が、どうも誰かが中でやはり息を殺している気配が伝わってくるように思われてならない。もし伊関が中にいるのであれば階段を昇って近づいてくる栩谷の足音は疾うに聞きつけているはずだ。廊下にも明かりはないが、突き当たりの小窓から洩れ入ってくる外の街路灯の光が、厚く積もった埃の上に紙屑だのジュースの空き缶だのが散らばっている荒れ果てたさまをぼんやりと浮かび上がらせている。そうか、この建物はもう電気が切られているのだとようやく栩谷は思い当たった。もうここに棲みついているのは伊関だけなのだ。

栩谷は拳を固めてドアを叩きはじめた。そうしながら「伊関さん、伊関さん」と声を張り上げる。「おおい、そこにいるんだろ、伊関さんよ、ちょっと話したいんだけどな」一分ほどもそれを続けてからドアに耳を当ててまた中の気配を窺ってみる。何の反応もない。また拳で叩きはじめ、ちょっとためらってから足で蹴りつけてもみる。これではまるで暴力団だと思い、しかしまあ頼まれて暴力団みたいなことをやりに来たのだからと思い直し、最初のうちは靴の爪先だけ恐る恐るぶつける程度だったが、そのうち何だか芝居がかった気分になってきて、脚を曲げて反動をつけその古いドアがぶるぶる震えて留め金ごと外れてしまいかねないような勢いでがんがん蹴りつけて、「えい、コラ、伊関っ」なんぞという映画の台詞みたいな罵声まで自分の口から飛び出したのに自分で呆れ、少々おかしくもなった。ノブを回し押したり引いたりしてみたが鍵が掛かっている。ひとしきりそんなふうに暴れてみて、また耳を澄ましてみた。誰もいないのか。昨夜初めて来たときもこんな具合で、昨夜はこのあたりで引き上げたのだが、今日はもう少々粘ってみるかと思い、徒労感を押し殺してまた拳を振り上げようとしたとき、部屋の中でコトリという音が聞こえた、ような気がした。上げかけた拳を宙に止め息を詰めているうちに、フフッという含み笑いのようなものが今度は間違いなく聞こえ、意外なことにそれは女の声だった。

この野郎と栩谷は思い、腕を肩の後ろまで振り上げて、ガン、ガン、ガン、と大きく三つ叩き、四発目が触れる直前にドアが不意に内側に開いて、拳が宙に迷うことになった。

三十八と聞いて来たがまだ二十代と言われてもおかしくはない、やや薄い髪を後ろにまとめて結い、濃い色のまんまるなレンズをつけたサングラスを鼻にのせた小柄な男がのっそり現われ、高低のない平板な声で、

「あんた、この家、壊すつもりか」と言った。

「伊関さんですかね」返事がない。「伊関さん?」まだ口を開かずサングラスの黒々とした丸い空洞二つが栩谷の顔にじっと据えられているばかりだ。「伊関さん、用件はわかると思うけど……」と言いかけると、今度は間髪を入れず、

「わかんねえな」という答えが返ってきた。伊関は紺のジャージのトレーナーの上下を着ていて、前の合せのチャックがだらしなくずり落ちあばらの浮いた生っ白い胸《ちろ》が覗いている。

「昨日、伝言置いといたんだけどなあ。下の郵便受けにも、このドアの下にも。見たでしょう」返事がない。「つまりさあ、出てってちょうだいってことなのよ」紺のスーツにネクタイを締めた栩谷は大柄な方なので相手を見下ろす形になっているが、伊関の方では威圧されているといった気配をまるで示しておらず、むしろ栩谷の方が相手の黒い穴ぼこのようなサングラスのレンズに何か薄気味の悪さを感じていた。

「あんた、何よ」と伊関が言った。

「家主の代理だよ」

「代理って何よ」

「いや、頼まれて来た者です。ちょっと入れてくれる」

「困るな」

「ここじゃ話、できないから」

「できないことはないでしょ。言いたいことだけ言って、帰ってくれよ。帰れ」

「まあ、中で……」栩谷は軀を斜めにして伊関の前をすり抜けて部屋へ入ろうとした。このアパートの持ち主で消費者金融の社長の小坂から、栩谷はできたら室内の様子も見てきてくれと言われていた。伊関の反応はすばやくて、栩谷の軀を肩で強引に押し戻しその前に立ちふさがるかたちで後ろ手にドアを閉めた。もう外はすっかり暗くなっていて窓から洩れ入ってくる街灯の明かりだけでは伊関の表情はよくわからない。

「あんたはもうここに住む権利はない。出てってほしい。そういうことなんだよ」

「家賃は毎月払ってるよ。今月分もそろそろ振り込むつもりだから」

「払われても困るわけ。契約はとっくに切れてるんだから」

「あんた、誰よ。名刺ちょうだい」

「小坂の事務所の者です」

「お名前は」

「あんたなあ、こういうの、この頃はもう通らないんだよ。こんな電気も止められちゃったようなぼろアパートに居座ってても馬鹿々々しいだけでしょう。これ、犯罪ですよ。警察沙汰にしないでこうやって穏やかに言ってるうちに荷物まとめて引っ越したらどうなの。立退き料もっと釣り上げようっていう魂胆なら……」

「お名前は」

「わたしは栩谷という者です」

「クタニってどういう字？」

「どうでもいいでしょう。あのねえ、わかってるの……」

伊関はかすかに顔を俯けてククッというような声を洩らした。

「何がおかしいの」

「あんたさあ、クタニさんとやら。わりと、お優しい性格みたいね」

栩谷はむっとして、「何だ、おまえ」と言葉を荒らげた。

「おまえ呼ばわりはやめてよね。いや、あのね……」濃いレンズの向こう側の目の色はわからないが伊関の口元が明らかにせせら笑うようなかたちに歪んだ。「もっとさあ、もっとヤバイ方の人が来るかなあと思っていたのよ。いきなり手が出るとかさ。意外に紳士的なんで驚いたわけ」

栩谷は頭に血が昇り、「舐めんなよ、この野郎」という言葉が反射的に口をついて出た。が、とりあえずそう凄んでみたものの、少しばかりこわもてに出ようというつもりでやってみた先ほどからの言動に迫力が乏しかったのは自分でもわかっていたので、この「この野郎」もやや腰の引けた感じになった。何と続けたものかと一瞬空いた間を見澄ますようにして、伊関が片手の掌を突き出して栩谷の胸をばんと突き、栩谷は不意を打たれて一、二歩後ろへよろめいた。いきなり摑み合いになるとは思っていなかったが、頭に血の霞がかかって軽く酔ったような快感がみなぎり、どうやらそれはここ数週間、数ヵ月間にわたって滞りつづけた鬱屈が一挙に吐け口を見つけたといったようなことだったのかもしれず、それに衝き動かされるまま栩谷は両手の掌をいっぱいに開いて伊関の両肩を思いきりどんと突いた。ところが突いた方が拍子抜けするほどあっさりと伊関は吹っ飛んで、自分で閉めたばかりのドアに大きな音を立てて頭をぶつけ、そのままずるずるとくずおれてドアを背にしゃがみこむ格好になった。

これはいったいどうしたものかと俄か地上げ屋は困惑した。かさにかかってこいつの横腹を蹴りつけてみるといったことでもしてみるか。だが、「痛《いっ》え……」と呻きながら頭を抱えている伊関の姿を前にしてみると先ほど軀中にみなぎった野蛮な悦びはもうすでに跡形もなく搔き消えていて、やっぱり俺は「お優しい性格」のやわな男なのかと溜め息をつくような気分になり、

「とにかく明日にでも出てけよな。じゃ、ま、俺はそれを言いにきただけだから」と早口

で言い捨てて踵を返そうとすると、

「ちょっと……」という弱々しい声を頭を抱えたままの伊関が栩谷の足元から投げてきた。「ちょっと待ちなよ……」

「いいか、出てけよな」栩谷にはもう伊関にまつわるいっさいに興味がなくなっていて、何で俺は小坂に言われるままこんなところまでのこのこやって来てしまったのかという気持になっていた。だが、ところどころぎしぎしと鳴る廊下の踏み板を伝って階段近くまで来たあたりで、栩谷の背中に、

「まあちょっと入っていかないかい」という感情の籠もらない小さな声がその廊下を端から端まで渡るようにして届いてきたときには、栩谷の歩が緩み、ためらいで軀がかすかに揺れた。この貧相な男にこれ以上付き合ってももう面白いことも何もあるまい。聞こえなかったふりをしてもう階段を下りはじめようとした瞬間に、しかしふと思い直し、もう俺には急ぎの用は何もないという先ほどの思いが戻ってきて、立ち退くの退かないので人々が大騒ぎしているらしいこの部屋の中をちょっと覗いていってもいいかという気分になった。このまま帰ったのではまるで子供の使いだという思いがちらりとよぎったということもある。

伊関はもう立ち上がっていて、ドアを開けそれを背中で支え、近づいてくる栩谷を黙って見つめているが、相変わらずどんな表情をしているのかわからない。その脇を栩谷がす

り抜けようとしたとき伊関が壁に手を伸ばすとパチリとスウィッチの音がして、部屋の中がいきなり明るくなり、栩谷の目が眩んだ。

「電気、点くの？　止められてるのかと思ったが……」

「建物全体の、玄関とか廊下とか便所なんかは止まっちゃったけどな。この部屋の電気代はメーターが別でちゃんと払ってるから。電話もオッケーだし水も出る。ただ、ガスだけは元のところで止められちゃったんだよね……」一転して妙に親しげにぺらぺら喋り出した口調を少々気味悪く思いながら、栩谷は靴を脱いで畳敷きの六畳間に上がりこんだ。すぐ右手が流しとガス台のついた小さな板張りのスペースになっていて、そちらにちらりと視線を投げたのを目ざとく見つけ、

「だから湯も沸かせなくなっちゃったから、しょうがなくて電熱器買ったよ」

オーディオ・セットを納めたラックが一つ、上から下までぎっしり本の詰まった丈の高い本棚が二つ、しかしそれよりも窓際のデスクにパソコン機材が山のように積み上げられ、二台のモニターがごちゃごちゃした数字や記号を点滅させていて、さらにノート型の液晶画面も明るくなっており、そのあたりいちめん数多のコードが這いずり回り絡み合っている。

伊関はサンダルを脱ぎ、まだ頭の後ろをさすりながら框にのっそり上がって来た。デスクの上の機械の氾濫を呆れたように眺めている栩谷を見てふんと鼻の先で笑い、

「まあ、ちょっと飲もうじゃないの」と言った。

「遠慮しとこう」

「そうおっしゃらず。何だか俺、あんたのこと好きだよ」

「言っとくけど、俺は別にあんたに好かれたくないから。あんた、仕事はコンピューターか何かなの。まさか学生じゃないだろう」

伊関は掛けていた小さなサングラスを外し、何の合図のつもりかそのメタルフレームのつるの片方の端を指先でつまんで栩谷に向かって勢いよく振り回してみせる。さっきは黒とも青ともつかなかった眼鏡のレンズが濃い茶色なのがわかり、それを取った後に現われたやや落ち窪んでいるが愛嬌のある目が栩谷の顔に粘りついてくるようで、その目尻のあたりのたるみ具合はやはり四十に近い男のものだった。栩谷はうとましさが胃からおくびのように込み上げてきて何だか自分の皮膚が汚れはじめているように感じたが、べたべたした染みのこびりついた卓袱台の前に座って胡座をかいてしまうと席を蹴って立ち上がるといったことごとしい振舞いをするのも億劫になってしまう。

「俺の仕事ね。あんた、小坂から何か聞いてないんですかね」栩谷が黙っていると、「まあまあ。とにかくビールでも飲んでってちょうだいよ」と言いながらいそいそと座布団を出してくる。さらに冷蔵庫から手早く缶ビールを二個出し、コップにも注がずその一つをそのまま放ってよこし、それを受け取ると栩谷は急に咽喉の渇きを覚え、今月いっぱいで俺もローンの返済がまだずいぶん残っているあの国分寺のマンションを引き払い、大した金にはならないだろうが車も何も売り払って、こんなような安アパートに越してくることにでもなるのだろうかと思った。外ではまた急に雨が激しくなったようで、雨粒がガラスに当たる音が響いてくる。

伊関がかすかな嘲りを滲ませた声で、「しかしなあ、ほんと、ここ何ヵ月、入れ代わり立ち代わり若いのが来たけどさ、あんた何だか感じが違うねえ。小坂の何なんです？」俺は何なんだ。栩谷はただ黙って部屋を見回していたが、いったい「何」なんだと問われればもう「何」でもないと答えるしかないと思った。

来週末に期限の来る手形がもうどうあがいても落ちようのないことがはっきりして、栩谷のやっている小さなデザイン事務所の倒産は避けようがなくなっていた。先週まではまだどうにかなると信じて胃の痛みをこらえながら金繰りに奔走していたが、これは駄目だと見切りをつけたこの数日来、便秘が急に直ったような妙にさっぱりした気持になり、要するにすべてが最初から間違いだったのだと思うようになっていた。デザイン事務所は三十になったのを機会に思いきって会社を辞め大学の同級生だった友達と金を出し合って始めたもので、あまり手を広げず堅くやってきたのが幸いして、バブルがはじけて以降の苦しい時期も案外すんなりと切り抜けてきたのだった。この不況でむろんどの企業も広告宣伝の経費をいよいよ切り詰めて渋くなっていることはいるけれど、それでも何とかかんとかやっていけたはずなのだ、その共同経営者の友達のずさんな経理のあらが一挙に表に出て、いくつものノンバンクからの借金が栩谷の上に降ってくるということさえなかったならば。事態が急坂を転げ落ちはじめる直前に友達は田舎の父親が病気になったと言って姿を消して、それきり音沙汰がなくなった。実家に電話をしても、栩谷だとわかったとたんに切れてしまう。要するに、逃げられたということか。

その友達を訴えてやろうとか、彼の実家まで出かけていって、病気とやらのその父親を脅して多少の金を吐き出させようとか、熱した頭の中にはむろんそんな思いもぐるぐる渦を巻いたが、結局栩谷の決断は、ええい、もう倒産なら倒産でいいじゃないかというものだった。二十何年も友達付き合いをしてきた男にあっさり裏切られたわけで、当初は血を吐くような思いで何日か眠れなかったものだが、茫然自失からほんの少し醒めてみると、結局これは俺の人徳のなさかといううそ寒い諦めが生まれた。フリダシニモドルと決めて以降はさばさばしたもので、ここ何日かは家にも事務所にも寄りつかず、御茶ノ水や九段あたりのシティホテルを泊まり歩いてぼんやりしている。

栩谷は伊関から受け取った缶ビールのプルトップを引き上げて一口飲み、ネクタイの首元を緩めながら、

「俺の後は今度こそ本当に頬に傷のあるような連中が押しかけてきて、あんた、締め上げられることになるぜ。いい加減にしたらどうなんだ」と言った。

「まあ、ねえ……」

「小坂っていうのはああ見えて、けっこう怖いところがあるし」

「そうかね」

「いろんないかがわしい繋がりがあるみたいだぜ、あの爺いは。いつまでも調子に乗ってごねてると……まあ、しかし、いずれにしろ俺の知ったことじゃないけどな。あんた、これからどうするつもりなの」と言いながら栩谷は、それにしてもいったい俺はそんなことを他人《ひと》事のように訊けた義理かと心中ちょっとおかしくなりもする。ビールを奢られただけで急に自分の口調も伊関に劣らず馴れ馴れしいものになってしまったことがやや情けなく、それにしてもしかし腑抜けみたいな失業者と聞いてきたのにこの男はここでパソコンを使って何をやっているのかと訝る気持もあった。

「どうもしないよ。居心地が良いからさ。もうちょっと居させてもらおうかと」

栩谷はあまり冷えていないビールを口に含んで黙っていた。部屋の隅に積まれた丸めた衣類の山を眺め、伊関の内心の緊張が伝わってくるような口の端をかすかに引き攣らせた笑みを眺め、その顔からまた目を逸らせ部屋の中をぼんやり見回しているうちに、もうこの話はやめだ、こいつが引っ越そうが引っ越すまいが俺には何の関係もないことだという気持がますます募ってきた。そこで、

「小坂はこのアパート、早く取り壊したいんだろうなあ」と独りごとのように呟くと、ビ

ールを啜りながらふたことみこと言葉を交わしているうちに急に醒めた気持になってしまった栩谷の心の動きを見透かしたように、伊関は妙に饒舌になって、

「だろうねえ。いやね、実はこのあたりの地価って場所によってはまた少々上がりはじめてるのよ。このあたり、何しろコリヤン・タウンみたいになってきてるじゃない。あっちこっちハングル文字の看板だらけで、日本語が申し訳程度に添えられているだけでさ。赤坂に焼肉屋建てまくって儲けた韓国系の資本が、幾つか大久保にも入ってきてて、食料品とかビデオとかの商売をこの辺で始めてることは知ってるでしょう。そういうのが次に狙ってるのはもちろんコリヤンやフィリピーナ向けのマンションとかホテルとかだよね……」

栩谷にとってはどうでもいいことだった。渇きはほんの一口か二口でおさまってしまい後はただぬるいビールを不味そうに啜るだけだった。来週になると手形は不渡りになる。自己破産の申告をすることになるだろう。それとも俺もあいつみたいに夜逃げするか。だが、それでもどこかの見知らぬ土地で一からやり直すことになるわけで、そのときタネ銭になるような財産は俺にはもう何にも残っていない。栩谷は自分の親友と思いこんでいたその男が、けっこう小金を貯めこんでいたのではないか、それを持って逃げたのではないかと疑うようになっていた。そもそも事務所を始めたときの資金にしても、共同経営とは言いながら相手方が出したのはほんの二割ほどにすぎなかった。一応決まった給料を受け

取ってはいたが栩谷の収入は会社の収益と一緒くたになっていて、会計がどうなっているかを把握していたのはその友達だった。金の出入りは友達が一手に引き受けてくれて自分が仕事に集中できるのは本当に有難いことだと思っていた俺が救いようもなく頓馬だったということか。

もう俺には何にも残っていないなと栩谷は思った。金と友達をいっぺんになくしたわけだ。しかしあれはいったいどういう男だったのか。あいつは酒を飲むときなどはいつも実に気前良く奢ってくれたものだ。数人いた社員の一人が三年ほど前に出入りのインテリアの業者と組んで帳簿の数字をごまかしていたという事件があり、友達の熱心な勧めに従って結局警察沙汰にはせず損害の七割程度弁償させることでけりをつけてしまったのだが、今になってみると栩谷はあの詐欺事件にも実は友達が一枚嚙んでいたのではないかと疑うようになっていた。

それにしても、いざという時になると栩谷のところのような小さな会社に銀行がどれほど非情かということはここ数ヵ月来厭というほど思い知らされた。たとえどれほど金繰りに困っても法定以上の利息を取る闇金融に手を出すほど栩谷は愚かではなかったけれども、それでもノンバンクの借金がずいぶん膨らんでかなりの金額になっていた。ノンバンクはだいたいは大手ばかりだったが一つだけ新宿の小さな消費者金融と付き合いがあり、その社長の小坂という男は和服こそ着ていないけれど何か捕物帖にでも出てきたら似合いそうな飄々とした老人で、もちろん金には渋いにしても決して度外れにあこぎではなく、どこか現世を超脱したとぼけた知慧者のような風貌があり、栩谷は商売がうまく行っている時期に二、三度個人的な付き合いのつもりで飲んだことがあった。やっていることは暴力団と五十歩百歩なのに地味な高級スーツに身を固めた高級官僚のような風体の偽善者ばかりが横行している金融の世界で出会った人間の中では拾い物だと栩谷は思い、そんな銭金抜きで抱いた好意はきっと相手にも通じていたに違いない。

いよいよ首が回らなくなり崖っぷちに追いつめられた先週のこと、もう持ち堪えられなくなったという話をしに行ったとき、腕組みして黙って聞いていた小坂が、「まあ、それはそれとして」——と言ったわけではないが、まあそうした思い入れで——、妙なことを言い出したのだ。自分の持っている古いアパートで取り壊しが決まっているのがあって、居住者には相応の手当てをやってもう疾うに出ていってもらったんだが、一人だけどうしても立ち退かずに頑張っている男がいるんだよ。栩谷さん、そいつを何とかしてもらえないかな。若いのを何人か遣ったんだがもう半年も埒があかないまんまでね。実際、ちょっと困っちゃってね。あのね、男のマントをどうやって脱がせるかというお伽噺があるだろう。北風でびゅうびゅう吹きまくるやりかたもあるし、お日様でぽかぽかあっためて自然に脱ぐように仕向けるというやりかたもあるし。コワモテで行くか、オダテで行くかっていうわけでね。その辺はあんたの判断に任せるから、ちょっとひと肌脱いでくれないもんかな。もしその伊関っていうやつを何とかしてくれたら、あんたの負債、多少は色をつけて考えようじゃないか。まあ、必要経費ということでね。……小坂がどこまで本気なのかはよくわからず、栩谷にしてみれば自分に対する仄かな好意の表われと考えたいところだが、単なる気紛れだったのかもしれないし、話のすべてが冗談なのかもしれない。

　だが栩谷は栩谷で、藁にもすがる思いでそのへんてこな依頼に飛びついたというわけでも何でもなく、もうここまで来たら自分には何にも失うものはないし、どうせ来週になれば破産手続きを始めなければならないわけで、その間の時間潰しのつもりでその妙な話に乗ってもいいかなという程度のことだった。目の前でへらへら笑いながら「しかし旨い焼肉が安く食えるようになったのが有難いんだよね」なんぞと喋っているこの伊関という男、栩谷と小坂との間のそんな事情を知っているわけでもないだろうに、胸を突き飛ばされた栩谷を部屋に入れていきなり馴れ馴れしい打ち明け話みたいなことを始めたのはいったいどういうつもりか。一応それらしく、「この野郎、早く出ていきやがれ」をやってみたつもりでいたのに、どうやらまったく様にならず、栩谷の及び腰は最初から見透かされていたらしい。四十六と三十八の、どちらもいい歳をした男二人が雨の音を聞きながらこの汚らしい六畳間で酒を酌み交わすという寝ぼけた図になった。

「何だか俺はもうどうでもよくなった。あんたがどういうつもりだろうと興味ないし」と栩谷は伊関の長広舌を遮ってぽつりと言い、そのときふとコンピューターの脇に小さなガラス鉢があり、縁近くまで湛えられた水の中で丸っこい金魚が一匹死んだようにじっとしているのに気づいた。

「どうでもいい。そうだよ。世の中のことはたいがいどうでもいいんだ。ああじゃなきゃいけない、こうしなきゃいけないなんて決めてかかる頭の固いやつは馬鹿よ」と伊関は言い、立ち上がって冷蔵庫からさらに二個の缶ビールを出してきて栩谷にも一つ渡した。

「しかしなあ、これもどうでもいい、あれもどうでもいいってぼんやりしてると、いつの間にか知らないうちに二進《にっち》も三進《さっち》も行かなくなっている。そういうわけだ」と栩谷は言った。

「それだっていいじゃないの。二進も三進も行かなくなったら行かなくなったで、こうしてぼんやりビールを飲んでればいいじゃないの」

「じゃあ、人の生き死にの問題になってきたらどうする」自宅の居間でウィスキーのグラスを手に窓辺に立って、ガラス越しに雨粒が路上に飛沫を上げている人っ子一人いない深夜の街路を見下ろしながら、こんな思いをするくらいならいっそこのビルの屋上まで昇り、そこからフェンスを乗り越え虚空に身を躍らせて、それですべてにけりをつけてしまおうかという思いが栩谷の頭を去来していたのはつい先週のことだった。栩谷の国分寺の住まいは四階にあってそこの窓から身を投げてもはたして確実に死ねるかどうか疑わしいけれども、九階建てのビルのその屋上まで行けば大丈夫だろうなどと、酔った頭でながら真剣に考えていたのである。

「それこそどうでもいいの最たるものでしょう」伊関は頭の後ろで結っていた髪をいつの間にか解いていて、長く伸びてはいるが案外清潔そうなその髪に片手の指を突っ込んで、それを掻き毟りながら、「生き死にね。俺は死ぬのなんて全然怖くないね。いったい人間って何よ。何十億年か昔にさ、分子構造の複雑な蛋白質が寄り集まって、そこにぴりぴり電流が流れているうちに、とんでもない偶然が重なり合ってあるときふっと、生き物なんて変なものが出来ちゃったわけでしょう。しかもその生き物が番《つが》って増えて、いろんな種に分かれたり何やかんやしているうちに意識なんていうお化けが生まれちゃった。意識とか心とか論理とか、みんな怪異なお化けじゃない。ほんとに、まったく、人間っていうのはなあ……。それでもって、行き着いた果てはこれよ」と言って伊関は手をひらりと回してあたり一帯を示す仕草をした。

「これって」

「これですよ。この新宿。天をつく高層ビルあり、ホームレスのダンボール小屋あり、ごちゃごちゃした地下街あり、官庁あり、キャバレーあり、床屋もあり花屋もあり蕎麦屋もあり、その他もろもろが集まって、無数のお化けが寄り集まって途方もない巨大お化けみたいなものになってるわけじゃない。電車の線路は高架と地下で蜘蛛の巣みたいに入り組んでさあ、地上は自動車がぶんぶん走りまわってさあ、ときどき轢き殺されるやつ、辛うじてかわして生き延びるやつ……。でも、元はと言えばただの蛋白質の分子の塊から始まったんだぜ。俺らの精液の一しずくだぜ。塵が寄り集まって出来たものは、遅かれ早かれどうせまたばらけて塵に帰ってゆくだろう」

栩谷の中で、そうだ、その通りだと頷くものがあったが、そう口にするのは何だか癪で、

「暗いなあ、そういう考えかたは」と言ってみた。

「暗い？　冗談でしょう。こんな楽しいことはないんだよ。塵が寄り集まって、ほんの一瞬だけある形を作ったと。しかしそういう不自然なことは続かないからたちまちほどけて散ってゆく。その一瞬の形というのがあんたの人生の全体なのよ。何とも爽快じゃあないですか」

さっきラブホテルの軒先で雨宿りしながら、俺にはもう急ぎの用はないのだと考えたときの解放感を栩谷は思い出し、爽快か、なるほどねえと思わなくもなかったが、しかし、それでもなお、

「その一瞬を大事にして、いつくしんで、たとえそんな一瞬であろうと丹精籠めてね。少しずつ少しずつ磨り減らしてゆくっていう行きかたもあるだろう」と言ってみた。

「厭だねえ、俺は。そういうチマチマしたのはいちばん厭だ。暗いって言ったらそっちの方がはるかに暗いじゃないか。俺はね、いいかい……」

「その金魚、動かないけど生きてるの」

「えっ、何」と伊関は栩谷がしゃくった顎の先を見て、「ああ、生きてるだろ。そう言えばここんとこあんまり餌やってないけどな。眠ってるんだろ。ここんとこ寒い日が続いたしなあ……」

「巨大お化けって言うけどな、その一方じゃああんただってその金魚大事に飼ってるんだろ。死なないように丹精籠めてさ、チマチマとさ」伊関は虚を衝かれたように一瞬黙り、それからへっへっとだらしなく笑った。

「まあ、そうか。やられたな。なるほど、金魚ね……」

そのとき、ウウッというような動物染みた声が左手の襖の後ろから聞こえたのに栩谷はギョッとして、手にしていたまだ半分以上中身が残っている缶ビールを思わず取り落としそうになった。伊関が慌てて立って襖を開けにゆくのに釣られて軀を浮かせ、首を伸ばして隙間から向こう側を覗いてみる。栩谷はその襖の向こうはてっきり押し入れだと思い込んでいた。立ち上がって伊関の後から首を突っ込もうとすると、伊関は厭な顔をして一瞬自分の背中で栩谷の視界を遮り後ろに押し戻そうとしたが結局諦めた。それは三畳もない板張りの部屋、いや部屋というより物置と言った方がふさわしいような窓のない狭い空間で、向かいの壁際に病院にあるような足高のシングル・ベッドがあり、はだけられて足元に丸まっていた毛布を伊関がすばやく広げてベッドに掛けたが、毛布で隠れる直前に栩谷の目に映ったのは、そのベッドの上に自分の膝を抱えこむような姿勢で丸くなっている、短い髪を黄色に脱色したたぶん二十歳かそこらの素裸の娘だった。両目を瞑った娘はヘッドフォンをつけた頭を苦しそうに左右に振っている。伊関は床にじかに跪いて娘の枕元に顔を寄せ、

「ん、どうしたあ」などと猫撫で声を出している。

しかし、栩谷を呆気に取らせたのはその全裸の少女ではなく、ベッドを縦に挟む形で置かれた二つのラックに、熱帯魚を飼うのに使いそうなガラスのケースが天井まで積み上げられ、そのことごとくが上部に取り付けられた薄気味悪い紫色の蛍光灯に照らされてほんのり光っていることだった。ガラスケースの一つに近寄ってみると、中には朽木を刳り貫いたようなものが並び、その虚《うろ》の中に何やらきたならしい白っぽいものがびっしりとへばりついている。

「何だ、これ」伊関はそれには答えず、

「どうしたあ、気分悪いか。水持ってきてやろうかあ」などとしきりに娘に喋りかけている。娘は目を瞑ったまま悪夢にうなされているような具合に呻きつづけ、そのうちに自分の頭からヘッドフォンを毟り取り、それで壁をバンバンと叩き出した。ヘッドフォンからはテンポの速い音楽がシャカシャカと洩れている。部屋の中にはやや焦げ臭いような甘ったるい腐敗臭が立ちこめていて、そう言えば隣の部屋でもこのにおいがさっきからかすか

に鼻孔を刺激していたなと栩谷は思い当たった。こちらの部屋に足を踏み入れるや異臭は強烈になり、鼻をつくというよりはむしろ目に沁みて涙が滲み出した。

「おい、これ、何なんだよ」

「キノコだよ、見ての通り」

「キノコって言ったって、シイタケとかシメジとかには見えないぜ」

「うん……。ちょっとやばい種類のやつね」

「ドラッグか」

するとと伊関は早口で、「うーん、そんなようなもんだけど、これはまったく法律には触れないの。大麻なんかとは全然違う。たとえお巡りさんだろうと、おおっぴらに食べたり飲んだりできるものなんです。クタニさんとやら、いいかい、これをタネに俺を脅せるなんて思うなよ。俺には何の後ろめたいこともないんだから」

「これ、タバコにして吸うのかい。乾燥させて粉末にして」

「いや、このまま、ただちぎって食べる」

「食べるとどうなるんだ」

「それはまあ、何ていうかね、試してもらうのがいちばん早いんだけどね。あんたもちょっとどう」と言って伊関はにやりとした。

こんなきたならしい、黴菌の塊のようなもの、誰が食べる気になるものかと思いながら栩谷はその白茶けた皺くちゃのキノコを見つめていた。

「ほら、ところどころ黴が生えたみたいに青くなってるだろう」と伊関が言った。「この青いところに含まれているシロシビンという成分がちょいとばかり脳に働くんだよ。マジック・マッシュルームってやつだ。試してみないかね。ちょっとしたもんだよ。アメリカ人の言う、イッツ・ソー・クール！　っていうやつだ」

「この娘《こ》、それでこんなになってるの」

ちょうどその瞬間、その娘が暑苦しくてたまらないというような荒々しい手つきで自分で毛布をはぎ、ベッドの上に上半身を起こした。ああ、もうっ、と喚いてヘッドフォンを振り回し、それを伊関に投げつけ、伊関はにやにや笑いのままで、オッとお、と言いながらそれを顔の前で受け止めた。下唇がややぽってりと厚く受け口気味なのを除けばお雛さまのように整った顔立ちの少女で、とろんとした目を半眼に開いて伊関と栩谷を見比べている。

「何よう、このオジサンだあれ」と栩谷を顎で示しながら批難がましい口調で伊関に訊いた。

「うん、友達だ」

娘にはその言葉が耳に入った様子はなく、十本の指をぴんと広げた自分の両の掌を顔のすぐ間近に持ってきてじっと見つめ、ゆるゆると裏返して手の甲を見つめ、そこから手首、さらに二の腕にかけてゆっくり視線を走らせていった。「ああ、厭だあ。皮が剝がれていくう」まずいな、と伊関が低く呟くのが栩谷の耳に入った。「厭あ、つるつる、剝けてくう、剝けてくう、なんでえ」と恐慌状態で少女は繰り返し、さらに自分の肩から小さく膨らんだオレンジのような乳房へと視線を滑らせながら、「厭あ、厭あ」と声がだんだん大きくなっていった。

「ちょっと、あんた、悪いけど外に出てってくれないか」と伊関が冷たい目になり声もまた最初の平板な調子に戻って言うのを受けて、栩谷は後退りして六畳間に戻り、伊関が襖を後ろ手ですうっと閉めるのを見ながら、これもこいつの問題だ、俺には関係ないことだと思った。

　靴を履いて玄関のドアを開け、聞こえても聞こえなくてもというつもりで「じゃ、俺は帰るよ」という申し訳程度の挨拶を肩越しに投げながらアパートの廊下に出た。ドアを閉めると真っ暗になってしまった廊下を手探りしながら歩いて階段を下り、小窓から外の街灯の明かりが洩れ入っている踊り場まで来て、そこに掛かっている鏡をまた覗きこみ、さっきはけっこう血色良く見えたがあれは錯覚だったか、これはやっぱり生命力の尽きかけた男の顔だなと思った。

　栩谷は細径をくねくね曲りながら歌舞伎町へ戻っていった。雨はもう細かな霧雨になって傘なしでも気にならないが、生暖かな水蒸気に鬱陶しく取り巻かれているような按配で、雨だか汗だかでシャツが背中にぺたりと張りついてくるのが不快だった。いったい何なんだ、あの男はと栩谷は思った。どおしたあ、気分悪いかあ、だと。てめえ自身こそキノコみたいな、鼠みたいな顔しやがって、気取るな、馬鹿。しかし妙に憎めないところのあるやつではあったな。栩谷は伊関の言動に漂っていた一種の愛嬌が羨ましくなくもなかった。俺には、見ず知らずの他人にあんなふうにいきなり自分をさらけ出すことはできないな。そうしたことをやろうとして、うまいこと様になったためしがない。ビールをたった一缶半飲んだだけなのだから酔ったはずはないのに、妙に足元が覚束ないようで、結局あんな路地奥のアパートに二度まで足を運んでまったくの無駄足だったのに不思議に徒労感はなく、さっき伊関の言っていたまさにその解放感だか爽快さだかがずっと続いているようだった。獲れたての白い魚のようなあの茶髪の娘の裸をちらりと見てしまったせいかもしれないが栩谷はひさしぶりに女が欲しいと思った。

祥子に死なれてから一時期女出入りが激しくなり、修羅場もどきの場面も少なからずあったが、仕事のうえでも自分の小さな会社を何とか軌道に乗せようとしていた時期で、いわば栩谷の人生そのものが修羅場の様相を呈していたのだった。経営の修羅場は続いたが色恋沙汰に関してはだんだん水商売の女しか相手にしなくなり、それも結局はどれもこれもゆきずりのようなものだった。犬と一緒にずっと一人で生きて、気がついてみればもう四十代の坂の後半にさしかかっている。一頭目も二頭目も若いうちに死なれて三代目になるコッカ・スパニエルはもう何週間も獣医のところに預けっぱなしになっているが、どうしたものか。俺のような情の薄い男に飼われることになったのが哀れと言えば哀れなやつではある。

東京には珍しくまだ闇というものが残っている界隈だった。ちょうど栩谷と同じようなふらふらした足取りでつい数メートルほど前方を歩いている男がいてまたこれかと栩谷は思った。街を歩いていてふと上の空になるとき、すぐ前に誰かが歩いていてただその男の後について歩を運んでいるだけのような気がしてくるのだった。背中をいくぶん屈ませてゆっくり歩いてゆくあの陰気な男、あれはいったい誰なのか。濃い鼠色のスーツを着て、薄っぺらな書類鞄を片手の先に引っ掛けるようにしてふらりふらりと歩いてゆくあの男に導かれ、俺はどこへ連れていかれるのか。映画か何かで見たのか、それとも子供の頃読んだ物語の一場面が絵になって記憶に残ってしまったものか、明け方まではまだずいぶん間のある深夜の闇の中、朧月の仄かな光を浴びながらカーキ色だか迷彩色だかのジャケットを着て鉄砲を下げ、足音を殺して歩いてゆく案内人の背の揺れがふと蘇ってくる。その無言の背中を見ながらこちらもやはり足音を忍ばせ、低い灌木の間を縫ってどこまでも歩いてゆく、そんな夜を過ごした現実の体験など栩谷にはないはずで、家族にも友達にも狩りなどには縁のある人間などいはしない。決して背後を振り返ることのない男のがっしりした腰つきが、拒むようで誘うようで、つい数メートルほど前方に安定したリズムでいつまでも揺れつづけている。男に惹かれるといった性の傾きはないはずなのに、そのしっかりと張った男の腰の揺れのリズムには何か妙な心の騒ぎを覚えずにいられない。あれは森番か何かで、森を抜ける出口までの近道を案内してくれているのだろうか。それともむしろ森番の目を盗んで罠を仕掛けて回った密猟者が、獲物が掛かったかどうか見に行こうとしているところか何かで、俺もまたその一味なのか。

鼠色のスーツの男はすうっと横道に曲って消えてしまい、同時に女たちがぽつりぽつりと立つ怪しい界隈に出た。アパートに迷わず行き着けたときにはこの辺の地理はすっかり把握したつもりでいたのに、男の背に釣られるように路地から路地へと辿っているうちに自分がどのあたりに来ているのかさっぱりわからなくなってしまっている。女たちはアジア系も南米系も混ざっているようで、ややどぎまぎしながら栩谷がそそくさと通り過ぎようとすると、猫を呼ぶようなチッチッという舌打ちの音を立て、「コニチワ」と小さな声をかけてくる。「ネー、アソビスル?」「ニマンエンヨ」。ちょっと笑顔を作って見返してしまったとたん、その中でも意外に可愛らしくて目立つ金髪の女が胸の前で手を振る。「イイコト、シヨー」。そのまま通り過ぎようとするとこちらの肘に手の先で触れてくる。「シャシン、シャシン」と繰り返すのはいったいどういう意味なのか。鬱陶しくなった栩谷は、振り返って来た道を引っ返すのも何だか馬鹿々々しく、ちょうど目の前にあった小料理屋につい飛びこんでしまった。

縦にカウンターが伸びているだけの薄汚れた狭い店で、客は俯いて煙草を吸っている栩谷と同じ年恰好の男一人だけだ。六十恰好なのに真っ赤な口紅を塗りたくった女将がカウンターの中から「いらっしゃあーい」と嬌声を上げ、飛びつくように寄ってきたので栩谷はややげんなりし、店を間違えたというそぶりですぐ出ようかとも思ったがそれも面倒になり、ついスツールに腰を落ち着けて「ビール」と呟いてしまった。

突出しの不味い煮物にはほとんど手をつけず、燥ぎ立って何やかや話しかけてくるその婆あを適当にあしらいながら、栩谷はまた祥子のことを考えていた。祥子のアパートに入り浸るようになって以来栩谷は結婚という言葉を二、三度持ち出してみたが、それを冗談に紛らせてしまうのはいつも祥子の方だった。それならそれで栩谷の方でもただ何となく二人で一緒にいるといった暮らしのかたちにさしたる不満はなかった。栩谷より二つ年下の祥子は仕事に熱心で、女だからやはり責任のあることをなかなか任せてもらえないとよく憤慨していたものだ。一緒に暮らすようになっても夕食はたいてい別々で結局家庭という感じにはならず、それをいいことにまだ若くて性に対しても貪婪だったあの頃の栩谷には、同棲していたその二年ほどの間にも外で何度かゆきずりの情事がないわけではなかった。

或る晩のこと、祥子は珍しく真夜中を過ぎても帰って来なかった。空が白々と明け初《そ》める頃、しめやかに降り出した雨の音を聞きながら栩谷はようやくまどろみの中に落ち、と、足音を忍ばせて玄関のドアから軀を滑りこませる祥子の気配でたちまちその浅い眠りから引きずり出された。眠ったままのふりをしていると祥子はすぐ寝巻きに着替えて酒臭い息を吐きながら栩谷の床の隣に滑り込んできてたちまち軽い鼾を立てはじめ、やがて栩谷もまた浅い眠りの中へ帰っていった。目覚ましが鳴って栩谷が朝の身支度を始めると、祥子は毛布の端からわずかに顔を覗かせ、かぼそい声で、

「あ、昨日はN子と飲んでて遅くなっちゃった。あたし、ちょっと気分悪いから今日は休んじゃおっと。朝ご飯、悪いけど適当に食べてね」と早口で一気に言った。N子は祥子の会社の同僚だった。祥子は癇性なところがあってもうっすらした笑みの似合うあたりの柔らかな女だったがそのときの顔は血の気がなくてひたすら硬く、何の表情もなかった。それきり毛布に潜りこんで顔を見せず、大丈夫かいと声を掛けても生返事しかしない。家を出る前に、じゃあ行ってくる、今日は早く帰るよと言うと、毛布を被ったまま、うん、と言い、やや間を置いて小さな声で、ごめんねと言った。雨の中を駅まで歩いた間の息苦しいような懊悩は十数年経った今でもなおなまなましく蘇ってくる。会社に着いてどっと仕事が降りかかってくるといくぶん気持が紛れ、何も訊かないことにしようと心に決めた。帰宅すると祥子はやや青ざめていたがいつもとまったく同じで、夕飯できてるわよ、先にお風呂に入る？　と初々しい若妻のように優しく言った。白い木蓮の花のようなふっくらした羞じらいの笑み。

一週間ほど経って、些細なきっかけで大喧嘩になり、今ではもう忘れてしまったそのくだらない口実をめぐって棘のある言葉を投げ合いながら、諍いの本当の理由が何なのか二人ともよくわかっていて、しかし咽喉が引き攣るようで栩谷はそれに触れることができず、祥子の方も咽喉元まで出かけている言葉を、たぶん怯えから声に乗せることができないでいる気配が栩谷に伝わってきた。そうしている間も実際に二人が発する言葉はいっそう強い毒のあるものになってゆくばかりだった。しばらく沈黙が挟まり、祥子がぽつりと、あの朝方とまったく同じ口調で、ごめんねと呟いた。間があって、誰なんだと栩谷は訊き、同じくらいの間を置いて、或る名前を祥子は言った。それは結局その翌年栩谷と一緒にデザイン事務所を興すことになったあの大学の同級生で、あまり驚きを感じていない自分を不思議に思いながら、そうか、とだけ栩谷は言い、それきり黙りこくってそれぞれ別々に床に入った。

自分も疚しいところがないわけではないのだし、決してなじったりはすまいと肝に銘じ、多少黙りこんだりはしたもののついに批難がましいことを言わずに済ませたのは我ながら上出来だったと、祥子が死んだ後になって栩谷は安堵の念とともに繰り返し考えたものだ。だが、俺はあの晩きっと怒鳴るべきだったのだ、逆上して祥子を張り倒すべきだったのだと、もう十何年前の遠いことなのに妙になまなましい悔いに突き上げられながら栩谷は思い、ビールを啜ってコップの中の泡をじっと見た。それはときたま頭をよぎることはあっても今まで正面から考えることをできるだけ避けてきた考えだった。そうか、とだけ呟いて黙ってしまった俺の冷たさに祥子はきっとひどく傷ついたのだ。あの「そうか」一つをきっかけに俺たちの関係は腐りはじめたのだ。腐って、腐って、そして祥子は死んで、俺の方もとうとうこんなどんづまりまで来てしまったということなのだ。そのとき表のガラス戸ががらりと開き、

「やや、クタニさんじゃない」と馴れ馴れしく言いながらぐしょ濡れの男が入ってきて、顔を見たら伊関だった。伊関はカウンターの女将にも、やあ、と燥いだ声で手を上げたが女将の方ではあからさまな顰め面をしている。それを目の端に捉えながら栩谷が、

「なんだ、あんた俺の後をつけてきたのかよ」と言うと、

「いやいや、ちょっとその辺に立っているお嬢さんたちに訊いたらすぐわかった。あの外国のお嬢さんたちと俺、仲良しでさ……」

軽いうとましさが込み上げ、しかしそれを押しのけるようにして、祥子の死に対する罪悪感が膨らみかけるのから思いを逸らしてくれて有難いという気持も湧いて、

「ビール、今度は俺が奢るから、まあ一つ……」

伊関は隣りに座って、おばちゃん、コップ、と言い、黙りこくった女将が伊関とは目を合わせないまましぶしぶのように差し出したコップをひったくって、栩谷の注ぐビールを受け、一息で八割がた飲み干してしまう。栩谷が煙草を出して火を点けると、勧めもしな

いのに伊関は手を伸ばしてその箱から勝手に一本取って栩谷のライターで火を点けた。

「さっきの娘《こ》、大丈夫なの」

「大丈夫、大丈夫。ちょいとバッドな方へ行っちゃったみたいなんだけど、すぐ戻ってきたから。何でもないのよ」

「何だ、あれ、あんたのガールフレンド？」

「まさか。ちょっと場所貸してやっただけだよ。あれ、ヤンキーに見えるけど、ほんとはちゃんとした家の娘なんだ。親は＊＊＊（とここで伊関は大手の家電メーカーの名前を言った）の営業部長だと。当人だってけっこうしっかりしてる。この頃の若いのは、まったくしっかり、がっちりしてるよ。あの娘も親に内緒で歌舞伎町のキャバクラでアルバイトしてるけど、ま、そういうのはこの頃はふつうだからなあ。あんた、ずいぶん濡れてるぜ」

　それはおまえの方だろうと言いかけて、栩谷は自分の肩から二の腕にかけて視線を走らせ、自分のスーツも伊関のジャージに劣らずずぶ濡れになっていることに初めて気づき、上着を脱いで丸め、伊関と反対側のスツールの上にのせた。店の中にいても雨の気配が軀にまといつき、ちゃんと掃除しているようには見えない店の奥の調理台あたりから生ゴミのにおいが漂ってくるようだった。

「どうせまたばらけていく、塵に帰っていくってさっきあんた言ってたろ」と栩谷は言った。

「ばらけていくんだろうさ。そりゃあそうだ。しかしなあ、物がくずれる、分解するっていうならそれはそれだけのことだけどなあ、生き物がばらけてくっていうのは、分解してゆくっていうのは、つまりは腐るっていうことだろう。腐敗、腐爛だろ。猫の屍骸に蛆虫がたかって……。いやらしいにおいが充満して……。そうそうご清潔には事は運びやしないだろう」すると伊関はふんと鼻を鳴らして、

「ああ」

「清潔なんて誰が言った。そりゃあ、あんたの方だろ、ご清潔な人生は。俺なんぞ、まさしくキノコと黴にまみれて生きてる人間だぜ。腐るっていうことについて、あんた、いったい何を知ってるの」栩谷はむらむらっと気が昂ぶり、またこの小男の胸を思いきり突いてみたい気持になったが、それを押し殺してできるだけ平静な声音で、

「四十代も後半に差し掛かって、多かれ少なかれ腐りかけていない男なんているものか。とにかく俺の会社は腐ったたね。すっかり腐っちまった」

「いやらしいにおいを立てて」

「そうそう」と、あの福井に逃げた友達のことを考えながら栩谷は言った。しばらく黙って二人は煙草を吹かしていたが、やがて伊関が、

「卯の花腐《くた》し……」と呟いた。

「何？」

「ウツギの花も腐らせるってね。さみだれっていうか、今日みたいな雨のことを言うんだろう。春されば卯の花腐《くた》し……って、万葉集にさ」

「へえ、そうかね。あんたは妙なことを知ってるね」

「万葉集は面白いぜ。俺、何日もぶっ通しでコンピューター弄くってて、いい加減うんざりすると万葉集読むのよ。何しろ新宿が、いや東京全体がただの野っぱらだった頃の色恋沙汰の話だからなあ。のどかなものよ。でかい面した役人もいない、コンピューターのエンジニアもいない、そういう時代のなあ。まあ、その頃だってホームレスはいただろう、キャバクラの女の子みたいなのだっていたろう。でも、こういう巨大お化けみたいのはまだなかった」伊関は両手を肩の上まで上げて指をひらひらさせた。「うららに照れる春日にひばり上がり……。春されば卯の花腐しわが越えし……。腐るって言ったってみやびなものよ。あの頃はね。でも、こういう巨大お化けが腐っていくっていうのはね、凄いことになるよ」

「凄いかね」

「ああ、凄い、凄い。もの凄い悪臭が出る。鼻がひん曲るようなにおいを立ててぼろぼろ崩れていくんだよ。面白いじゃないか」

　ぼろぼろ崩れていくのか。そうか。雨にうたれ、ぐっしょり濡れて。あの晩以来、たしかにしこりは残り、何日間か互いの物言いが多少はよそよそしくなりはしたものの、それでも栩谷は祥子が愛しかったし、「そうか」のひとことで、そしてそのまま黙りこむことで、彼なりにとりあえず綻びを取り繕ってみたつもりだった。祥子の挙措にとりたてて変化はなかったが、綻びは結局縫い合わされなかったのだろうか。傷口は膿んで爛れていったのだろうか。その晩からほんのひと月も経たぬ頃ちょうど盆の休みになり、ちょっと疲れたし、田舎に帰って親の顔を見てくるわと弱々しく微笑んで祥子は発ってしまい、それが祥子の顔を見た最後になった。祥子は高校の頃仲の良かった友達と何人かで海に泳ぎに行き、その間中明るく楽しそうにしていたと言うが、誰も気づかぬうちにふっと姿が消えた。祥子は子供の頃から泳ぎは達者で最初は誰も本気で心配していなかったが、真っ暗になっても浜に戻って来ないのでさすがに大騒ぎになった。隣町の入り江に死体が流れ着いたのは翌日の昼過ぎのことだった。栩谷はその新潟の小さな町まで行き告別式に出て線香を上げたが、正式に結婚しないばかりか祥子の実家には何の挨拶もないまま一緒に暮らしていた栩谷に対しては皆よそよそしく、東京に帰って祥子の荷物をすべて実家に送りつけてしまった後はこれでもう終りだ、縁が切れたと思った。今だったらどうかわからないが栩谷もまだ二十代で他人に対して冷酷だったのだろうか。一周忌には花と香典を送っただけで、それに対しては事務的な香典返しだけが届き、何の手紙も入っていなかった。以後は法事の通知さえいっさい来ないし栩谷も墓参りもしていない。

伊関が喋っていた。「……株価の暴落が始まったのは平成二年の二月だよね。土地関連融資の総量規制が敷かれたのがその翌月。ただね、ゴルフ会員権の価格はそれでもまだ上がっていたわけよ。その年の暮れくらいまでだったか、いや年を越したかな。それですっかり歯車が狂っちゃったわけなのよ。俺はそもそもは社員っていうか、会員権業者のとこの、まあただの使い走りだったんだけど、結局ああいう狂乱に巻きこまれているうちに自分でも儲けてみたい、儲けられると思うようになるのは人情の自然っていうものでしょう」

「で、儲けたの」

「まさか。今俺の抱えてる借金っていったらさあ……」

「いくら」

「押したり引いたりしながらも十年かかって結局はじりじり膨らんで、まあ今、一億を越えてることは確実だけど……」

「へえ」どうだか、わかったものかと栩谷は思った。話半分に聞いておけ。

「しかしね、一億で済んでるっていうのは奇蹟なのよ。俺はあの時期、ゴルフ会員権どのくらい抱えこんでいたのかな。三億か、四億か。とにかくそれをノンバンクやら銀行やらに担保に入れて、それで引っ張ってきた金で、さらに会員権を買いつづけてたわけだ。あの頃みんながやっていたことだよね。ところがその価格がとうとう下がり出した。下がり出したら早かったあ。とにかくどんどん下がる。で、市場価格が下がればもちろん担保の評価も下がる。そうすると担保保全のためにローン会社でさらに借りる。二億も三億も。だってさあ、土地や株が下がる中で会員権だけは上がりつづけていたところを見てるし さ、いずれは上げに転じると思うじゃないか。だからそのうち何とかなると……。で、も うどうにもこうにも……。まさか十年経って日本がこんなていたらくになるとはなあ。平成二年の時点でぜんぶ現金にして、どこかの山に埋めとくとかしてたらなあ」

「ふん、詮ないことを……」

「なんだけどね」

「まあ、そういうことはある。あのときああしていたらって。生きてればまあ、いろいろと」

「しかしなあ、クタニさんよ、俺はね、これは決して負け惜しみじゃなく、金を借りているってことそれ自体は決して嫌いじゃないのよ。一生かかってもまず返しようがないような途方もない負債背負って生きてくっていう、そういう人生ね。これもまあそれなりに面白いことなのよ。そう思いません?」

「借金に面白いも糞もあるもんか」

「いやいや。面白い。毎月毎月ちまちま小金貯めながら生きてくより、俺はずっといいね。途方もないマイナス背負って緊張しながら毎日を送る方が。負債っていうのはね、要するにでかいブラックホールに面と向かい合って日々暮らしているようなことなわけ。こんなちっぽけな俺の存在なんて、その中にひとたび呑みこまれたらもうたちまち搔き消えてしまうだけっていうような、そういうマイナスとじかに接し合ってさ」

「いっそ自分が搔き消えてしまったらその方がどんなに楽かっていう、そういうことか」

栩谷はマンションの窓から深夜の無人の街路を見下ろしてここから宙に身を投げたら確実に死ねるかどうかとけっこう真剣に考えをめぐらせていたつい先週のことを思い出しながらそう言い、これはちょっと本音が出すぎたかなという警戒灯が心の中でかすかに点滅するのを感じた。栩谷はこのいかがわしい男に心を宥《ゆる》して自分の身の上を打ち明けるつもりはなかった。案の定伊関は栩谷の顔をちらりと窺い、

「そうよ。わかってるじゃない」と言ったがそれ以上立ち入ってはこずに、「そうなんだけど、そこで一挙に搔き消えて楽になっちまおうとはせずに、そのでかいマイナスの化け物のグロテスクな顔と、日々面《つら》突き合わせて生きてくっていう、そういうことよ」

「面白いかね、それが」どうだか、と依然として眉に唾をつけながらも、もしその「面白い」という実感とともにこいつが十年間面白おかしく暮らしてきたのなら、それはそれでちょっとしたことではあろうと栩谷は思った。

「ああ、面白いし、それに美しい」と伊関の口から意外な言葉が出た。「負債っていうのはね、グロテスクで美しいブラックホールなんだよ。美しいお化けなんだ」

「またお化けの話かい」

「これは正真正銘、本物のお化け。いや、本物のお化けっていう言いかたも何だか変か。しかし単純な話、借金っていわば幽霊の金でしょ。というか、つまりは金の幽霊でしょ。俺はバブルの背後霊しょってこの十年生きてきたわけよ。そうするとね……」

前からいた客が帰ってしまった後、栩谷と伊関は二人きりになってさらにビールからウイスキーに代えて飲みつづけ、こんなとりとめのない話を続けていた。どういういきさつがあるのか伊関を快く思っていないらしい厚化粧の婆あは頼まれれば氷や水のお代わりを出してよこすが、もう二人には構おうとせず、いちばん奥のスツールにちんまり座り煙草を吸いながら映りの悪い小さなテレビの画面に見入っている。「そうするとね……」と伊関が言いかけたときガラス戸が勢いよく引き開けられ、雨の音がいきなり高くなって、おやいつの間にこんなざんざん降りになっていたかと思う間もなく閉じかけのピンクの傘から飛沫を撒き散らしながら入ってきたのは、さっき伊関の部屋にいた娘だった。

「あ、アスカちゃん、元気になったあ」と伊関の声が急に軽薄に裏返って若作りになった。

「まあね」と「アスカちゃん」が小声で言って細かな水滴をびっしりつけたクリーム色のレインコートを脱がないまま伊関の隣のスツールに座った。栩谷の顔を認めてかすかに恥ずかしそうな色が瞳に動き、目を合わせたまま顎をちょっと突き出すようにしたのは挨拶のつもりだろうか。短い茶髪が寝乱れたように横にばさばさと撥ねているのは、これはこの頃の女の子のそういう髪型なのか。あのベッドに上半身を起こし毛布がずり落ちたときに覗いたみずみずしい果物のような小さな乳房とその先にぴんと尖っていた仄かな桜色の乳首の残像が栩谷の目にちらついて、酒の酔いとは異なる重たるさでかすかに息が苦しくなる。娘はレインコートのポケットから煙草の箱を出し、メンソールの細巻きを一本引き抜いて火を点けた。ふうっと煙を吐き出してから、

「さっきは参ったあ」とぼそぼそと言った。

「ここ、よくわかったじゃん」と伊関が言うと、

「あのコロンビアのローザっていう、ほら……」

「金髪のかつらのね」

「うん。あの娘《こ》がイセキ・イズ・ゼアって、教えてくれた」

「この雨の中、まだ立ってたか」

「男と何か話してたけど」

「日本人か」

「ううん」

「じゃあ、客じゃあねえな」

「知らない」煙草を持っていない方の手で目をこすりながら、「ああ、参ったあ。ずうっ

といい感じだったのになあ。きれいな光がぱちぱち弾けてさ、ラテンロックのリズムに合わせてそれがいろんな色に変わって……。あたしはひろーい野原みたいなところにいて、空には銀河系みたいなのがいくつも浮かんでるの。で、あたしは真っ直ぐ立ったまま宙に浮いてて、ふわーっと移動して、その一つ一つに寄ってくの。いちめん花盛りのサボテンが広がってたり……。ときどきはまた現実に戻ってきて、あ、伊関さんのアパートにいるんだって安心して、それからまた飛んで……。ところがさあ……」人形のように整った小作りの顔に似合わぬ低いしゃがれ声で淡々と喋ってゆく。栩谷にはそのしゃがれ声が何とも艶っぽく聞こえた。

「うん、あれはねえ、突然、前触れなしに暗い方向へ行っちゃうこと、あるんだよね」と伊関がおもねるように言う。

「そ、突然。どういうきっかけかなあ。隣の部屋で話、してたじゃない、伊関さんたち。まず、急にすっごく怖くなって……。自分が伊関さんに閉じ込められてて、こんなふうなラリッた状態にされたまま、アラブの方とかへ売り飛ばされそうになっているんだって思ったの。絶対、そうに違いないって。その買い手っていうか、ブローカーっていうか、それが隣の部屋に来てて、値段の交渉をしてるんだって……」

「それ、俺のこと?」と栩谷が顔を向けて覗きこむと、「アスカちゃん」は面映そうに目を伏せて、

「うん、まあ……」と言葉を濁す。

「あ、クタニさん、こちらアスカちゃん、よろしく」と伊関が言った。

「アスカって本名？」と栩谷が訊くと、

「んなわけないじゃん」と娘は馬鹿にしたように言い、「えーと、何て言うんだっけ、こういうの？　源氏名？　よろしく、アスカでえーす、ってわけ」

「ははあ」

「とにかくそれでさ、あたしはこんなふうに裸に剝かれて、奴隷にされるんだ、奴隷になって外国に売られるんだって思ったの。それからあれが始まった……。あの、ほら、木の皮を削るやつがあるじゃない、大工さんの使う、あ、鉋？　そう、あの鉋にかけられたみたいに、いきなり自分の指の皮がぺろーんと剝け出したの。ぺろーん、ぺろーんって。バナナの皮剝くみたいに。その皮が剝けるはしから何だか汚ない灰色に変わって、ほろほろ、粉になって崩れてくの。一枚剝けるとその下がまた剝けて、また剝けて……。きりがないの。それが腕から肩、肩から胸へと広がってってって……。おっぱいのとこの皮もべろべろに剝けて、しまいには白いあばら骨が見えてきちゃってさ。厭あ……」その幻覚がまだまざまざと見えるとでもいうようにアスカはぶるっと一つ身震いした。

「どうも、大変なキノコらしいね、あれは」と栩谷が言うと、

「いや、そうでもない。そもそも非合法のドラッグじゃないしね、あれは」と伊関がまた

やや慌て気味に言う。「あんまりバッド・トリップはないんだけど、まあ、ときどきね……。アスカちゃん、ビールでもどう」

「あ、あたし、もう出勤の時間だから」

「まあ一杯だけ」

「ううん、ほんと、時間ないの。ちょっと顔を見せろって言うからさ、それだけのつもりで……。あーあ、まだちょっと頭の芯が痛い。もうあたし、あれやめよう。あたしはもっとマイルドなのでいいわ」腕時計を見てアスカはそそくさと煙草を揉み消し、立ち上がり、どうも、と呟きながら栩谷に向かってかすかに頭を下げた。「じゃ、伊関さん……」傘を手にしたアスカに続いて伊関も外に出ていったので、そのまま一緒に行ってしまうつもりかと栩谷は思ったが、伊関が閉め残したガラス戸の細い隙間から外を覗いていると、ざんざん降りの雨の中、アスカが開いた小さなピンクの傘の中に伊関も入って、ほんの十秒ほど二人で何か深刻そうに囁き交わしていた。そのうちに伊関は唇を少女の唇に寄せていき、すると少女は口を歪めて顔をそむけ、肘で乱暴に伊関の胸を押しのけた。もう、やめてよね、バッカみたい、という嫌悪感の滲む低いけれどきっぱりした声が栩谷の耳に届いた。おまえなあ、中年男の醜態みたいなことはやめろよなと栩谷は心中密かに思い、目を逸らし顔を真っ直ぐに戻してウィスキーをまた一口含み、つい目の前に迫っている壁に貼られた黄色く変色しかけ端が捲くれ上がったカレンダーの数字をぼんやり眺めながら、さて、俺もタクシーを拾って市ヶ谷のホテルへ戻るかな、いや今夜あたりは国分寺に帰るか、いずれは帰らなければならないんだしと思っているうちに、伊関が戻ってきて、

「気の強い娘でねえ」と照れ臭そうに言った。

「可愛いじゃない」

「うん、スタイルもいいし。見たろ」

「何」

「あの娘の裸だよ、さっき」

「ああ、うん、見た」

「店でも指名数がピカ一なんだって」

「へえ」

「おばちゃん、何か食べるものないの」と奥に声を掛けると、女将はちらりとこちらに目を向け、黙ったまま手を片手拝みのように顔の前に上げてかすかに左右に振った。伊関はチッ、気取るなよなと栩谷にしか聞こえない小声で呟いた。

「で、さっき言ってたこと、ほら、何だっけ……」

「お化け」

「え」

「美しいお化けってさ」

「そうだ……。美しい亡霊……。で、いいかい、その美しい亡霊をね、俺はこの十年、背後霊みたいに背中にしょって生きてきた。そうするとね……いいかい、そうするとね、俺自身もだんだんお化けみたいになってくるの。だんだん人間じゃなくなって、幽霊みたいになってくるのよ」

「あんた、足があるじゃない」そう言いながら栩谷は、その店のスツールの座席が高いので自分の足が床から離れて宙に揺れていることを意識して何だか妙な気分になった。気がつくと栩谷は片足だけ靴を脱いでいて、靴下だけのその片足をぶらぶらさせながら、どうも地に足が着いていないようだなと心の中で呟いた。しかしまだ足はある。足があるってことは重要だと思い、「俺にもあるぜ」と伊関に向かって付け加えるように呟いてみた。

栩谷はどうやら本当に酔いはじめているようだった。

「幽霊だ」と伊関は断乎とした口調で言った。伊関も酔っているのだろうか。「俺はなあ、人間らしさがだんだんなくなってきてるのよ。なあ、あんた、あのアパート、見ただろ。あれが人間の住むところかね。俺はあそこに八年住んでるんだぜ。しかもここ半年ほどは住人と言えば俺一人、たった一人だけになっちゃって。まったくなあ」

「じゃあ何で出て行かないんだよ、さっきも言ったろ」

「うーん……何でかな。もう、何て言うか、慣れって言うか、惰性、そう、惰性だねえ」

「出てってやればいいじゃないの。小坂の言って来てる立退き料、かなりのもんじゃない。それせしめて、もっと小綺麗なアパートに引っ越せばいい。もっと人間らしい住まいにさ。今、賃貸の家賃もずいぶん下がってるし」

「厭だね。それは厭だ。つまりね、もうあそこってほとんど幽霊屋敷だろ。ってことはだな、俺が幽霊だってことなのよ。俺があそこに居ついて、そいで化け物屋敷を作り上げてるわけだ。一心同体だ。な、もう取り憑いちゃってるんだよ、俺は。キノコみたいなもんだ。俺の菌糸があの古ぼけた建物に食い入っちゃってるんだよ。床だの屋根だのの木の繊維の奥深くまで。だから出て行かない。いや、出て行けない、と言った方がいいかな。あのアパートの方でも俺に取り憑いているんだから」

「幽霊か。幽霊ねえ。そう言えば金の亡者という言葉もある」

「金の亡者か、それでもいいよ。金に取り憑かれる亡者あり、金に取り殺される亡者あり……」

　こいつの問題だ、こいつと小坂の問題だと栩谷は思い、で、俺には俺の問題があったはずだがいったい何だったっけと酔いに霞む頭でふと訝しんだ。憎しみだ、そうだ憎しみだよな。そう思い当たったとたんに栩谷は、実際、自分の中に激しい憎しみが渦巻いていることに気づいて思わずたじろいだ。何とも爽快じゃあないですか、と先ほど伊関は言い、栩谷の中にそこはかとない共感がたゆたいはしたのだが、なに、爽快どころか、結局俺は人間どもを陰々と憎みながら生きてきたナメクジみたいな男なのだ。俺は他人というものを暖かく受け入れることのできない男なのだ。そのとき栩谷は、福井の実家に帰ると言って姿をくらましたあの友達を、いやたぶん最初から友達でも何でもなかったのだろうが、とにかく大学の頃のノートの貸し借りから始まって数えきれないほどの回数一緒に飲みに行ったり、たまにはマージャンに付き合ったりもしてきたあの男を、自分がずっと憎んできたことに初めて思い当たった。この憎しみは今度の金のトラブルに始まったことではないし祥子との一件から由来するものでも本当はない。結局、最初から俺はあいつが嫌いだったのだ。

祥子と暮らしはじめた頃あいつを入れて四谷で三人で飲んで、そうだ、あれも雨の夜だった、うちに帰ってもう少し飲もうという話になったことがある。タクシーを拾おうとして、祥子を真ん中に傘を横に三つ並べ何か浮き立つような思いで歩いているうちに、後ろから来た車が俺の傘を引っ掛けてもぎ取り、ついでにズボンに泥水をびしゃりと撥ね上げていった。そのまま走り去った車の後ろに向かって、何だ馬鹿野郎、クリーニング代弁償しろ、と俺は怒鳴りつづけ、いい加減にしたらと祥子からたしなめられたものだった。道を横に広がって歩いていた方が悪いと言えば言えて、しかしあいつと祥子だけは歩道を歩いて俺だけ車道にはみ出していたのだった。好きな女と一緒の暮らしが始まった当座で俺も昂揚していたのだろうか、浮き立った思いの続きのようにいい気で怒鳴って、俺も祥子も笑い崩れたが口の端をちょいと上げたあいつの笑いだけは冷たかったな。あいつは歩道のいちばん建物寄りを歩いて、庇の下の蔭の濡れないところから俺を冷笑していたのだ。祥子が死んだときあいつはしおらしいそぶりで頭を下げ、俺も黙って頭を下げて、祥子とこいつとの間にたとえどんなことがあったとしてももう何も考えまいと心に決め、疑いも憤りも以後はいっさい封印してしまうことにしたのだった。以後は二人の間に祥子の話題が出ることはいっさいなかった。やがて自分の事務所を興すことにしたときもその男の明るさや几帳面な経理の才覚を買って、一緒にやろうと持ちかけたのは俺の方だった。祥子は俺の人生の一時のささやかな挿話だった、俺にとっては女よりもやはり友達の方が大事なのだ、とそう自分を納得させているつもりだったが、実のところ心の奥底では俺はあいつをずっと憎んでいたのだ。

そう思い当たったとたん、本来勝気な女だったのに最後のひと月は気弱な微笑みばかり浮かべていた祥子の自暴自棄を俺はわかってやれなかったのかもしれない、あいつはみながそう信じたように事故ではなく、書置きも何もなかったが自殺したのかもしれないとい う、一時期はノイローゼになるほど考えつめ、それからはもう脳裡に浮かべることすらやめようと心に決めてそれなりに成功してきた考えが、いきなり蘇ってきた。変な人ねえ、こんなにずぶ濡れになって。傘のさしかたも知らないの。伊関が何やらつるつる喋りつづけていたが、右の耳から左の耳へ抜けてゆくばかりだった。その話をいきなり断ち切る格

好になるのも構わず、

「俺は帰るよ」と言って栩谷は立ち上がった。

「そうか。じゃあ、ま……」

伊関が金を出す気配がないので結局栩谷が全部払う格好になった。案外安い勘定だったが、濃い口紅の婆あはもうお愛想を言わずにただ黙って釣りをよこしただけだった。

小降りになっていたが雨はまだ降りつづいていた。さしかたを知っていようがいまいがいずれにしても栩谷には傘はなかった。もうみんな客をくわえこんだのか、それとも雨を避けて引き揚げたのか、外国人の娼婦たちの姿は掻き消えていた。どっちがどっちなのかさっぱり道がわからず、ただどこかタクシーの摑まえられる通りに出られればいいというつもりで栩谷はいい加減な方角に歩き出したが、後ろからぱしゃぱしゃと足音が迫ってきて、

「ちょっと歩きましょうぜ」と耳元に粘りつくように伊関の声が言った。栩谷は返事もせずに歩きつづけたが、思っていた以上に酩酊していて風景がゆらゆらと揺れ、いい加減な曲がりかたをしているうちに何やら暗い方へ、暗い方へと踏み入ってゆくようだった。ハングル文字で看板を出している料理屋や食材屋も絶え、ぽつりぽつりと間遠に街灯が灯っている以外は路地の両側は暗く静まり返っていて、これが不夜城などとも呼ばれる歌舞伎町から歩いて十五分かそこらの街並みかと訝しい気持にならないでもない。またしても栩

谷の前を歩いている男がいた。さっきと同じやつのはずはなかろうが、傘を持っているのにそれを中途半端に閉じたまま片手に下げ、ぶらりぶらりと揺らしながら栩谷と似たよろめくような足取りで歩いてゆくあの鼠色のスーツの男はいったい誰なのだ。あんなものは焼肉でも食いに来たくだらねえサラリーマンか何かだろうと思う間もなく、酔いの底から不意に閃いた、あいつは俺の親父なんじゃないかという奇妙な考えがあり、何でそんな思いつきがと訝しんでいるうちに、銃身を下げ弾薬を装着したベルトを締めて大股に歩いてゆくあの案内人のイメージはどうやら親父から聞いた昔話から来ているのかもしれないとふと思い当たった。栩谷の父親は中学生のとき終戦で満州からほうほうの体で引き揚げてきた一家の一人で、その頃の話になると口が重かったけれど、稀にひどく酔ったときなどようやく釜山から船に乗り込むに至るまでのどさくさでどんなにひどい目に遭ったかという話を時間の順序をごっちゃにしたままぽつりぽつりと語ってくれることもないわけではなかった。子供の頃父から聞き齧ったその道中記だか吉林省で暮らしていた頃の思い出話だかの一場面が、栩谷の記憶の中で変形し、あるいは脹らんで、こんな夢の中の歩行のようなイメージになって沈澱してしまったのではないだろうか。ひょっとしたら幼い弟妹の手を引いた祖父たち一家を案内して深い森を抜け出させてくれた中国人だかロシア人だかの密猟者がいたのだろうか。そしてもう疾うに死んだ父が今こうして帰ってきて俺を案内し、この汚穢の泥沼からの抜け道を教えてくれようとしているのだろうか。栩谷はもう父親の享年を幾つか越える歳になっていた。

しかし同時にまた栩谷には、彼自身が森番となって誰かを案内しているような気がしないでもない。俺がいかにも確信ありげに、しかし実はでたらめな道筋を辿っていい加減に歩いてゆくのに、その後に誰かがひたと寄り添ってひっそり歩いてくる。それは伊関なのだろうか。そうかもしれないしそうでないかもしれない。自分で言ったようにあいつがもう半ばこの世からはみ出してしまったつもりでいるのなら、軀だけは伊関の姿を借りていてもそれはもう伊関でも誰でもないのかもしれない。伊関が巨大お化けと呼んだこの新宿という街の亡霊からちぎれて落ちてきた切れ端なのかもしれない。

今の東京が川のない町になってしまったことが栩谷の長らくの不満の種だった。ロンドンにもパリにもソウルにもバンコックにも美しい川が流れているのに、新宿や渋谷の繁華街を歩いていてそのままふと足を伸ばすと滔々と流れる水べりに出るといったことができないのは何とさみしいことだろう。実際、かつての江戸は、あるいは少なくとも明治の東京は、アムステルダムのように運河が四通八達した美しい水の都市だったと言うではないか。だが今栩谷の頭に不意に浮かんだのは、新宿も渋谷も池袋も銀座も、それぞれ一つの島なのだという考えだった。それぞれ独自の性格と空気を持つ繁華街が一つ一つ島になって海に浮かんでいるのが東京なのだ。運河が四通した水の都市への郷愁など抱くには及ばない。もう今の東京には川など流れている必要はないのだと栩谷は思った。この町は島の集まりだ、これは美しい多島海なのだと彼は思い、それらの島を浮かべている海とはここに住む千何百万人の人々の欲望や記憶や喜怒哀楽の海なのかもしれないといった漠然とした思いが浮かんで、しかし降りつづく雨がそうしたとりとめのない思いそれ自体をほとびらせ滔々と押し流してゆくようだった。

曲がり角曲がり角を適当に折れているつもりで、結局来た道をそのまま逆に辿り直しているだけなのだろうか、急に闇がいっそう濃くなり息苦しさに喘ぐようにして周囲を見回したときには、半ば予期していたことながら栩谷は何ものかに操られるようにいつの間にかまたあの木造アパートの前に出ていた。後ろからするすると追い抜いて真っ暗な玄関へ入ってゆく影があり、その暗闇の中から、

「まあ、ちょっと、どう……」という湿った声が霧雨を縫って栩谷の耳に届いてきた。おずおずした申し出とも聞こえ、またいい歳をした中年男がそうしたおずおずした言いかたをすること自体図々しさの極みとも聞こえ、騙されることの快感に酔うような気持で栩谷はその声に誘われて、ふたたびそのアパートの玄関に吸いこまれていった。みしみしと階段を昇ってゆく後ろ姿についてゆくのは今度は栩谷の方だった。みすぼらしく背中を丸めたその後ろ姿が階上に消えてゆくのが踊り場の鏡に映り、しかしそれに続いて自分の顔をそこに認めるのが厭で栩谷は目を伏せて通り過ぎた。階段を昇ってゆく背中が鏡に映っているが、案外、あれが俺の背中なのかという考えが頭を掠め、いや背中が映ってもそれは

俺の目には見えないはずで、俺の背中を見ているなら俺は俺ではなく、では誰なのだといったとりとめのない妄念がぐるぐると渦を巻く。

伊関の後に続いて部屋に入ると暗闇の中にコンピューターのディスプレイだけが明るく輝き、その画面にはスクリーンセイバーの抽象模様がぐにゃぐにゃと動いている。スウィッチが押されて部屋がぱっと明るくなるとずっと暗い中を歩いてきたので栩谷は一瞬目が眩み、しかしそれで多少は酔いが醒めてしゃんとして、

「いや参った。どうも俺は今日はよれよれになっとるなあ」と弁解気味に呟いた。

「まあいいじゃないの。ま、もう少し、酒でも……」という伊関の口調は相変わらずうわべだけはおずおずと遠慮深げだった。

「帰らんとなあ」しかし結局俺はどこへ帰れるというのだと栩谷は思った。帰るというのは迎えてくれる人がいてくれる場所のことではないか。

「泊まっていってもいいんだぜ。空いてる部屋だったら今通ってきた廊下の両側にたくさんあるし」

「ふふん」

「鍵が掛かってるけどな、俺、実は合い鍵持ってるのよ。どの部屋も開けられる。もっとも布団も何もないけどな。今日なんかあっちこっち雨漏りしてるかもしらんが」

「しかしなあ、俺はあんたを追い出しに来たんだぜ。それじゃあ、みいら採りがみいらに

なるっていうようなことじゃないの」俺の「お優しい性格」は伊関にすっかり見くびられたかと栩谷は思った。

「そうだよな、おかしいね」伊関はおとなしく応じ、くっくっと含み笑いしながら、「あんたがここに住み着いちゃったりしてね。小坂がどんな顔するか」

伊関が国産の安ウィスキーの瓶とコップを二つ出してきた。今はにおいの正体がわかったせいか、アパート中に充満している焦げたような黴臭さがさっきよりもいっそう強まっているように栩谷は感じ、それにしてもこの湿気はやりきれないと思った。この部屋にはさすがに雨漏りはないようだったが、それでも畳に自然にキノコが生えてきても不思議でないようなじとじとした空気だった。卯の花腐しか。俺もどうやら腐りかけてきたか。

そうだ、当然のことだ、と熟した酔いの熱の籠もった、しかし芯のところは冷たく冴え返った頭で栩谷は考えていた。俺があいつを憎んでいたというのは事の半面にすぎない。俺があいつを嫌っていた以上に、実はあいつの方が俺を嫌っていて、ぼんくらの俺よりはるかに明敏なあいつは自分のそうした気持も、俺の無意識の憎しみもはっきりと知っていたに違いない。そうだ、あいつが祥子を寝取った理由もきっとそれなのだ。俺に露見しているということ自体もあいつはもちろん察していたはずで、結局俺という男は自分の女を寝取られても恋愛よりは友情を取ると自分に言い聞かせて済ませてしまうようなやわな人間で、あいつに対しては何も言わずに気弱に微笑んでいるだけだと正しく見透かして、高を括って、そうしながら蔭でせせら笑っていたのだ。祥子の事故死を俺から伝えられてどうもご愁傷さまと頭を下げたときいったいあいつは何を考えていたのだろう。あいつはあいつなりにほんの少しでも祥子を愛していたのか。まさか。

憎悪は一瞬滾《たぎ》り立つように昂ぶり、それから小降りの雨が外のアスファルトだか窓ガラスだかを叩くしとしとというしめやかな音に鎮静されるようにして徐々に紛れていった。他人に心の動きを悟られまいとするのが習い性となっている栩谷は、不意に滾った憎しみからあえて思いを逸らすようにして、さっき部屋に入って真っ暗な中にパソコンの画面が輝いているのを見たときふと心に浮かんだことを口にしてみた。

「あんたさあ、あんなたくさんキノコ栽培して、あれ売ってるんじゃないの」

伊関は自分のコップに目を落としたまま答えない。

「キャバクラの女の子を引っ掛けるためのただの小道具かい。まさかそんなことじゃあないだろ。あんなに大量に……」

「そう大量でもないけどな」

「そのパソコンで……」

「まあね」伊関は目を上げてにやりとした。

「ははあ、電話も通じているわけだしな」

「ふふん。インターネット通販っていうやつだよ。ネット上になかなか辿り着けない、しかしわかるやつにはわかるといったような広告のサイトを開いておいてね」

「金の亡者かい」

「あんまりはっきりとは書かずに、グラム何千円ってね。足がつかないように定期的にサイトを潰しちゃあ、別のアドレスに移っていく」

「足がつかないようにって、だって法には触れないんだってさっき言ってたじゃないか」

「あれ食べること自体は何の犯罪でもないんだが、売るのはね……。俺は食品販売の免許持ってないしなあ」

「ははあ、いいこと聞いた。なら、あんたここから追い出すのは簡単じゃないか。ちょいとそのことたれこめば一発じゃないの」

「しかし、あんたはそんなことせんだろう」というおずおずした口調の背後に、またあてんから栩谷を見くびっているような図々しさがちらりと覗いた。我ながら腹立たしいような気がしなくもないが、たしかに俺は、小坂なり警察なりにこいつのことをたれこんだりはきっとしまいと栩谷は思った。それは俺が、こいつにもこいつのキノコにも結局それほど興味を持っていないからだ。それをこいつは見透かしている。

「あのねえ俺、キノコ売って金儲けようとしているわけじゃないんだ。要するに遊びよ。本当のところ、菌糸を植えてちょっと気をつけてれば、あんなもの、けっこう簡単に増えるんだよ。ただ、ちょろちょろ小口で通販やってたってそんな儲かるもんじゃないの。俺は、面白いからみんなでああいうもの食えばいいと思うだけ。ほんとになあ、みんな我慢して我慢して、小さいプラスをチマチマ稼いでさ、せいぜいのところホルモン焼き食ってチュウハイ飲んで憂さを晴らしてさ、まあそんなものでしょう。人生そんなものと自分に言い聞かせて諦めてるだけでしょう。で、さもしい魂胆でキャバクラなんか通っても、もちろん女の子からはまともに相手にされなくて、金だけ毟られてさ、そういう惨めなことを我慢するのはもうやめようよってことなの。もう右肩上がりの時代なんて永久に戻ってこないし、第一、たとえ右肩上がりでも良いことなんか碌にないんだってことが、もうみんなにわかっちゃったわけじゃない。マジック・マッシュルーム食って幸せになってた方がどんなにいいか」

「幸せっていうけど、そういう楽しいことばかりじゃないようだったぜ」

「あれは例外。あの娘、ああ見えて、結局どっかがねじくれてるんだろう。当人の心の中の問題だ。どうも父親をひどく憎んでるらしいねえ。まあそんなことはどうでもいい。とにかくさっき言ってたブラックホールね、俺はあれに東京も日本も呑みこまれちまえばいいと思う。ちっぽけなプラスを一生懸命かき集めたってもう何にもならないんだから。日本なんて今はもうみなし児みたいなもんだろ。係累なしで、世界で孤立して。もう下手に足掻いたり頑張ったりしない方がいいんだよ。マッシュルーム食ってぽやっとしてるに越したことないんじゃないか。……」

　だが、そんな冗談ともつかぬことを思いつくままつるつる上っ調子に喋りつづける伊関のうそうそとした挙措と性急な口調に、「ぽやっと」などというのどかなたゆたいはかけらもない。チックと言うのか、伊関は話しながら絶えず顔の片側をひくりひくりと痙攣させ、そのたびその窪んだ小さな目の片方で馴れ馴れしくウィンクされているような気がして栩谷は不快だった。こいつの中にも澱っているものがあるのかと栩谷は思った。澱るというのは、本当はひどく根深いものだ。それは勢いにまかせて暴発することではないのだ。嵩を増した川水が堤防を越えて一時に溢れ出し、淀んだちりあくたと一緒に人がそれまで営々と築き上げてきたものまで何もかも押し流してゆくといった爽快きわまる暴力のことではないのだ。澱るというのはしぶとく消長を繰り返し、埒を越えかけてはまた戻り、静まるかと思えばまた昂ぶって、臨界のきわのあたりでいつまでも蠢きつづける鬱陶しいたゆたいのことだ。仄かな憎しみが栩谷の中で静かに澱り、それに何か親密に反応するものがこのキノコ作りの男の中でもたしかに動いていた。この男が挑むように口にするシニックな人生観に必ずしも共感したわけではないし、そもそもあまり一緒にいたいような男ではないけれど、陽気さを装っているだけにいっそう陰鬱なこいつの饒舌の裏側に潜んでいる憎しみには、俺の中で何か響き合うものがあると栩谷は考えていた。

　祥子はいずれ中年男になった俺の中にこんな陰気なキノコみたいなものが繁殖することになるのを知らないまま死んでしまったなと栩谷は考え、とたんにいや、と思い直した。

ひょっとしたら三十前の俺の心の奥底の襞にもすでにこんな不吉なものの菌糸が絡みついていたのではないか。祥子は俯いてごめんねと聞こえるか聞こえぬかというほどの声で呟きながらそれをちゃんと見てとっていたのではないか。雨水のくすんだにおいを籠もらせたまだ三十前の貪欲な男の四肢に身を委ねながら、栩谷を迎え入れたその自分の軀の奥底で、彼のうちに早くもはびこりかけているそうした不吉な菌糸のそよぎを感じ取っていたのではないか。

ここ十年ほど、性に対してのみならず生きることにまつわる様々な欲望のどれに対しても栩谷は淡白で、それが自分自身に対する栩谷の諦めだった。そういう言葉で考えたことはなかったが無意識のうちには結局、ただそこそこ厭な思いをせずに歳をとっていければそれでいいと諦めていたのかもしれない。事務所の経理を滅茶苦茶にして逃げた友達が栩谷のうちに見て憎んでいたのはたぶんそうした消極的な自足ぶりそれ自体だったのだろう。栩谷にしてみればここ数ヵ月ほどの目の色を変えた狂奔ぶりの方がむしろ例外的な事態で、俺みたいな淡い男をそんなふうに動揺させてみたいというのが実はあいつの欲望のいちばん大きなものだったのかもしれないなと栩谷は考えて一時に酔いが引くように感じ、しかし一拍置いてさらにいっそう深まった酔いがべたりと粘りつくように戻ってきた。どの女に対しても俺は貪欲に振舞わなかった。振舞うことができなかった。しかし祥子に対してはどうだったのか。それまで栩谷の記憶の中の二十代末の彼自身は、おえたった男根そのものと化して世界に向かって発情し、女の薫る肉に一途に自分を溢れ出させることに何の疚しさも疎ましさも覚えずにいる若い男だった。だが本当にそうか、と何か酢のような味のする生ぬるいウィスキーを口に含みながら栩谷は突然あやふやになった。そんなふうに自分を思い出すのは実は記憶の詐術でしかなく、彼のうちではもうあの頃からすでに陰気に澱っているものがあったのではないだろうか。祥子に対しても俺は本当のところは心の底から貪欲ではなかったのかもしれない。だから祥子は死んでしまったのではないか。そこまで考えたときつい手が震えてウィスキーがこぼれじっとり湿ったきたない畳に新しい染みを作った。

「……世間っていうのはね」と喋っているのは今度はどうやら自分の声らしいと不意に栩谷は気づいた。もう真夜中をとっくに回っているだろう。「世間っていうのは本当に非情なもんだ。そのことをだんだん覚えていくのが結局、大人になるってことだろう。ただ、非情と見きわめたうえで、頭《ず》を低くして他人を立てようと一生懸命になっていれば、世間の方でもそれなりに手加減してくれるようになる。こっちを庇ってくれる。時によっては多少は甘えさせてくれもする……」

「お優しいねえ。あんたはほんとに甘いねえ」と伊関の燥ぎ立った声。

「いやいや、まあ聞け。人は結局独りで死んでゆくわけだ。でもなあ、そういう冷たい真実をほんのひとときなりと忘れさせてくれるのが世間だよ。世間っていうのは、そういうぬるま湯みたいなところがあるんだよ。ところが、問題はその先だ。その世間から出てしまったらどうする。するっと抜けちまうんだ。道路の続きのつもりで足を出したら、いきなりもう地面がなかった。空《くう》を踏んで、転げ落ちる……」

「だからそれが幽霊よ」

「呑みこまれるのか」

「呑みこまれて、プラスの札が全部マイナスに転じてね。ブラックジャックなら大勝ちだ」

「あんたがそれかい」

「そうよ。足が虚空を踏んで、いきなり転げ落ちて」

「空っぽか」

「空っぽというわけでもない。たとえば俺のマッシュ食ってもいいじゃないか。いろんな魑魅魍魎が出てきて空っぽを埋めてくれるぜ」

「くだらん」

「そう馬鹿にしたもんでもない。あんたに安く売ってやろうじゃないの」

「まあ、ごめんだね、俺は。空っぽなら空っぽのままでいいよ」

「あんたにはまだわかってない。何にもわかってないな。あんたって人はまだ世間の中にいると見たね、俺は。まだまだ呑みこまれてなんかいないのよ。いろいろ不平をぶうたれながら、それでもまだぬるま湯に漬かってるんだよ。まだまだいろんなものに組っているだろう。空っぽってどういうことだかわかっていやあしねえ。ほんとに空っぽになっちまったとき初めて見えるのよ」

「何が」

「……この世の花だろうなあ」と、突拍子もない言葉が出た。

「美しい化け物の後は、この世の花か。あんたは詩人か何かかい」

「この世の花。それをいとおしむ気持ってものがね。初めて湧くの。空っぽをどう愉しむか、虚空を踏みながらどうやって面白く生きるのかっていう、せめてものケアーだよ。こころくばりだよ」

「じゃあ、生きるのか、やっぱり」

「そう、生きる」

「生き死になんざどうでもいいって、さっきあんた言ったろ」

「どうでもよくなって、それでもまだ生きる。業だよ」と、すっかり目がすわってしまった伊関は粘りつくように言い、長い髪に指を差し入れてぐりぐりとかき回しながらウィスキーをまた一口呷った。片目と口の片端の痙攣がやまない。

栩谷は久しぶりにとことん酔った。最初の瓶が空になり、もう一本のウィスキーを伊関がどこかから出してきて口を開け、ぶるぶる震える手で瓶を持って栩谷のコップにぐびぐびと縁近くまで注いだのは覚えているが、そのあたりでことりと意識が途切れた。それからどれほどの時間が経ったのか、酸素を求めて喘ぐようにして大きく一息吸い込みながら不意に目醒めたとき、真っ暗な中にキノコの腐臭が耐えがたいほど強くなっていて、お、何だ、と慌てて軀を起こそうとすると背中から尻にかけてぐっと沈みこむような妙な感触があり、軀の下でぎいっとスプリングが軋んだ。薄気味悪くぼんやり灯っている紫色の蛍光灯が足元と枕元の壁に床から天井まで積み上がり、狭い空間を仕切っているのが目に入って、どうやら自分は隣の部屋の、先ほどあの茶髪の娘が寝ていたベッドに横たわっているらしいと見当がついたが、同時に横手の襖の向こう側からあっ、あっ、ああっという若い女の吐息交じりの嬌声が伝わってくるのに気づいた。糞、あの野郎、と栩谷は思い、起き上がって帰ろうと決めて軀を横にし、片肘で支えて上半身を宙に浮かせたが、ひどい吐き気が突き上げてきて思わず呻き、力が抜けてまたベッドに倒れこんでしまった。その呻きとベッドの軋みが隣に伝わったのか、嬌声が一瞬止み、ひとことふたこと何か囁き交わす声があったが、さして間を置かずに嬌声はまた始まる。最初のうちは抑え気味のくぐもったものだったが、やがてははばかることのない大きな喘ぎも混じるようになった。あのアスカという少女なのだろうか。

その物置のような小部屋に充満するキノコのにおいで吐き気がいよいよ募り、また口の中がひりついてたまらず、隣の部屋であいつらが何をしていようととにかく俺は起きて水を飲みに行くぞと断乎として考え、今度は別の側に躯を横にしてまた肘をつき、しばらくそのままでいたが、結局また力が抜けてぐたりと倒れ込んでしまう。これは堪らない。少し経って、そうだ、結局あいつは今日会ったばかりの得体の知れぬ男なのだったという警戒心が栩谷に湧き、はっとして自分の躯を探ってみると、上着を脱ぎネクタイは締めたまという先ほど酒を飲んでいたときのままの格好で寝転がっている。あ、財布はさすがに用心してズボンのポケットに入れておいたのだったと思い当たり、腿のあたりを触ってみると、その財布の形の四角い脹らみを指でなぞることができてひとまず安堵した。こんなところでくたばっている場合か。そう思って息を整えているうちにまた眠りこんでしまったらしい。

さらにどれほど時間が経ったのか、文字通り花が腐っているような甘い馥りがむうっと鼻をつき、次いでぬめぬめした柔らかなものが唇にかぶさってきたのを感じ、栩谷は徐々に昏睡から引きずり出されていった。吐き気が突き上げて、顔をそむけてそのぬめぬめしたものからひとたび逃れたが、それは栩谷の唇を追ってまたぴたりと張りついてくる。柔らかで重い魚の屍骸のようなものに胸から腹から足の方までのしかかられていて、そこから伸びた両手が栩谷の顔の上を滑り髪の中に入ってきて、十本の指が絡みつくようにして頭をしっかり抱えこんでしまったので、もうそのぬめぬめしたものから唇を引き剝がそうとしても頭を動かせない。それはひとしきり栩谷の唇を貪り、それから濡れた音とともに離れ、しかし栩谷の鼻孔近くにとどまったままかすかに喘いで、その瞬間また栩谷はさっきの甘い馥りに取り巻かれてくらくらした。それは若い娘のまだ子供こどもした乳臭い息で、ただそこには煙草のにおいもアルコールの饐えたにおいも混ざっているようだった。顔は翳に入ってよく見えないが、周囲のキノコのケースに取り付けられた薄ぼんやりした蛍光灯の紫の光に浮かび上がった女の髪はやはりあのアスカの茶髪のようだった。

「おい、ちょっと……」待ってくれと言おうとしたが口の中ががらからになっていて声が引っ掛かってうまく出てこない。アスカはまた唇を押しつけてきて、そのうち唇の間から舌が出てちろりちろりと栩谷の唇や歯茎を舐めまわす。少女の軀はぐたりと力が抜けきり柔らかな重みとなって栩谷の軀に粘るように張りついていた。何か不定形の軟体動物に包みこまれているようでいくらか不安になり、栩谷は手を上げて自分の軀の上の肉をまさぐってみる。アスカの裸の背中をずっと滑らせていった掌が尻のむっちりした丸みにまで行き当たる。また素っ裸になっているのか、こいつ。いったいどういうつもりなんだよ。栩谷はアスカの息にキノコのにおいが混ざっているかどうか嗅ぎ分けようとしたが、もともとあの腐臭はこの部屋自体に立ちこめているもので、栩谷の嗅覚も馴れてしまっているのでよくわからない。アスカに唇の間を舐めまわされているうちにそのあたりがぬるぬるになってきて、唾は栩谷のものかアスカのものかよくわからないが、とにかくひりついていた口中も潤ってきて、やがて思わず知らず栩谷の舌も動き出しアスカの舌と絡み合うようなかたちになった。

　アスカは上半身を起こし、栩谷のネクタイの結び目に指を掛けて乱暴に引っ張った。おい、それじゃ首が締まるだけで解けないよ、苦しいからやめろ。栩谷の言葉は相変わらず声に乗らない。栩谷は何か諦めたような気持になり、自分からネクタイを解いて傍らに投げ捨て、ワイシャツのボタンも外した。アスカの舌先が栩谷の乳首を捉えてちろちろと舐める。こんなに泥酔していては事に至ってもどうせまともなことはできはしまい。栩谷は、

「眠いからやめてくれ」という掠れ声を辛うじて押し出したが、それが耳に入った気配のまったくないアスカの片手が伸びて、指を栩谷の口に差し入れてくる。舌で乳首をなぶられ、アスカが無造作に差し込んできた人差し指と中指と薬指の三本で口の中をかき回されているうちに先ほど滾っていたものがまた栩谷に戻ってきて、こんな小娘にいいようにされてたまるかという憤りが突き上げて一瞬力が漲り、軀を横にしてアスカの軀を傍らにずり落とした。狭いベッドの上で互いに横向きのまま向かい合い、

「おまえなあ、またキノコでぶっ飛んでるのか」と囁きかけてみたが、アスカは目を瞑り黙りこんだままでいる。やがて薄目を開き、また唇を栩谷の唇に押しつけてきたが、その直前に栩谷はその切り傷のようにうっすら開いた一重瞼の目に憎しみの色が動いたのをたしかに認めた。あの娘、ああ見えて、結局どっかがねじくれてるんだろう……。こいつの

父親っていうことは要するに俺くらいの年恰好の男か。軀を入れ替えて、今度は栩谷の方がアスカの上に馬乗りになって少女のほっそりした軀を押さえこむかたちになった。と、少女の口から、

「もう……いやあっ」という高い叫びがいきなり上がった。

「いやあって、おまえの方から乗っかってきたんだろ」と栩谷の口からも今度ははっきりした声が出て、その自分自身の言葉に誘われるように急に残酷な気持が漲った。ワイシャツを脱ぎ捨て、軀をアスカの両脚の間に強引にねじこむ。眠っている間に苦しくなって無意識にベルトの留め金もホックも外していたようで、ズボンはずり落ちかけていたがそのチャックを下まで下ろしパンツも下ろし、憎しみを凝《こご》らせた硬いものを剝き出しにして、手でまさぐると思いがけず溢れるように潤っているところに突き入れようとした。少女がまた薄目を開けて、

「向こうから……だんだん燃えてくる……。火がこっちに来るう……」と不安定な声で言う。そうかそうか、燃えちまえと栩谷は思った。新宿駅も伊勢丹も「ドン・キホーテ」も都庁ビルも、映画館もホテルもコマ劇場も、何もかも燃えちまえ。娘の腿の方までとろとろと広がっているこの生暖かいものはひょっとしたら伊関の精液かという思いが掠め、しかしその直感は栩谷のペニスをいっそう硬くこわばらせるだけだった。汚穢の中に沈んでいけ、底の底まで堕ちていけと自分に言い聞かせながら栩谷は少女の首の下に腕を回し、

もう片方の手は少女の太股に押し当て白く細い軀を折り畳むようにして優しく抱きしめた。何か全身の皮膚がひどく過敏になっていてその過敏さはペニスの先端で煮凝るようにきわまり、それが少女の馥り立つ両腿の間の複雑に重なり合うようになった粘膜を掻き分け、ずいぶん潤っているようなのにみしみしと軋みながら少しずつ少しずつ中に入ってゆくにつれ、そのかすかな軋みの一つ一つが脊髄に響くようにして伝わってきた。それから栩谷の記憶に炎が広がった。

そう、本当に、火がこっちに来る……。窓のない座敷牢みたいな小部屋の闇の中にいながら、栩谷は何か広い場所に出て、あちらこちらに噴き上がる油井がぽつりぽつりと炎を上げている静かな遠景を見つめていた。あちこちから火の手が上がり、点在するその炎の染みの群れがやがて繋がって帯になり、地平線にすうっと伸びて、その眩しい炎の帯がこちらに向かっていちめん広がりながら思いがけない速さで近づいてきた。ああっ、ああっという続けざまに高まりはじめたアスカの声はさっき襖越しに聞こえてきたものとやはり同じで、こんなふうに滾っているものが結局のところ良かれ悪しかれ俺のいのちなのだ、それをこの女の襞々の深まりのいちばん奥へ注ぎこむのだと栩谷は思った。しかしこれはいったい何なのだと訝しむだけの頭の働きはそれでもまだ残っていた。俺は酒に酔っているだけであのキノコなど食っていやしないのに、何でこんなものが見えるのだ。軀と軀が深いところで繋がったとたんこの女の見ている幻覚が俺の頭の中にも映し出されるようにでもなったのか。

「やだあ……」とアスカの声が今度は急に低い呟きになる。「濡れるう……」

炎はもうどこにもかしこにもあって栩谷と少女の軀を舐めていた。そしてアスカの言う通り、炎に舐められたところが焼け焦げるどころか逆にひんやりと濡れそぼってゆく。

「何でえ？　火なのに、冷たい……。やだあ」

背中をちりちりと炙りはじめた炎は腿へ、脹脛《ふくらはぎ》へ、足先へと広がり、肩から胸や腹へも回り、栩谷をじりじりと濡らしていった。軀中が冷たく痺れてゆくのがしかし途方もない快感で、ああこうして痺れてゆくな、思い出すことの一つ一つも凍りついてゆくなと考えているうちに、甘い肉の中を掻き回しているペニスだけが徐々に熱し、いっそう硬くなり、膨張を続け、しまいには栩谷自身の軀と同じくらいの大きさになっていった。いや、栩谷の軀の方は痺れきったままもうほとんど存在していないも同然で、栩谷自身は掻き消え、消えてしまった何もない場所から、誰のものともつかぬペニスにどっくん、どっくんと血が流れこみつづけるのを為すすべなく耐えているだけだった。そのペニスは今や文字通り火に炙られたように熱していて、それをきつく、またゆるく、緩急をつけながら締め上げている肉の襞の方も火傷しそうに熱い。栩谷はこの古家の天井を一挙に突き抜けて空に舞い上がり、暗がりに沈む大久保から満艦飾のネオンがきらめく歌舞伎町まで見渡して、じりじりと広がってゆく炎の帯がそうしたすべてを呑みこんでゆくのをけうとく眺めていた。アスカが声をかぎりに叫んでいるのが、しかしひどく遠いところから耳に届いてくるようだった。右手に見える天に突き出している副都心の高層ビル群も、左手に黒々と静まり返っている御苑の森も、波頭を蹴立てて寄せてくるあの炎の波をほどなくかぶり、ゆるやかに没してゆくことだろう。そしてその火の海はもっともっと広がりつづけ、彼方に一筋コールタールのように伸びている東京湾の海面にまで侵入してゆくだろう。俺のペニスから発した炎の帯がこの町の全体を呑みこむだろう。ブラックホールに呑みこまれるだと。おまえはまだまだ呑みこまれていないよだと。馬鹿を言え。呑みこまれるんじゃない、俺が呑みこむのだ。

すうっと下りてきて小部屋の薄紫色の仄かな明るみの中に戻ると、アスカのううっ、ううっという声はまだ続いているがずっと弱々しくなっていて、そう言えばあの男、何と言ったか、伊坂、伊崎、いや伊関、そうだ伊関は今すぐそこの襖の向こう側にいて、この少女の快楽のとも苦痛のともつかぬこの呻き声に聞耳を立てているのだろうか、先ほどの俺のようにという思いが湧いた。襖一枚隔てただけのこの騒ぎが耳に入らないほど深く昏睡しているなどということはありえまい。栩谷はぎしぎしとスプリングを軋ませて腰を動かし、痺れていつまでも硬くなったままのようなペニスでアスカの軀をえぐりつづけながら、隣室の気配にふと耳を澄ます態勢になった。そうだ、あいつはどんなかすかな音も聞き逃すまいと襖に耳を押し当てているに決まっている。ひょっとしたらテープに録音でもしているんじゃないか、いやそれどころかこの部屋には何か陰険な仕掛けが凝らしてあって今の俺たちのしていることをビデオにでも撮っているんじゃないか、それで商売でもしようとしているんじゃないかという考えが立て続けに閃き、カメラを見つけようとして栩谷は顔を上げ周囲を見回した。こんなふうにあさましくもこもこと尻を動かしている俺の姿がインターネットのあいつのサイトに映ったりしているんじゃないか。あいつのこの世の花を愉しむ心なんてその程度のものだ。笑わせやがる。糞、こん畜生。何時頃なのだろう。ひょっとしたらもう疾うに夜は明け雨も上がって外には陽光が漲っているのかもしれないが、この狭苦しい物置に閉じ籠もっているかぎりこの薄ぼんやりした陰気な蛍光灯の光に取り巻かれ、紫色の微光に浸されているしかない。耐えているしかない。そのときアスカが、

「ああ、冷たいよお、いやあ……」と声を上げ、それが耳に届くか届かぬかというちにびしゃりと濡れそぼつ感触がまた栩谷に戻ってきた。周囲の紫色の仄かな耀《かがよ》いがいきなり水滴に変わって軀中の皮膚にびしゃびしゃとへばりつき、どんな小さな隙間や窪みにまでも染み通ってくる。いつの間にかペニスは萎んでぬるっと抜け、小さく縮こまってしまっていて、栩谷は自分が薄汚れた屍骸になってもうずいぶん長い時間が経過し脇の下だの股間だのにはいやらしい蛆さえ涌いているのを知った。こんなきたならしい腐肉にぴったりと寄り添われてこの娘はどんなにか厭だろう、おぞましいだろうと何か相手を気の毒に思

うような気持で栩谷がアスカに顔を寄せてゆくと、だらしなく口を開けその端からは涎の筋を垂らして喘いでいるアスカの息も、肉の腐ったにおいがいっそう強くなっていて、そうか、この女も死んでいるのだ、ずっと前から屍骸と化しているのだとわかった。こんなふうにいのちといのちをぶつけ合うなまなましい行為に耽っているようでいて、本当は少女も中年男も疾うに腐りきった肉の堆積でしかなく、後はもう酸に汚れた雨にうたれとろとろに溶け互いに交じり合ってゆくだけなのだ。では、こうして土に還ってゆくのか、それならそれでいいと栩谷は思った。

そのときどういう記憶の仕掛けが働いたのか、紀伊國屋のずっと上の方の階の人影がまばらな専門書の書架の前で、大学のサークルの一学年下の後輩で顔ぐらいは見知っていたが二人きりではほとんど口をきいたことさえなかった祥子とばったり出喰わしたこれもやはり雨の午後の、べたべたと肌にまとわりつくような生暖かい空気の感触がいきなり蘇ってきた。卒業して四年、あるいは五年ほども経っていたのだろうか。昼間から何かのどかな気分で本屋の棚を物色していたのだからたぶん休日のことだったに違いない。あ、あの女、と目に留めた祥子の横顔は妙に真剣で、立ったまま一心不乱に何かの本を読み耽っていた。馴れ馴れしく声を掛けづらい雰囲気でしばらくためらったが、ようやく名前を思い出し思いきって呼びかけてみるとその真剣な顔のままくるりと振り向き、栩谷の顔を思い出すのにわずかな間があったが、ひとたび栩谷の顔と名前が一致すると、まるで子供のような無邪気な笑みが口の端に仄かに浮かんだ。嬉しくても悲しくても大袈裟な表情が顔に出るわけではないが、無限に変わる仄かな表情のあえかな推移だけで驚くほどたくさんのことを語れる女だった。雨の中を歩いて靖国通りに近い喫茶店まで行ってお茶を飲み、電話番号だけ聞いてその日は別れたのだ。祥子は始終にこにこしていたが、それが前の男と別れかけて別れきれないといった祥子にとっていちばん辛い時期で、栩谷の持ち出す他愛のない話題にほんのりと笑みを浮かべて相槌を打ったりしてくれていた間中も心がずたずたになっていたに違いないことを栩谷が知ったのはずいぶん後になってからのことだ。その日も祥子は幼稚な駄々をこねて一方的に祥子を傷つける男から逃れて新宿に出て、ひときの慰めを求めて紀伊國屋の書棚の間をさまよっていたのだった。

紀伊國屋の通路に立っていた若い女の、血の気の引いた、途方もなく真剣な横顔、その人生でまだ栩谷という男の顔を本当に見つめたことのなかった時期の祥子の顔。もう俺はこのままとろとろに溶けて土に戻ってゆくのだと思ったときどうしてこの二十年近くも昔の一瞬の情景が蘇ってきたのだろう。そうだ、たしかあのとき雨の街路が見えるガラス張りの喫茶店での雑談の途中で弔いの風習が話題になったのだ。祥子の立ち読みしていた本の話になり、それが祥子が大学で専攻した文化人類学か何かの本だったのだと思う。あたしの田舎ではね、ところによってはまだ土葬の風習が残っている集落もあるんですよ。どういう話の流れかすっかり忘れてしまったが、そのとき祥子はふとそんなことを口にしたのではなかったか。そんなことはすぐ忘れてしまったし、栩谷も立ち会った告別式で祥子の遺骸が立派な火葬場で荼毘に付されたときも、そんな言葉は思い出してみもしなかったが、そうだ、栩谷は言ってみれば祥子と初めて出会ったまさにその日に、死を弔う仕方についての会話を交わしたのだった。

いつの間にか眠りに落ちていたようで、大きなくしゃみを一つして目が醒めたときには多少の吐き気と頭がずきずき痛むことを除けばわりあいさっぱりした気分だった。ベッドには栩谷一人でアスカの姿は消えていた。相変わらずのキノコの腐臭の中に若い女の甘い体臭の残り香がはっきり嗅ぎ分けられる。咽喉の渇きがひどく、とりあえず皺くちゃのワイシャツとズボンだけ身に着けネクタイは丸めてポケットに突っ込んで隣の部屋に行ってみる。伊関が寝たのだろうか、薄っぺらな布団と古毛布がくしゃくしゃになっているがそこにもやはり誰もいない。栩谷は流しのところに行き、器が見当たらなかったので首を突き出して蛇口に直接口をつけ、こぼれた水が耳から頭に回って髪がびしょ濡れになるのも構わずごくごくと腹一杯になるまで飲んだ。部屋は薄暗がりに沈みかけていて、どうやらもう翌日の夕刻が迫っているようだった。ここ数週間というものほんの二、三時間の浅い眠りから醒めてしまうともうそれきり眠りが訪れないという日々が続いていたので、その疲れがどっと出て昏々と丸一日眠りこんでしまったようだった。カーテンの隙間から外を覗いてみるともうほとんど夜に近い暗さで、人通りのない路地はまだ濡れているが雨はもう降っていないようだ。人影一つなく、車の通る道も遠くはないはずなのに何の騒音も伝わってこない。実際、部屋の内も外もかさという音すらなく、防音設備のスタジオの中に籠もっているような具合で、俺は本当に死後の世界に出てしまったのではないかという考えがふと浮かび、いつの間にかあの伊関という男の胡散臭い文学趣味が感染したかと少々おかしくなった。コンピューターの画面も死んでいて、目に入るかぎりで動くものと言えばそのスウィッチの切れたディスプレイの脇のガラス鉢の中で、昨晩は死んだようだった金魚だけがやけに勢いよく泳ぎ回っている。

ここは静かだなと栩谷は思った。ここは居心地がいい。俺がここに棲みついてしまうか。昨晩も何かそんな話が出ていたな。みいら採りがみいらになる。結構なことじゃないか。ここに籠もってキノコ栽培をしながらひっそり生きてゆくか。

栩谷は手早く身支度してアパートの廊下に出た。ドアの鍵は掛けないままで立ち去るほかあるまい。階段を下りて踊り場まで来て、もう習慣になってしまったようにまた脇の壁に掛かった鏡の中を覗きこむ。くたびれた顔の中年男がいつものように現われたが、一瞬遅れてその背後の、わずか離れた階段のあたりに小さな白っぽい女の顔が浮かび上がった。薄暗い裸電球にぼんやり照らし出されたやや俯き加減の横顔は祥子のもので、それは栩谷の視界をゆっくりと掠めて階上へ消えてゆく。鏡の端をただすうっと横切って消えていっただけだが、しかし明かりを後ろから受けて翳の中に入っている栩谷自身の顔よりもむしろ目鼻立ちはくっきりと見えた。階段を軋ませる軽い足音もかすかに響き背後を遠ざかってゆく。とろとろに溶けて土に染みこんでいった祥子の魂は今になってさみしくてたまらずおずおずと栩谷を呼んでいるのだろうか。祥子の入水を事実として受け入れても栩谷にはもう失うものは何もなかった。どうしてこんなに濡れるのよと眉間に皺を寄せてなじりながらも背広に一生懸命タオルを押し当ててくれていたように、祥子はいつでも俺を赦してくれたなと栩谷は記憶の中に改めて身を泳がせ、鏡の奥に瞳を凝らしながら、ここ十数年というもの、俺は今のこの瞬間を、この瞬間だけを待ちつづけていたのかもしれないとふと思った。こわごわ振り返って階上の暗がりに向かって伸びている階段の続きを見上げると、もうその白っぽい後ろ姿は二階の廊下の方へ折れてゆくところだった。その後を追おうとして栩谷は今下りてきたばかりの階段の最初の段にもう一度足を掛けた。

戯れの後に

著者から読者へ

松浦寿輝

わたしは小説というものを、一篇十五枚ごとの、短篇というより掌篇の連作として書きはじめた。この十五枚というのは今はもうあまり実用に供されていない四百字詰め原稿用紙に換算しての話で、字数で言えば六千字に当たると、ただちに断っておいた方が良いかもしれない。時代が変わるとつまらぬ断り書きが必要になるのが鬱陶しい。

その連作が『もののたはむれ』（新書館、一九九六年十二月刊）というタイトルの本になった後、少しずつ航続飛距離を伸ばし、だんだんと三十枚、四十枚さらには百枚を超える短篇、中篇を試みるようになっていった。本書にその全体を収録した『幽 かすか』『花腐し』の二冊は、そうした模索期に書いた諸篇を集めた本である（ともに講談社、前者は一九九九年七月刊、後者は二〇〇〇年八月刊）。

年代的にもっとも早いのは『群像』一九九八年五月号に発表した「シャンチーの宵」

で、これがいわゆる文芸誌に初めて載せてもらった小説ということもあり、執筆の事情を思い起こすと格段に感慨が深い。当時同誌の副編集長だった石坂秀之氏が『もののたはむれ』を読まれたらしく、何と奇特なことかと今でも思うが、松浦というのがどういうやつかよく知らないが、もう少し息の長いものを書かせてみたら面白いかもしれないと思い立ってくださったのだ。もしそういうことがなかったら、基本的には詩人、大学人である男が、あるとき『もののたはむれ』という小説めいたテクストをふと戯れに書いてみた、そしてそれっきりに終った、ということでわたしは平穏に年老いていったかもしれない。

実際、『もののたはむれ』は、こんなものを小説作品などと自称するのはおこがましい、せいぜいのところほんの戯れ、遊びでしかないという、照れと謙遜の入り混じったような気持で付けたタイトルだった。澁澤龍彥に『玩物草紙』という非常に美しい随想集があり、その洒落た題名も何となく頭にあったかもしれない。澁澤氏は『書経』由来の「玩《がん》物喪志《ぶっそうし》」という成句を暗示しつつ、物を玩んでいるのはたしかだが、それが志の喪失に繋がっているかどうかはまあ皆さんのご判断に任せましょうか、と惚《とぼ》けてみせているわけで、初心の小説家としてのわたしの気分や立ち位置もおおむねそのあたりにあった。それでも、「たわむれ」ならざる「たはむれ」という旧仮名遣いの表記の戯れに、「もののあはれ」の方へは行くまいぞというわたしなりの自負を籠めてはいたのだ。

つい先日、井の頭線渋谷駅の出口から国道２４６の方へ歩いてゆく途中、学生の頃から馴染みの深かった東急プラザのあった場所がいきなり更地になっているのに出喰わし、鈍い衝撃を受けずにはいられなかった。年々歳々そういう機会に遭うことが多くなってきているものの、この手の体験には決して慣れることができない。東急プラザが不意に搔き消えてしまっているのに遭遇して茫然としたそのときも、かつてここにあったビルの五階だか六階だかの喫茶室で、わたしと同い年の石坂氏に初めてお目にかかったのだったなあと、何か感無量といった思いが込み上げてきたものだ。「もののあはれ」めいた心の動きから逃れることはやはり難しい。

それまでわたしは詩と研究論文を並行して書きながら生きてきて、そのことに何の不満も不自由も感じていなかったから、文芸誌というわが国の出版業界におけるあの非常に特殊な制度ないし舞台には、何の縁もなかったし、ありていに言ってしまえば興味もなかった。大江健三郎や古井由吉の新作は、本が出れば必ず読むようにしていたが、文芸誌を自分で買って読んだことはほとんどなかった。要するに、それがなくなってしまっただの、かつてはちゃんとあったのにだのと人が喋々《ちょうちょう》する例の「文壇」という代物など、わたしにとっては最初から「他人事」だったのだ。しかし、「文壇」の有り無しにかかわらずまだ続いていた（そしてそれは二〇一六年の今日なお続いている！）文芸誌という由緒ある媒体に、多少なりと「本格的」な小説をもし書く気があるなら載せてやる、と言ってくださる方がわたしの前に現われた以上、そのご厚志には何とか曲がりなりにも応えてみたいと思った。

では、わたしに何がやれるのか。石坂氏の慫慂《しょうよう》を受けたときから「シャンチーの宵」を書くまでには、たしかかなりの時日が経過したはずである。ほんの「たはむれ」のつもりで……といった衒《てら》いや韜晦《とうかい》を、まずきっぱりと捨ててからなければなるまい、と思った。玩物喪志と言われるならそれでも結構、どうせその程度のものなのだし……などと脂《やに》下《さ》がっているわけにはもはやいくまい、とも思った。しかし、喪志でないと言い張るつもりなら、「志」らしい「志」はたしかにあると示さねばなるまい。それはたしかにあるだろう、ないはずはないだろう。が、それがどんな「志」なのかを自分の中にはっきりと見定め、自分の手指でぎゅっと握り締め、自分なりに得心するまでには、かなり長い暗中模索の月日を経なければならなかった。

『群像』編集部から依頼された小説は、本当は一九九七年の夏に書き上げて渡すはずだった。本書巻末の「年譜」にあるように、この年の八月にわたしはアメリカへ行き、翌年四月までハーヴァード大学の客員研究員としてマサチューセッツ州ケンブリッジで暮らした。ハーヴァードの新学期がまだ始まらないうちにとりあえず強引に渡米してしまえば、日本での生活の雑音が遮断されるし、どうせ暇なのに決まっている八月ひと月をかけて、彼の地で小説が書けるだろうと高を括っていたのである。

ところがいざ行ってみると、アメリカ暮《ぐ》らしは初めてではなかったものの、生活のリズムを摑むのは最初のうちはやはりなかなか大変で、心労が多く、彼の地ではまた彼の地なりの雑事が生じて繁忙を極め、さらに例の「志」の問題にまだけりがついているわけでもなく、結局八月中には何も書けずに終った。声に不興と苛立ちを露わにした石坂氏と国際電話で、いやどうしても書けませんとこっちが言い、いや何とか書いて今月の締め切りに間に合わせてくれと向こうが言い――を果てしなく繰り返し、長い不毛な押し問答を何と一時間近くも続けたことを懐かしく思い出す。受話器から流れ出す石坂さんの声が小さな吐息の後時おりふと途切れ、たぶん気を鎮めようとしてのことだろう、煙草の煙を忙しく吸いこんでいる気配が、太平洋の全体と北米大陸の全体を合わせた距離の彼方からなまなましく伝わってきた。しかしわたしは正直なところ、申し訳ないという気分にはあまりなれなかった。威されようがすかされようが、書けないものは書けないのである。

結局、「シャンチーの宵」を脱稿するには、アメリカ東海岸のこの大学町で、寒い寒いひと冬を過ごすことがどうしても必要だったのだと思う。ざらめ状に凍った雪をざくざく踏んでケンブリッジやボストンの街路を孤独にうろつきながら、真夏の横浜のうらぶれた裏街で起きた出来事に想像をめぐらせるのは、何とも面妖な経験だった。わたしはこの短篇を、たぶん翌九八年の二月か三月頃、ハーヴァード大学のすぐ裏手にある古い大きな家の天井の低い屋根裏部屋（そこを借りていたのだ）で書き上げ、それは辛抱強く待ちつづけてくださった石坂さんの手元に届けられ、そして前述の通り『群像』五月号に掲載された。この号が出たのは四月上旬だが、ちょうどその頃わたしはケンブリッジ生活を畳んで、日本の大学の新学期に間に合うように帰国した。いささか誇張して言えば、何のことはない、まるまる八か月にわたる外国滞在が、この四十数枚のささやかな短篇一つが構想され執筆され世に出るために費やされたようなものである。

さて、その「シャンチーの宵」を起点とし、そこから幾篇かの短篇、中篇を書き継いで、この『幽　かすか』『花腐し』という二冊が成立した。それ以後はそれ以後で、また新たな難儀が次から次へ降りかかってくることになるが、それはまた別の話である。

ところで、その「シャンチーの宵」の中で、酔って目がけわしく据わった中国人の老人が、「いいかね。これからね、とんでもないことがやって来る」と押しつけがましい断定口調で言いつのる場面がある。「今は日本人はみな何だか茫然としているけれど、最悪のところは何とか乗り切ったようだと高を括っているだろう。バブルがはじけて第二の敗戦とか何とか言っているけれど、いちばん悪い時期は過ぎたようなつもりになっているだろう」。しかし実はそうじゃないんだ、最悪の災厄はまだ来ていない、「戦争」が始まるのはこれからなんだよ、と。

繰り返すなら、この短篇の執筆は一九九八年の二月か三月、すなわち今から十八年半ほども前のことだ。見当違いのことばかり言ったりやったりしているわたしにしては、何とも意外に正確な予言を書きつけたものではないか。それ見たことか、言わんこっちゃないと、少々自慢したい気持に駆られないと言えば嘘になる。が、人から嗤われるに決まっているそんなつまらぬ自慢はさておき、わたしはむしろ怯えているのだ。「志」の所在さえ怪しい男が、胡乱《うろん》なうそばなしの中に、行き当たりばったりの勢いで適当に書きつけてしまった無責任な予言が、呆気なく実現してしまうという事態の馬鹿々々しさ。それが恐ろしい。

現実があってそれを小説が写すのではなく、まったくの空想によって書かれた絵空事がまずあってそれを現実が後追いでなぞってゆく。だとしたら、それはすなわち、わたしたちがそのただなかで生きている現実それ自体が、畢竟、そらぞらしい絵空事と紛れて区別がつかないような何かでしかないという事実を意味しているのではないか。

小説を読むとはいったいどういうことか。安定した現実の中に身を落ち着けて暮らしている堅実な市民が、荒唐無稽な絵空事の世界でいっとき我を忘れて気散じをする。それがまあ、通念であろう。しかし、もともとこの現実自体が所詮、薄っぺらな書き割りの世界にすぎないとしたらどうか。わたしたちはそうと薄々感じ少しばかり怯えながらも、ふだんはそれを忘れ、あるいは意識の底に抑圧し忘れたふりをして、堅固で頼り甲斐のある現実に取り囲まれて生きているつもりになっている。そういうことではないのか。そうした欺瞞の虚構性自体をいきなりざっくりと暴き立て、わたしたちがなまなましい手応えのある現実と信じているものの、絵空事めいた危うさを開示してくれる装置こそが小説なのだ

――と、そう考えてみたらどうか。

「志」と言うなら結局、わたしの「志」はそのあたりにあるのかもしれない。物ヲ玩べバ志ヲ喪《うしな》フではなく、物ヲ玩べドモ志ハ有リ。あるいはいっそ、志ハ物ヲ玩ブニコソ有レ、だろうか。

ちなみに同じ短篇の作中、「西条山は霧ふかし／筑摩の河は浪あらし……」という歌詞が突然出てくる。旗野十一郎作詞・小山作之助作曲の「川中島」の一節である。明治以来の小学唱歌であり、またお手玉歌として歌われたもので、恐らくこの中国人の老人も小学生のとき歌っていたのだろう。いや、歌わされていたのだろう。その歌詞がここで片仮名で書きつけられなければならなかった理由は自明で、ことさらの説明は要しまい。

（二〇一六年十月）

解説

松浦寿輝論——「まるで時間のなかをさまよっているようだ」

三浦雅士

1

「こうして眼をとじて歩いていると、まるで時間のなかをさまよっているようだ」

と、松浦寿輝は書き出している。第一詩集『ウサギのダンス』(一九八二年)の巻末に「あとがき」のように置かれた詩「『ウサギのダンス』の廃墟」である。

詩は次のように続く。

「ヤブカラシの細い蔓をゆびにからませ、ひとの眼のうらのくらがりにわたしの植物の眼をみひらいて、うちよせる寒さの波のかなた、霧がひかるブナの林をぬけ、石灰岩でたてた家々の間を縫う潮の匂う小道から、あけやらぬ摩天楼の街の迷路にふみまよい、熟れた路傍の梨の実のてざわりに古い運河の絵の雲のかげりを想っては、階段のすりへった僧院の内庭をよこぎり、ビールの味を残す口蓋からやさしいおくびを秋の野におくる。」

　言葉の発生する現場から身を引き離し、発生した言葉を改めて見直し、そこに流れる時間を追体験しているのである。

　そこかしこに西脇順三郎の残響（「ヤブカラシの」「迷路にふみまよい」）や、萩原朔太郎の残響（「細い蔓をゆびにからませ」「植物の眼をみひらいて」）が感じられるのは、彼らが同じようにそれ——追体験すなわち「淋しさ」と「郷愁」——を詩の源泉としたからだ。

　近代詩の時間が倍音となって響いている。

　詩はさらに、次のように続く。

「ここにはなにかが、欠けているようだ。だがだまっていることだ。わたしはかるいウサギになって踊ったし、色や輪郭をぬぎすてることもした。さまざまなわたし自身を数え、数えられたわたしをおりたたみくりのべることもした。けれどももう眸をみひらいても、あかるい窓際の椅子に落ちているまだらな光の染みに惨劇をみるまなざしは残っていない。読むことに疲れたまま、剝がれ落ちてゆく記憶の細片が燃えてぱちぱちはぜる音をただきいている。」

　追体験しているそのことが意識されている、つまり追体験がさらに追体験されているのである。だからこそ「なにかが、欠けているよう」——いまここではない時間——なのだが、しかしそれは読むことと書くことの必然なのだ。短篇集『もののたはむれ』の「千日手」の少年が「本当は僕はいないんだよ」と囁くように、「わたし」はただ回想のなかで明滅しているだけなのである。

詩集『ウサギのダンス』から短篇集『幽 花腐し』——二つの短篇集が必然的に合体したように私には思われる——にいたるまで文体が一貫していることを強調すべく、引用では一字空きをその意を取って句読点に変えてある。とはいえ、文体が一貫しているだけではない。主題もまた一貫している。

主題とは、むろん時間である。

人間はただ回想するようにしか生きられないのではないか——折口信夫が繰り返し「ほうとする」時間を強調していたように。

あるべき松浦寿輝論のためには、迂回して始めるほかないようだ。

2

あるべき松浦寿輝論のためには迂回して始めるほかない。つまり松浦の文学が論じられるべき場所を特定するところから始めるほかない。

そのためには二人の文学者、批評家ではなく小説家としての小林秀雄と、同じく批評家ではなく小説家としての吉田健一を召喚しなくてはならない。そしてまたもう一人の文学者、松浦がさまざまなかたちでかかわると思われる古井由吉――知られているように古井と松浦には往復書簡がある――をも参照しなければならない。小林も吉田も古井も、文学者の必然というほかないが、時間を、そして空間を、主題にしている。松浦が吉田の主題と方法を的確に引き継いでいるように、古井は小林の主題と方法を引き継いでいる。そこでは、凍った時間、距離の変容が、生死にかかわる問題として語られている。

小林秀雄の小説「一ツの脳髄」の末尾を引く。

次の船は仲々出ない。私は赤い錆の様な汀に添うて歩いた。下駄の歯が柔らかい砂地に喰ひ込む毎に海水が下から静かに滲んだ。足元を見詰めて歩いて行く私の目にはそれは脳髄から滲み出る水の様に思はれた。水が滲む、水が滲む、と口の中で呟き乍ら、自分の柔らかい頭の面《おもて》に、一と足一と足下駄の歯をさし入れた。狭い浜の汀は、やがて尽きた。私は引き返さうと思つて振り返つた。と、砂地に一列に続いた下駄の跡が目に映つた。思ひもよらぬものを見せられた感じに私はドキリとした。私はあわててそれを脳髄についた下駄の跡と一つ一つ符合させようと苛立つた。私はもう一歩も踏み出す事が出来なかつた。そのまま丁度傍にあつた岩にへたばつた――。／茫然として据ゑた眼の末に松葉杖の男の虫の様な姿が私の下駄の跡を辿つてヒョコヒョコと此方にやつて来るのが小さく小さく見えた。

古井由吉の小説「杳子」の第二段落の八節目から九節目にかけてを引く。

岩に腰をおろして、灰色のひろがりの中に躯を沈めたとたんに、杳子はまわりの重みが自分のほうにじわじわと集まってくるのを感じて、思わずうずくまりこんでしまったという。実際に重みが自分の上にのしかかってきたわけではなかったけれど、周囲の岩が自分を中心にして、ふいに静まりかえった。谷底のところどころに、山の重みがそこで釣合いを取る場所があって、そんな一点に自分は何も知らずに腰をおろしてしまった。そう彼女はとっさに思った。そして自分が生身の躯でそんなところに坐っていることに空恐しさを覚え、そして、そんな畏れに顫《ふる》える子供みたいな心を自分が岩の重みの間でまだ残していることにまた空恐しさを覚え、彼女はしばらく顔を上げられなかった。／それから顔を上げて見まわすと、周囲の様子が変っていた。河原の岩という岩が、一斉に流れ落ちる感じになった。どの岩も前と同じに静止しているのだけれど、静止していることが、かえって流れ落ちる感じの迫力を凄くした。

「一ツの脳髄」は一九二四年に、「杳子」は一九七〇年に発表された。半世紀を隔てているが、書かれていることは不気味なまでに似通っている。同じように離人症めいた体験が描かれているからである。疑いなく、古井は小林が書き終えたところ、あるいは中断したところから書き始めているのだ。そういう意味では、両者を隔てる半世紀はほとんど無に等しかったのではないかと疑いたくなる。疑いたくなるその地点から文学の流れを辿り直すことこそ松浦の小説が要求していることなのであり、それは結局、現代文学に新たな見取り図を提示することになるほかないだろうと思われてくる。

この要求が挑発的なのは、両者を隔てる半世紀にいわゆる太平洋戦争期が戦後期も含めてすっぽりと入ってしまうからである。必然的に、いわゆる戦争体験、戦後体験とは何だったのかという問題まで含まれてしまう。文学的問題意識からすれば、そんなことは無に等しいと言い切ることになってしまうのである。この言い切りに根拠があるとすれば、文学は、歴史——政治、経済、社会の歴史——をも浮かべる、より巨大な人間という現象、生命という現象にじかにかかわっているからである。

小林と古井の文体の共通性は、両者がともに人間という現象そのものとしての時間と空間にじかにかかわろうとしているところから生じている。同じ小説からそれぞれもう一例ずつあげておく。「一ツの脳髄」冒頭第一節の末尾。

波の襞《ひだ》は厚い板ガラスの断面の様にもり上つては痛《ひど》い音を立てて崩れた。白い泡がスーッと滑らかに砂地を滑つて上つて来ると、貝殻の層に達して急に炭酸水が沸騰する様な音に変つた。それが無数の形の異つた貝殻の一つ一つ異つた慄《ふる》へを感じさせた。私は茫然《ぼんやり》と波の運動を眺めて居る中に妙な圧迫を感じ初めた。帽子をとると指を髪の中に差し込んで乱暴に頭を掻いて見た。何んだか頭の内側が痒《かゆ》い様な気がした。腫物《はれもの》が脳に出来る病気があるさうだ。自分のにもそんなものが何処かに出来かゝつて居るのではないかしら——。痛いのはいゝとして頭の中が痒くなつては堪《たま》らないと思つた。

「杳子」第一段落の最終節前半。

それから、まわりの岩という岩がいまにも本性を顕わして河原いっぱいに雪崩れてきそうな、そんな空恐しい予感に襲われて、彼は立ち止まった。足音が跡絶えたとたんに、ふいに夢から覚めたように、彼は岩のひろがりの中にほっそりと立っている自分を見出し、そうしてまっすぐに立っていることにつらさを覚えた。それと同時に、彼は女のまなざしを鮮やかに軀に感じ取った。見ると、荒々しい岩屑の流れの中に浮ぶ平たい岩の上で、女はまだ胸をきつく抱えこんで、不思議に柔軟な生き物のように腰をきゅうっとひねって彼のほうを向き、首をかしげて彼の目を一心に見つめていた。

いずれも空間感覚の異常を言葉に移そうとしている。空間がキーンという音をたてて身近に迫って来る、凍った距離が細片となって雪崩れてくる、そういう瞬間である。

小林のこの異常な感覚が『モオツアルト』や『ゴッホの手紙』のなかで反復されていることは指摘するまでもない。感動した小林はつねに胸苦しくなって蹲るのだ。古井も蹲る。この感覚は古井の以後の小説においても要所々々に鋲のように打ち込まれている。この二人の文学者を貫く糸が同じ感覚であることは疑いを入れない。

小林が連載「感想」――知られているように一九六〇年を挟んで数年間「新潮」に連載されていたのだが二〇〇二年に新版全集の別巻として初めて書籍化された――においてベルグソンの『物質と記憶』を取り上げて失敗し、軌道を修正するように『本居宣長』執筆へ向かったことは、あらためて言うまでもない。事態が記憶の問題にかかわる以上、『物質と記憶』に向かうことは必然だっただろうし、それが言語にかかわる以上、論じる対象を母語である日本語の作物へと移さざるをえなくなることもまた必然だった。兼好法師が既視感について書いているが、それを、人は現在を記憶しながら生きている、既視感とはその現在記憶の錯誤の問題であると、小林は「感想」に記しているが、離人症めいた症状もまた同じ場所に発生しているのだと、小林は考えていたのである。主題は一貫している。

小林のその失敗を乗り越えて先へ進もうとするように、吉田もまた時間論へと向かった。言うまでもなく、晩年の評論『時間』と『変化』がそれである。

吉田には人と競い争うところがほとんどなかったように見えるが、ドストエフスキーをはじめとする何人かの作家に対する批判を見ると、小林に対しても無批判だったとは思えない。小林は河上徹太郎の刎頸の友であり、吉田は河上の弟子ということになっている。したがって、吉田にとって小林は叔父もしくは従兄のようなもので、慣れ親しんではいても礼儀が先に立っただろう。だが、『時間』や『変化』を読むと、小林の血気に逸った初期の文章に対しては相当な批判があったのではないかと思える。

時間論にしても吉田のそれは、晦渋な文体にもかかわらず、単純明快である。人間には現在しかない、生きているこのいましかない、過去もまた現在に呼び戻されたときには現在なのであって、過去はそういうかたちでしか存在しえないのだ、というものである。この時間論は、記憶の問題から時間を論じようとした小林の「感想」以上に徹底しているといっていい。留意すべきは、吉田の『時間』と『変化』は、無意識のうちにであれ結果的にであれ、小林の「感想」と『本居宣長』に対応し、対抗するものとしてあったということである。

むろん、ここで小林と吉田の緊張した関係を俎上にしようとしているのではない。そうではなく、小林から古井へと延びる線と、吉田から松浦へと延びる線によって形づくられるひとつの平行四辺形が、松浦の小説を論じるべき場になるだろうことを示唆しておきたいだけである。人間的時間の探究の場といってもいいだろうが、ジョルジュ・プーレのいうような意味でではない。事態はここではもう少し切羽詰まっている。小林も古井も、いわば発狂するかもしれない地点の周囲をぐるぐる回っているのである。ほんとうは同じ問題が吉田と松浦にも押し寄せている。だが、吉田はそれを、いわば生とはそういうものだ、そういうものであるからこそ泰然自若としてあることに意味があるという一線で抑えようとしているように見える。

松浦もそうなのだろうか。それが論じられるべき問題である。

気違いと言われないためには同類を増やせばいいと嘯いたのは若き小林である。発狂するかもしれないその地点をめぐるときに、小林が支えにしたのは柳田国男だった。ヘーゲルからマルクスへといたる歴史主義の、飴のように一直線に延びた時間を批判するとき、小林の念頭につねにあったのは柳田の提示する、決して一直線にならない、折り重なって堆積するような民俗学的な時間であった。

これに対して吉田の場合には、参照されたのは折口信夫の、対比してあえていうならば、国文学的な時間、詩的時間だった。吉田が折口のよい読者であったことは岡野弘彦が書いている。また、二人の交際についても書いている。

柳田も折口も過去は現在のただなかにあると感じていた。だが柳田が重点をじょじょに社会へと、いわゆる常民へと移していったのに対して、折口は歌人であり詩人であるという自身の立脚点から動こうとはしなかった。むろん柳田も若い頃は歌を詠み詩を書いていた。折口は柳田の初期の感受性に最後まで執着したのだといってもいい。『本居宣長』執筆にあたって小林が訪ねたのは折口のもとであって柳田のもとではない。これはたんに折口が国文学者であったということではおそらくない。ここには興味深い問題が潜んでいるが、重要なのは、みな「ほうとする」時間意識の持主だったということである。若き折口が最終的に柳田を師と仰ぐことにしたのは、柳田の初期の歌、初期の詩が、みな「ほうとする」時間にひたされていたからである。小林が柳田に直接的に言及するようになったのは、柳田が『故郷七十年』で幼年時を回顧し、自身、神隠しに遭う「ほうとする」資質の持主であったことを明言してからである。類は友を呼ぶとしかいいようがない。文学者の資質とはそういうものだ。

折口は『古代研究』のなかにおいてさえ「ほうとする」時間、「ほうとする」資質について繰り返し書いている。「祭りの発生その一」と副題された「ほうとする話」の一節を引く。

　ほうとしても立ち止らず、まだ歩き続けてゐる旅人の目から見れば、島人の一生などは、もつともつと深いため息に値する。かうした知らせたくもあり、覚らせるもいとほしい、つれづれな生活は、まだまだ薩摩潟の南、台湾の北に列る飛び石の様な島々には、くり返されてゐる。でも此が、最正しい人間の理法と信じてゐた時代が、曾ては、ほんとうにあつたのだ。古事記や日本紀や風土記などの元の形も、出来たか出来なかつたかと言ふ古代は、かういふほうとした気分を持たない人には、しん底までは納得がいかないであらう。

繰り返されるというのは、たとえば『古代研究』末尾の「追ひ書き」の「かうした、ほうとした一生を暮した人も、一時代前までは、多かつたのである。文学や学問を暮しのたつきとする遊民の生活が、保証せられる様になつた世間を、私は人一倍、身に沁みて感じてゐる。彦次郎さんよりも、もつと役立たずの私であることは、よく知つてゐる」というようなところである。

「ほうとした」とは「ぼおっとした」ということである。鋭敏な感受性を持つものこそ「ぼおっとした」ふうに見えるということは、「一ツの脳髄」や「杏子」に描かれた主人公を客観的に見ればどう見えるか想像してみるだけで分かる。内面的には切羽詰まっていても、外面的には「ぼおっとした」ようにしか見えないのである。

批評家・吉田健一が晩年になって小説に手を染め、長篇小説『金沢』などで多くの読者を魅了したことはいうまでもない。吉田の小説の主人公のほとんどは、折口の描く「彦次郎さん」のような「文学や学問を暮しのたつきとする遊民」であって、それこそ「ほうとした一生を暮した人」なのだが、切羽詰まっているようにはとても見えない。作者も、作者の分身である主人公たちも、修練したのだとでもいうほかない。若き吉田健一がケンブリッジ大学に入学し、その年の冬、パリに滞在してルーブルに通い、退学する決意を固めたときの、その外面と内面を想像してみるがいい。はじめから泰然自若としていたとは考えられない。折口の「彦次郎さん」にしてもそうだ。

松浦もまた「ほうとした一生」を暮すもののひとりとして自己を認識していたことは疑いない。「ひとり嬉しそうな顔をして歩いていたね」と知人にいわれ、ぎょっとしたというようなことを、松浦自身が書いている。「ほうとした」顔をしながら歩いていたのである。松浦の描く人間――分身――がほとんどみな「ほうとした一生」を送っているように見えるところからも、それは明らかである。だが、折口にいわせれば、それこそ文学者の資質なのだ。負い目といってもいい。

吉田の小説に登場する主人公にしても同じだ。負い目を感じていないように見えるだけである。人間とはそういうものだと考えるにいたった、すなわち吉田なりに悟ったのだともいえる。

大きく迂回してひとつの図式を示したが、柳田と折口、小林と古井、吉田と松浦といったいくつかの対によって浮かび上がってくるこの興味深い平行四辺形は、さらに樋口一葉、正宗白鳥といった文学者らに遡ることができる。むろんさらに、近世、中世へと遡ることができる。ここで詳しく論じることはできないが、このような背景を脳裏に置くことなしに、松浦の仕事を考えることはできない。
松浦の文体が与える快楽は、この背景がつねに倍音となって響いてくるところから生じている。その倍音のありようは、むろん、冒頭に示した近代詩の時間の倍音ほどあからさまではない。作者自身が無意識である場合のほうが圧倒的に多いからである。

3

松浦寿輝の小説の魅力は、まず、その文体にある。生きている瞬間をそのままなぞったような文体なのだが、書かれているのはしかし現在のことではなく多くは過去の記憶なのである。だが、記憶をなぞる行為がそのまま生の瞬間をなぞることになっていて、むしろそのことにこそ生の内実があるのではないかと思わせる。その内実の核心が「ほうとした」瞬間なのだといっていい。

いったい快楽とは心地良いもの、愉しいもののことだろうか。あれは何年前のことになるのか、オートバイで高速道路を走っていたとき急に車線変更して目の前に割りこんできた車があり、それに気を取られてカーブを曲がりそこない、路肩のコンクリート壁に接触して転倒したことがある。横倒しになりくるくる回転し路面をざあっとこすりながら滑ってゆくバイクの車体を蹴って辛うじて身を引き離したが、胸から地べたに激しく叩きつけられ、何秒か何分か、たしかなことはわからないが主観的にはたぶん一分ほどの間意識が冴え返って、ああこうして死んでゆくのかと妙に醒めた思念が心を占めた。そのずいぶん長い一分が過ぎて意識がふっと遠くなったのだが、後になって男は生まれてこのかた体験したことのないような激痛に全身が貫かれああこれは死ぬなと直観したその瞬間のことをよく思い出し、快楽というのはあれではないか、あの一分間のことではないかと考えた。

本書の最初に置かれた短篇「無縁」からほとんど無作為に取り出したこの一節にしても、書かれているのは「男」が思い出していること、つまり過去のことであって、小説中のいま現在のことではない。だが、その過去の瞬間は「ほうとした」瞬間として思い返されているのだ。生と死の瀬戸際にあったにもかかわらず、生の意識にとってそれは「ほうとした」瞬間にほかならず、それが男には快楽として感じられているのである。

文は改行してさらに「死とか崩壊とか解体とかとぎりぎり境を接したようなものが快楽なのだ。あと一歩踏みこめば無しかない、空虚しかないといったような地点に至り着かないかぎり本当の快楽はないのだ」と続く。

回想の流れをそのままなぞっている文体は、それじたい快楽に転化していて、その転化は、ここでいう快楽が、たとえば性の快楽といったたぐいのことではほとんどなく、むしろ読むことの快楽、書くことの快楽にほかならないということを暗示している。それは必然的に、書くことも読むことも「死とか崩壊とか解体とかとぎりぎり境を接したようなもの」でなければ意味がないということを示唆している。要するに、危険でない文学など無意味だということだ。

生々しい生の快楽が、読むこと書くことという、いわば書斎の快楽に直結しているというのは、一見、矛盾に思える。だが、ある事物をある事物であると認める行為を考えてみればすぐに分かるが、人は過去の記憶に合致させることによってしか事物を認識できないのである。これはむしろ科学的事実というべきだろうが、人はいわば過去の記憶を引き寄せながら、つまり記憶をなぞりながら現在を生きているのであって、そうしなければ生きていけないのだ。

記憶をなぞることは何らかのかたちで思考の領域を通過することである。行為の現場はしたがって、少なくとも言語現象としての人間においては、思考の現場すなわち書斎と無縁ではありえない。人間においては、生々しさもまた書斎に属しているのだ。というより、書斎こそ「死とか崩壊とか解体とかとぎりぎり境を」接しているのである。

これが、松浦の文体がそのまま生を感じさせる理由の根本である。だが、それだけではない。松浦にあっては、文体の魔術とでもいうほかないが、思考の現場が行為の現場をなぞろうとするのである。

短篇「無縁」は最後に、この「男」が嗜虐者であり、殺人鬼であることを暗示して終わるが、その暗示は、冒頭第一節にさりげなく置かれた「女が姿を消してもうひと月にもなる」という一文が、末尾近く「また同じことをするのかと訝るような思いで男はその娘の子供のような無邪気な寝顔を見つめ、そこから目を移してかぼそい咽喉もとに大輪の花のようにあでやかに開いた傷口にほれぼれと見とれる。二人の女が重なり合う、どっちがどっちの影なのかと男は思い、では反復こそが快楽なのか、反復の快楽というものがあるのかとめくるめくような熱っぽさの中で直観した」という文と響き合うことによってなされている。不気味な展開であって、小説としては謎解きめいたこのからくりの妙を、新手の犯罪小説として称賛されるかもしれない。

だが、それがこの短篇の魅力の核心なのではない。

「男」は、記憶を生き直すようにして現在を確かめているのである。あるいは、現在を確かめるために記憶を生き直しているのだ。繰り返すまでもなく、書くこととは、記憶を生き直すようにして現在を確かめることであり、読むこととはそのようにして書かれてあることを新たに生き直すことである。重要なのは、「男」の体験が、書くという体験と一致しているという、そのことなのだ。松浦寿輝の文体の生々しさは、描かれている事件の生々しさから生じているのではない。書くこと読むことをめぐって蓄積された彼自身の体験が、文体の呼吸を通し律動を通して伝わってくるから生々しいのである。

この文体は強烈であって、「無縁」の「男」も、「ふるえる水滴の奏でるカデンツァ」の圭一も、「シャンチーの宵」の北岡も、「幽」の伽村も、「ひたひたと」の榎田も、「花腐し」の栩谷も、それぞれくっきりとした顔貌や履歴を持っているにもかかわらず、同じ主人公がまるで幽霊のように姿かたちを変えて繰り返し登場しているような錯覚を与える。それはむろん、主人公たちの履歴の頂点ともいうべき現在が、みな、いわば極限状況――生活の破綻――に置かれているからなのだが、しかし松浦にあってはそれこそが読み書きの場なのだ。その読み書きの場において、鮮烈な文体の一貫性が、書くことという理念すなわち書くことというイデアがそのつど違った人物となって現われてくる、と思わせるのである。短篇集でも連作でもない、不思議な長篇小説のように思われてくる理由である。

極限状況、生活の破綻が、折口のいう「ほうとした」瞬間、「ほうとした」人生に通じていることはいうまでもない。一方は緊張、他方は弛緩を思わせて逆説めくが、そうではない。緊張の最中で弛緩し、弛緩の最中で緊張する、それが時間にさわるということなのだと、折口は考えていた。松浦も同じだ。

松浦寿輝の文体が与える快楽は、酩酊の快楽にも似て、読むものを虜にする。生の核心を衝いているのである。ここでは文体が思想なのだ。そんなことは文学の必然であって喋々するまでもないなどと言ってはならないのは、この作家にあっては例外的なまでにそれがくっきりと示されているからである。文学とはどういうものか、人間とはどういうものかに対する解答が、ひとつの文体に結晶しているのだ。資質の問題だが、しかしその資質に松浦自身が気づくのは吉田を通してであったと思える。こうして、吉田と松浦の、似ているところと似ていないところが問題になる。

4

吉田健一の『時間』第二章、第四改行からの一節を引く。

我々は古時の月を見なければならない。或は古時に自分を置けばその月が見えて来る他なくてロオマ人が戦車を用ゐたといふのが百科事典を引いて知ることなのでなくて現にその車輪の響が聞えもすれば第十八王朝のエジプトで戦車の救援が何故送られて来ないのかと粘土の板に象形文字で訴へる辺境の守備隊長の嘆きが我々のものになりもする。その意味で人間の世界にどれだけの拡りがあるかといふことがここでは言ひたいのである。又そのことでも我々は博識風の歴史観に災されてゐてどれだけの拡りがあるかがどれだけの事実がそこに認められるかといふことに受け取られるのが普通のことになつてゐるが例へば西暦紀元前二〇二年にザマの戦ひがあつたといふのが事実であり、その砂煙が我々の廻りに立つ時に我々はそこにゐる。或はカルタゴの滅亡を悼むスキピオの言葉を聞いても我々はその場に戻つてゐる。この年は項羽が垓下に囲まれた年でもある。項羽が悲歌忼慨する垓下でそのこととその言葉を録した司馬遷は歴史が何であるかを知つてゐた。

「古時の月を見なければならない」というのは、この章の書き出しの一行、「今人不見古時月といふのは李白の例の酒を把つて月に問ふの詩に出て来る句であるが我々はこれを読んでそこに生じる影像からその古時の月を見る」に呼応している。

李白の七言古詩「把酒問月」は、「青天有月来幾時／我今停盃一問之」から始まる。十一句目が「今人不見古時月」である。ちなみに、松浦はこの詩の第一句からその評論集『青天有月』の表題を採っている。松浦の念頭に吉田の『時間』があったことは想像に難くない。李白の詩の第十一句から続く四句を、星川清孝の訓読で引けば、「今の人は古時の月を見ず、今の月は曾《かつ》て古人を照せり。古人今人流水の若し。共に明月を看て皆此の如し」である。これを枕に、吉田は、過去の月もそれを思えばありありと見えるのであり、そういうかたちでしか人間は過去を体験できず、そうでないのはたんなる知識でしかない、と述べているのである。短篇集『幽　花腐し』に沁み通っている松浦の時間論が、吉田のそれに似ていることは指摘するまでもない。

「ひたひたと」から、飲み屋に入った榎田が店主と会話して榎田自身の考えを述べる部分を引く。榎田の性格を表わすべく物言いがかなり軽薄になされているので、松浦ほんらいの文体からはやや外れるが、松浦の考えを反映していることに疑いはない。論旨が圧縮されていて、むしろ吉田の考え方と対比しやすくなっている。

時間っていうのはね、ことごとくその場にとどまっているんです。残留してる。人間の記憶なんていうものはね、その場に現にあるもののことなの。思い出じゃないんだ。イメージでもない。実際に、現実に、今ここにあるもの。それが記憶。だから死ぬ直前の人間って、自分の生涯を始めから終りまで早回しで全部見ちゃうって言うじゃない。それ、べつだん臨終の瞬間じゃなくてもさ、本当はいつだってあるものなんだ。そこにね。つい目の前にね。ただふだんは人間誰でも、仕事だ何だって日常生活、あれこれくだらないことで忙しいから、それに目を留める暇というか、気持の余裕がないだけなんだよ。全部、今ここにある。子どもの頃の俺も、女のことで生きるの死ぬのって言ってた若い頃の俺も、こういうくだらねえ仕事で場末を歩き回ってる俺も、全部いちどきに今ここにいる。ただ、いつもはそれにヴェールがかかって見えないようになってるだけなんだよ。いよいよ死ぬってときに、そういう全部が一挙に露出するわけだろう。潮が引いて、ふだんは隠れてる暗礁が黒々と露出してくる。現実っていうのは、結局そういうもんでしょう。

両者の近似は明らかだが、違いもまた大きい。

たとえば、吉田の引く西暦年号付きの事件が、吉田の時間論の例としてははたして適切かどうか疑わしい。歴史は神話——虚構——であると嘯いた若き小林のほうが、その時間論において高い整合性を持っていたと思われなくもない。むろん、歴史的事件が読まれることによって生き返ることが保証されるのは、現在を生きる人間がいるからである、というところまで来れば、「ひたひたと」の榎田が主張する、人間は記憶の樽のようなものであってそれはつねに現在として噴出しうるものだという考えと、符合しないわけではない。だが、生きられた過去のその生への固執すなわち過去の現在性への固執にかけては、松浦のほうが吉田よりいっそう激しいと思える。

時間の描写においては、批評家としてよりも小説家としての吉田のほうが、はるかに巧みだったと思われる。『時間』『変化』に年代的に対応するのは短篇集『怪奇な話』である。『時間』は一九七六年、『変化』と『怪奇な話』は一九七七年で、吉田はその年の八月に亡くなり、『変化』は十二月、『怪奇な話』は十一月に刊行された。最晩年の作ということになる。遺著といってもいい。

『怪奇な話』は現代幽霊譚だが、時間を論じれば幽霊の話にならざるを得ない。死者は生者の時間を通してしか生きられないからだ。逆に、生者は死者が引いた補助線を頼りに生きるほかない。『怪奇な話』のなかの一篇、「化けもの屋敷」から一節を引く。

木山は庭に沿つてゐる縁側で日向ぼつこをしながらその家が生きてゐるのを感じた。それが自分がそこに移つて来たからであるには二年の年月は短過ぎて人が住み着いてゐるといふその印象はその家に前からゐたものが今でもゐる為でなければならなかつた。又それにはその家にゐるものにその家での暮しがあることも必要でそれがあることが木山には自分がその家で暮してゐることで解つた。さうして人間が住んでゐる家は庭に差す日の差し方も違ふ。或はそれは庭がいつも人が見てゐる庭だからでそれが日光の温みに人間の温みを加へてその光を和げる。併しそれならば自分の他にその家にゐるものも人間なのではないかと木山は思つた。或は人間と変らないものと考へることが許されてそれは初めに自分の他に誰もゐない筈の家で人間の話し声を聞いた時から頭にあつたことなのに気が付いた。さうでなければそこが化けもの屋敷になる所だつた。その庭に日が差すだらうか。木山が見てゐる庭の静寂は人間に見付けられてゐる為のものだつた。

「化けもの屋敷」は、戦後、東京小石川のある屋敷を買ったところが、そこには元の持主でいまは幽霊となっているらしい父娘、女中、犬が住んでいて、彼らとともに住むことになったのだが、それがじつに快適であったというその快適さを書いたものである。だが、快適さとは、引用に明らかだが、刻々と流れてゆく時間を全身で感じることができる快適さ以外の何ものでもない。評論とは違って小説には自在感がある。時間がいわば自在に描かれているのである。

松浦の「幽」はその着想を、吉田のこの「化けもの屋敷」から得ている、というか、それを本歌にしていると私には思われる。これは、現代文学においては――『嵐が丘』を本歌とした水村美苗の『本格小説』などごく少数の例外を除いて――およそ考えられない画期的な本歌取りの実践であるといっていい。「化けもの屋敷」の木山は「幽」の伽村である。「幽」の沙知子と永瀬はむろん「化けもの屋敷」の幽霊に対応する。本歌との対応は明瞭であり、しかも細部において「幽」ははるかに豊かになっていると私には思える。「化けもの屋敷」では、思想は自在に描かれているが、人間が描かれているわけではない。「幽」では人間が動いていて、しかも、それが幽霊であれ生者であれ、くっきりとした悲哀を背負っているのだ。

家の描写を「幽」から引く。

たとえばまた、その二階へのぼってゆく階段というのも或るときには玄関を入ってすぐ目の前にあり、また或るときには履物を脱いで上がり左手の廊下を進んで台所に突き当たる手前の便所の向かいにあるようで、伽村には今もってどういうことなのかよくわからず、しかしそういうことはそのつどありのままを受け入れればよいわけだからさして不都合なことでもない。また別のときには階段などどこにも見当たらぬ平屋になっているようで、そんなとき伽村はどうしよう、布団の上で眠れないぞと困惑しながら庭に面した階下の部屋でビールを飲んでいるうちに眠くなってごろりと倒れて肘枕で寝てしまい、朝になるとやはりいつも二階の部屋に敷きっぱなしにしている布団の中で目が覚めるというようなこともあった。まあ寝惚けただけだと言えなくもないが伽村にしてみれば当方の寝惚けた頭の状態をそのつど受け入れてそれに合わせて自在に姿を変えてくれる寛大な家という感じがした。それともやはり化かされるというような言葉を使うべきなのだろうか。

文体が意識的に吉田のそれを反映していることは紛れもない。節の最後の疑問形など、吉田の常套であり、読者を微笑させるといっていい。それをさらに強調するように、伽村との二度目の出会いで、沙知子は李白の名前を出す。「ねえ、知ってる? 李白。昔の中国の詩人の。酔っぱらって舟に乗っていて、水に映った月を取ろうとして手を伸ばして、川に落ちて死んじゃったんですって」というのである。最初の出会いは、物干し場での月見酒を隣家の窓から沙知子に覗かれたときであり、二度目のこの出会いは、江戸川の土手で「ほうと」しているところに、偶然、沙知子が現われるのである。李白の名を出すために月の場、川の場が設定されているようなものだ。

吉田の『時間』で、李白の「把酒問月」が再三言及されていることはすでに述べた。沙知子に応えて、伽村は「うん、李白ね。笑って答えず心自ら閑なり……」というのだが、これは七言絶句「山中問答」の第二句である。

武部利男の訓読を引けば、「余に問う何の意ぞ　碧山に棲むと／笑って答えず　心自のずから閑なり／桃花流水　窅然《ようぜん》として去る／別に天地の人間に非ざる有り」である。一句のみを引いて暗示するのは、これもまた吉田の流儀に繋がるように思える。むろん、伽村の住まい、それに続く沙知子の住まいが「別有天地非人間」であるという含意である。幽霊の住処である以上、当然というべきだろう。

吉田と松浦のこの呼応は鮮やかというほかない。李白まで応援に駆け付けている。むろん、本歌取りは本歌そのものではありえない。

松浦にあって、吉田にないものがある。

悲哀である。松浦の文体から漂う悲哀は、吉田にはない。吉田はそういった悲哀は近代の感傷として嫌っていたと思える。だが、私には、松浦の文体に底流する悲哀、すなわちその時間論の悲哀は、生命そのものの悲哀であるように思える。

「面白うてやがて悲しき鵜飼かな」と詠んだのは芭蕉である。鵜飼の残酷に悲哀を見たのではない。鵜の悲哀に人の悲哀が重ねられ、さらに生命現象の全体が哀しさとして捉えられているのである。「月日は百代の過客にして、行かふ年もまた旅人也」という『奥の細道』冒頭の一行がひとつの時間論を示すとすれば、俳諧と言おうが軽みと言おうが、人間の時間はいずれにせよ巨大な悲哀にくるまれているのである。そういう芭蕉の発句が滲ませる悲哀と同質のものが、松浦の文体の深奥には滾っている。『幽　花腐し』を最初から最後まで貫くものはその生の悲哀だ。それは近代の感傷ではない。

松浦の小説『幽』は一九九九年、『花腐し』は二〇〇〇年の刊。吉田の小説『金沢』は一九七三年、『怪奇な話』は一九七七年の刊。本歌取りが行われたとすれば、ほぼ四半世紀後の対応ということになる。

先に述べた小林と古井とはまた違った呼応が、ここに見られるというべきだろうか。私はそうは思わない。人間の探究、言語の探究、時間の探究において、この二組は同じようなかたちで、それこそ平行四辺形を描いて呼応しているのであり、このような呼応こそ文学史が訪ねなければならないほとんど唯一の水脈ではないかと私は思う。そしてその呼応において、古井は小林から一歩を進め、松浦は吉田から一歩を進めているのである。

私にとってこれは素晴らしい眺めである。

年譜

松浦寿輝

一九五四年（昭和二九年）
三月一八日、文京区団子坂上の明石産婦人科で生まれる。母・久江（旧姓福澤）の実家（貴金属商）はその斜め向かい。父・松浦新は台東区竹町五一番地（後に台東区台東三丁目六番九号）で味噌醤油を商う坂上商店を営んでいた。以後、兄弟姉妹のないまま竹町で幼少年期と思春期を過ごす。
一九五八年（昭和三三年）　四歳
最初の記憶。竹町の末広商店街を練り歩くチンドン屋を店の前で父に抱かれながら見物していると、侠客に扮したその一人が近寄ってきて刀で斬りかかる真似をした。火のついたように泣き出したわたしを、父は店の奥の暗がりへ連れ帰った。母の実家に行くたびに近所の本屋で絵本を買ってもらったが、いつも本選びを手伝ってくれたその本屋の優しそうなご主人が鷗外の三男の森類氏であったことを後に知る（「千朶書房」は鷗外記念本郷図書館の建設に伴って一九六一年に閉店、この「観潮楼」跡地は現在は森鷗外記念館となっている）。
一九六〇年（昭和三五年）　六歳
四月、台東区立竹町小学校入学。
一九六三年（昭和三八年）　九歳
この小学四年の夏休み、ヒュー・ロフティング作・井伏鱒二訳のドリトル先生物語に耽溺。以後、学校が休みに入るたび、当時は三筋二丁目にあった台東区立図書館（現在は西浅草に移転）に自転車で足繁く通うようになる。

一九六六年（昭和四一年）一二歳
四月、私立開成学園入学。中学・高校をこの男ばかりの学校で過ごす。

一九六七年（昭和四二年）一三歳
岩波書店から刊行が始まったアーサー・ランサム全集に熱狂。

一九七二年（昭和四七年）一八歳
四月、東京大学文科Ⅰ類入学。ボードレール学者の阿部良雄先生にフランス語初等文法の手ほどきを受ける。父、世田谷区中町五丁目に四階建てのビルを建てて民芸品店を開き、それに伴って一家で転居。

一九七四年（昭和四九年）二〇歳
丸山真男がもはや教えていない法学部に進んでも無意味だと思うようになり（丸山は一九七一年に早期退職）、教養学部教養学科フランス分科に進学。阿部良雄先生が駒場にいたからという理由が大きい。

一九七五年（昭和五〇年）二一歳
七月、ユースホステルを泊まり継いで能登、若狭、山陰を一人旅、下関まで。

一九七六年（昭和五一年）二二歳
三月、フランス語の卒業論文“L'Erotisme de l'œil chez Paul Valéry”（ポール・ヴァレリーにおける眼のエロティシズム）を提出して東大を卒業、四月、本郷のフランス文学科の大学院へ進学。九月、フランス政府給費留学生として渡仏（朝日新聞社主催のフランス語スピーチ・コンテストで優勝したことの報奨として）。二年三ヵ月にわたってパリ一四区の国際大学都市の日本館に住む。ひたすら映画漬けの日々。

一九七八年（昭和五三年）二四歳
七月～八月、二ヵ月かけてイタリア、アテ

ネ、クレタ島、ユーゴスラヴィア、南仏を旅行。九月、三週間にわたって英国を旅行し、そのうち一〇日間はランサム・サーガの舞台となった湖水地方に滞在した（その後数多くの外国旅行を重ねたが、いちいち記載する煩に堪えない。後年までもっとも強い印象を残したこの二つの旅のみを記すにとどめる）。一二月、パリ生活を畳んで帰国。留学中、パリ第Ⅲ大学のフランス文学科に登録し、ミシェル・デコーダン教授の指導で一年目にメトリーズ（修士号）、二年目にＤＥＡ（博士論文提出資格）を取得した。

一九八〇年（昭和五五年）　二六歳

三月、フランス語の修士論文〝André Breton et la topologie du texte〟（アンドレ・ブルトンとテクストのトポロジー）を提出して東大仏文の修士課程修了、四月、博士課程に進学。九月、再度フランス政府給費留学生として渡仏。一年三ヵ月間、ミラボー橋近く、パリ一五区のオーギュスト・ヴィテュ街のアパルトマンに住む。一二月、『ヴァレリー全集カイエ篇　第四巻』（筑摩書房）刊（「記憶」の章を分担翻訳）。

一九八一年（昭和五六年）　二七歳

パリ第Ⅲ大学で第三課程博士号を取得。博士論文は東大の修論を一・五倍ほどに増補し改稿したもの。一二月、ニューヨークを経由して帰国。

一九八二年（昭和五七年）　二八歳

四月、文京区白山一丁目のアパートで一人暮らしを始める。七月、同人詩誌『麒麟』零号刊（以後、ほぼ年三回のペースで刊行し、一九八六年一二月刊の一〇号まで）。一〇月、仏文の博士課程を中途退学し、東京大学教養学部外国語科助手に着任。一一月、詩集『ウサギのダンス』（七月堂）刊。

一九八四年（昭和五九年）　三〇歳

一〇月、『レッスン』（七月堂）刊（『麒麟』

同人の詩人たちとの共作)。
一九八五年(昭和六〇年) 三一歳
三月、渋谷区千駄ヶ谷二丁目のアパートに転居。四月、『松浦寿輝詩集』(思潮社〈叢書詩・生成〉)刊。一一月、『口唇論——記号と官能のトポス』(青土社)刊。同月、『記号論』(思潮社)刊(朝吹亮二との共作)。
一九八六年(昭和六一年) 三二歳
四月、電気通信大学専任講師に着任。
一九八七年(昭和六二年) 三三歳
一月、『スローモーション』(思潮社)刊。五月、『映画n-1』(筑摩書房)刊。七月、詩集『冬の本』(青土社)刊。一一月、ロベール・ブレッソン『シネマトグラフ覚書——映画監督のノート』(筑摩書房)刊(翻訳)。
一九八八年(昭和六三年) 三四歳
三月、『冬の本』で第一八回高見順賞を受賞。四月、電気通信大学助教授に昇任。六月、石崎泉と結婚。世田谷区松原一丁目のアパートに転居。
一九八九年(昭和六四年・平成元年) 三五歳
七月〜翌年一月、アイオワ州立大学客員教授としてアメリカに滞在。日本の詩と映画について講義しつつ詩人として国際創作プログラムに参加。
一九九一年(平成三年) 三七歳
三月、雑誌『批評空間』にエッフェル塔論の連載を開始。四月、雑誌『表象=ルプレザンタシオン』にエティエンヌ=ジュール・マレー論の連載を開始。以後、明けても暮れてもひたすら原稿を書きつづける日々が、本当の意味で始まった。同月、東京大学教養学部外国語科助教授に着任。七月、詩集『女中』(七月堂)刊。父、民芸品店を畳んで世田谷区中町の土地と建物を売却、神奈川県湯河原町吉浜に隠居用の家を建てて居を移す。
一九九二年(平成四年) 三八歳
一月、ヴィム・ヴェンダース『エモーショ

ン・ピクチャーズ』（河出書房新社）刊（翻訳）。四月、『松浦寿輝詩集』（思潮社〈現代詩文庫〉）刊。同月、アントナン・アルトー画、ジャック・デリダ著、ポール・テヴナン編『アルトー＝デリダ　デッサンと肖像（アントナン・アルトー画集）』（みすず書房）刊（翻訳）。一二月〜翌年一月、北京日本学研究中心で日本の近代詩と映画について講義。

一九九三年（平成五年）　三九歳

五月、三鷹市牟礼一丁目に中古の一戸建てを購入し、転居。八月、エッフェル塔とマレーについてフランスに調査旅行。九月、詩集『鳥の計画』（思潮社）刊。

一九九四年（平成六年）　四〇歳

四月、『平面論――一八八〇年代西欧』（岩波書店）刊。

一九九五年（平成七年）　四一歳

六月、『折口信夫論』（太田出版）刊。同月、『エッフェル塔試論』（筑摩書房）刊。九月、『映画1＋1』（筑摩書房）刊。一一月、『エッフェル塔試論』で第五回吉田秀和賞（水戸芸術館）を受賞。同月、『フランス文学史』（東京大学出版会）刊（第Ⅵ章「二〇世紀前半」を分担執筆）。

一九九六年（平成八年）　四二歳

一月、パリでアンドレ・ブルトン生誕百周年記念シンポジウムが開催され、イヴ・ボヌフォワ、マリオ・バルガス＝リョサらとのパネルで「ブルトンと日本」のテーマで発表。五月、『折口信夫論』で第九回三島由紀夫賞を受賞。六月、『平面論――一八八〇年代西欧』で第一三回渋沢・クローデル賞平山郁夫特別賞を受賞。一一月、『ウサギの本』（新書館）刊（米田民穂の挿し絵による絵本）。一二月、短篇小説集『もののたはむれ』（新書館）刊。同月、『青天有月――エセー』（思潮社）刊。同月、『文学のすすめ』（筑摩書房）刊（編著）。

一九九七年（平成九年）　四三歳
八月〜翌年四月、ハーヴァード大学客員研究員としてマサチューセッツ州ケンブリッジに滞在。ボストンのチェス・クラブに通い、イエンチン研究所の地下書庫に籠もって日本近代文学（徳田秋声、谷崎潤一郎、高見順など）を耽読する日々。八月、『ゴダール』（筑摩書房）刊。一〇月、『謎・死・閾――フランス文学論集成』（筑摩書房）刊。
一九九八年（平成一〇年）　四四歳
七月、東京大学大学院総合文化研究科教授に昇任。九月末〜一〇月初め、トロント大学のジャン・コクトーシンポジウムに出席。一二月、『知の庭園――一九世紀パリの空間装置』（筑摩書房）刊。
一九九九年（平成一一年）　四五歳
短篇小説「幽　かすか」で一九九九年度上半期芥川賞候補になるが、受賞作なしの結果に。七月、短篇小説集『幽　かすか』（講談社）刊。
二〇〇〇年（平成一二年）　四六歳
三月、『知の庭園――一九世紀パリの空間装置』で第五〇回芸術選奨文部大臣賞を受賞。七月、短篇小説「花腐し」（『群像』五月号掲載）によって第一二三回芥川賞（二〇〇〇年度上半期）を受賞。八月、短篇小説集『花腐し』（講談社）刊。
二〇〇一年（平成一三年）　四七歳
三月、『表象と倒錯――エティエンヌ＝ジュール・マレー』（筑摩書房）刊。五月、『官能の哲学』（岩波書店）刊。同月、長篇小説『巴』（新書館）刊。六月、父、脳梗塞で死去（享年七三）。一一月、『物質と記憶』（思潮社）刊。同月、母、脳内出血で死去（享年七〇）。一二月〜翌年一月、パリ第Ⅷ大学で日本現代詩について講義。
二〇〇二年（平成一四年）　四八歳
五月、東大大学院総合文化研究科超域文化科

学専攻に学位請求論文として提出した『表象と倒錯——エティエンヌ゠ジュール・マレー』によって博士号（学術）取得。
二〇〇四年（平成一六年）　五〇歳
一月、高見順賞選考委員になる（二〇〇八年まで）。三月、中篇連作『あやめ　鰈　ひかがみ』（講談社）刊。四月から駒場の超域文化科学科長、後期課程運営委員長（翌年三月まで）。四月、群像新人賞選考委員になる（二〇一二年まで）。七月、長篇小説『半島』（文藝春秋）刊。一一月、短篇小説集『そこでゆっくりと死んでいきたい気持をそそる場所』（新潮社）刊。
二〇〇五年（平成一七年）　五一歳
二月、『半島』で第五六回読売文学賞、『あやめ　鰈　ひかがみ』で第九回木山捷平賞を受賞。都市計画道路（放射五号線）の延伸工事の実施決定を受け、三鷹市牟礼の家が東京都に買収されることになり、それに伴って、四月、武蔵野市吉祥寺東町二丁目に自宅建設着工。同月、文学界新人賞選考委員になる（二〇一四年後半期の選考会まで）。一〇月、毎日出版文化賞選考委員になる（二〇一四年まで）。同月、自宅竣工、転居。
二〇〇六年（平成一八年）　五二歳
『新潮』一月号より『明治の表象空間』連載開始（二〇一〇年一二月号まで）。二月、『方法叙説』（講談社）刊。四月に『青の奇蹟』（みすず書房）及び『散歩のあいまにこんなことを考えていた』（文藝春秋）を、五月に『晴れのち曇りときどき読書』（みすず書房）を刊行し、以上の三冊で過去に書いた短文・コラム・書評等のほぼすべてを単行本化した。七月、表象文化論学会設立、初代会長に選出される（二期四年の任期を務め、二〇一〇年七月に退任）。七月二五日より、動物物語『川の光』を『読売新聞』夕刊に連載開始（翌年四月二三日まで）。

二〇〇七年（平成一九年）　五三歳
四月、『クロニクル』（東京大学出版会）刊。七月、『川の光』（中央公論新社）刊。八月、『色と空のあわいで』（講談社）刊（古井由吉との共著）。九月、父の遺した二つの株式会社（坂上商店・坂上商事）の解散登記にようやく漕ぎつけ、肩の荷を下ろす。一〇月から一年間の研究休暇。
二〇〇八年（平成二〇年）　五四歳
三月、川上弘美・朝吹亮二との同人詩誌『水火』一号刊（以後、ほぼ年三回のペースで刊行し、二〇一一年二月刊の九号まで）。一〇月、詩集『吃水都市』（思潮社）刊。一二月、読売文学賞選考委員になる。
二〇〇九年（平成二一年）　五五歳
四月、東大大学院総合文化研究科超域文化科学専攻長（翌年三月まで）。六月、長篇アニメ番組『川の光』NHK総合で放映。一一月、『吃水都市』で第一七回萩原朔太郎賞を受賞。
二〇一〇年（平成二二年）　五六歳
七月～九月、前橋文学館で特別企画展「松浦寿輝――『ウサギのダンス』から『吃水都市』まで」開催。一二月、『明治の表象空間』の最終回（第五〇回）を『新潮』に掲載し、深い虚脱感を覚える。
二〇一一年（平成二三年）　五七歳
三月初め、翌年三月末日で東大を辞職する意思を固めた旨、学内関係者に伝える。その数日後の三月一一日、東日本大震災起こる。六月、長篇小説『不可能』（講談社）刊。九月一日より、『川の光』の続篇『川の光２――タミーを救え！』を『読売新聞』朝刊に連載開始（翌年九月二八日まで）。
二〇一二年（平成二四年）　五八歳
一月一六日、東京大学退官記念講演「波打ち際に生きる――研究と創作のはざまで」を本郷で行う。三月三一日、東大を辞職。駒場に助教授として戻って以降、二二年間勤務したことになる。駒場での助手着任から数えると通算二九年半にわたる大学教員生活であった。四月二六日、最終講義「Murdering the Time――時間と近代」を駒場で行う。六月、『川の光――外伝』(中央公論新社)。一一月、中軽井沢の千ヶ滝別荘地に土地を購入。同月、紫綬褒章を受章。

二〇一三年(平成二五年)　五九歳

五月、『波打ち際に生きる』(羽鳥書店)刊。六月、詩集『afterward』(思潮社)刊。七月、千ヶ滝の山荘竣工。夏以降、秋から初冬にかけての軽井沢の自然の推移を愉しむ。一一月、『詩の波　詩の岸辺』(五柳書院)刊。

二〇一四年(平成二六年)　六〇歳

二月、『川の光2――タミーを救え!』(中央公論新社)刊。四月、『afterward』で鮎川信夫賞受賞。同月、NHKラジオ第1で「ミュージック・イン・ブック」放送開始(文学と音楽についてのトーク番組)。五月、長篇小説『名誉と恍惚』を『新潮』に連載開始(二〇一六年九月号まで)。同月、『明治の表象空間』(新潮社)刊。

二〇一五年(平成二七年)　六一歳

一月、『明治の表象空間』で毎日芸術賞特別賞受賞。四月、東京大学大学院総合文化研究科(表象文化論)客員教授(翌年三月まで)。一〇月、随想集『黄昏客思』(文藝春秋)刊。一一月、アイルランドに初めての旅行。年来の憧れの対象であったコネマラ地方の土を踏んで感動する。一二月、毎日芸術賞選考委員になる。

二〇一六年(平成二八年)　六二歳

六月、『日本文学全集12』(河出書房新社)刊(『おくのほそ道』現代語訳、及び芭蕉の発句・連句の選と評釈を担当)。同月、短篇小説集『BB/PP』(講談社)刊。

(二〇一六年一〇月、松浦記)

著書目録

松浦寿輝

【詩集】

ウサギのダンス　昭57・11　七月堂
レッスン（共著）　昭59・10　七月堂
松浦寿輝詩集（叢書詩・生成）　昭60・4　思潮社
記号論（朝吹亮二との共著）　昭60・11　思潮社
冬の本　昭62・7　青土社
女中　平3・7　七月堂
松浦寿輝詩集（現代詩文庫）　平4・4　思潮社
鳥の計画　平5・9　思潮社
吃水都市　平20・10　思潮社
afterward　平25・6　思潮社

【小説】

もののたはむれ　平8・12　新書館
幽　かすか　平11・7　講談社
花腐し　平12・8　講談社
巴　平13・5　新書館
あやめ　鰈　ひかがみ　平16・3　講談社
半島　平16・7　文藝春秋
そこでゆっくりと死んでいきたい気持をそそる場所　平16・11　新潮社

川の光　平19・7　中央公論新社
不可能　平23・6　講談社
川の光――外伝　平24・6　中央公論新社
川の光2――タミーを救え！　平26・2　中央公論新社
BB／PP　平28・6　講談社

【エッセイ・批評・論文集・その他】

口唇論――記号と官能のトポス　昭60・11　青土社（平9・6　青土社より新装版）
スローモーション　昭62・1　思潮社
映画n-1　昭62・5　筑摩書房
フランス文学　中世から現代まで（共著、13章、14章）　平6・3　放送大学教育振興会
平面論――一八八〇年代西欧　平6・4　岩波書店（平24・10　岩波書店より岩波人文書セレクション版）
折口信夫論　平7・6　太田出版
エッフェル塔試論　平7・6　筑摩書房
映画1＋1　平7・9　筑摩書房
フランス文学史（共著、第VI章）　平7・11　東京大学出版会
ウサギの本（絵本、米田民穂・絵）　平8・11　新書館
青天有月――エセー　平8・12　思潮社
ゴダール　平9・8　筑摩書房
謎・死・閾――フランス文学論集成　平9・10　筑摩書房
モデルニテ　3×3（小林康夫、松浦寿夫との共著）　平10・5　思潮社
知の庭園――一九世紀パリの空間装置　平10・12　筑摩書房
表象と倒錯　エティ　平13・3　筑摩書房

エンヌ＝ジュール・マレー　平13・5　岩波書店
官能の哲学　平13・12　思潮社
物質と記憶　平18・2　講談社
方法叙説　平18・4　みすず書房
青の奇蹟　平18・4　文藝春秋
散歩のあいまにこんなことを考えていた　平18・5　みすず書房
晴れのち曇りときどき読書　平19・4　東京大学出版会
クロニクル　平19・8　講談社
色と空のあわいで（古井由吉との共著）　平25・5　羽鳥書店
波打ち際に生きる　平25・11　五柳書院
詩の波　詩の岸辺　平26・5　新潮社
明治の表象空間　平27・10　文藝春秋
黄昏客思

【翻訳】

ヴァレリー全集カイエ篇　第四巻（「記憶」の章）　昭55・12　筑摩書房
シネマトグラフ覚書　――映画監督のノート（ロベール・ブレッソン）　昭62・11　筑摩書房
エモーション・ピクチャーズ（ヴィム・ヴェンダース）　平4・1　河出書房新社
アルトー＝デリダ　デッサンと肖像（アントナン・アルトー画集）（ジャック・デリダ、アントナン・アルトー画、ポール・テヴナン編）　平4・4　みすず書房
（平11・6　デリダ

によるアルトー論の部分のみを『基底材を猛り狂わせる』としてみすず書房より刊行）

舞踊評論（共訳、ポール・ヴァレリー「魂と舞踏」「舞踏の哲学」「虚しい踊り子たち」）　平6・3　新書館

み

官能の哲学　平21・6　ちくま学芸文庫

青天有月――エセー　平26・2　講談社文芸文庫

【文庫】

エッフェル塔試論　平12・2　ちくま学芸文庫

花腐し　平17・6　講談社文庫

もののたはむれ　平17・6　文春文庫

半島　平19・7　文春文庫

増補　折口信夫論　平20・6　ちくま学芸文庫

あやめ　鰈　ひかがみ　平20・10　講談社文庫

【初出】
無縁　「一冊の本」　一九九九年二月号
ふるえる水滴の奏でるカデンツァ　「文學界」　一九九九年一月号
シャンチーの宵　「群像」　一九九八年五月号
幽　かすか　「群像」　一九九九年三月号
ひたひたと　『花腐し』　二〇〇〇年八月刊
花腐し　「群像」　二〇〇〇年五月号

【底本】
無縁／ふるえる水滴の奏でるカデンツァ
シャンチーの宵／幽　かすか　『幽　かすか』（一九九九年七月、講談社刊）
ひたひたと／花腐し　『花腐し』（二〇〇五年六月、講談社文庫刊）

幽《かすか》 花腐《はなくた》し

松浦寿輝《まつうらひさき》

二〇一七年一月一〇日第一刷発行
二〇二三年一二月一五日第三刷発行

発行者——髙橋明男
発行所——株式会社 講談社
東京都文京区音羽2・12・21 〒112-8001
電話 編集（03）5395・3513
販売（03）5395・5817
業務（03）5395・3615

デザイン——菊地信義
印刷——株式会社KPSプロダクツ
製本——株式会社国宝社
本文データ制作——講談社デジタル製作

定価はカバーに表示してあります。

講談社文芸文庫

ISBN978-4-06-290335-6

講談社文芸文庫

古井由吉——蜩の声	蜂飼 耳——解／著者——年
古井由吉——詩への小路 ドゥイノの悲歌	平出 隆——解／著者——年
古井由吉——野川	佐伯一麦——解／著者——年
古井由吉——東京物語考	松浦寿輝——解／著者——年
古井由吉 佐伯一麦——往復書簡『遠くからの声』『言葉の兆し』	富岡幸一郎-解
古井由吉——楽天記	町田 康——解／著者——年
北條民雄——北條民雄 小説随筆書簡集	若松英輔——解／計盛達也——年
堀江敏幸——子午線を求めて	野崎 歓——解／著者——年
堀江敏幸——書かれる手	朝吹真理子-解／著者——年
堀口大學——月下の一群（翻訳）	窪田般彌——解／柳沢通博——年
正宗白鳥——何処へ｜入江のほとり	千石英世——解／中島河太郎-年
正宗白鳥——白鳥随筆 坪内祐三選	坪内祐三——解／中島河太郎-年
正宗白鳥——白鳥評論 坪内祐三選	坪内祐三——解
町田 康——残響 中原中也の詩によせる言葉	日和聡子——解／吉田凞生・著者-年
松浦寿輝——青天有月 エセー	三浦雅士——解／著者——年
松浦寿輝——幽｜花腐し	三浦雅士——解／著者——年
松浦寿輝——半島	三浦雅士——解／著者——年
松岡正剛——外は、良寛。	水原紫苑——解／太田香保——年
松下竜一——豆腐屋の四季 ある青春の記録	小嵐九八郎-解／新木安利他-年
松下竜一——ルイズ 父に貰いし名は	鎌田 慧——解／新木安利他-年
松下竜一——底ぬけビンボー暮らし	松田哲夫——解／新木安利他-年
丸谷才一——忠臣蔵とは何か	野口武彦——解
丸谷才一——横しぐれ	池内 紀——解
丸谷才一——たった一人の反乱	三浦雅士——解／編集部——年
丸谷才一——日本文学史早わかり	大岡 信——解／編集部——年
丸谷才一編-丸谷才一編・花柳小説傑作選	杉本秀太郎-解
丸谷才一——恋と日本文学と本居宣長｜女の救はれ	張 競——解／編集部——年
丸谷才一——七十句｜八十八句	編集部——年
丸山健二——夏の流れ 丸山健二初期作品集	茂木健一郎-解／佐藤清文——年
三浦哲郎——野	秋山 駿——解／栗坪良樹——案
三木 清——読書と人生	鷲田清一——解／柿谷浩一——年
三木 清——三木清教養論集 大澤聡編	大澤 聡——解／柿谷浩一——年
三木 清——三木清大学論集 大澤聡編	大澤 聡——解／柿谷浩一——年

▶解=解説 案=作家案内 人=人と作品 年=年譜を示す。 2023年11月現在